grafit

Chemnitzer Str. 31, D-44139 Dortmund
Internet: http://www.grafit.de
E-Mail: info@grafit.de

Umschlagfoto: Corbis Super RF/F1online
Druck und Bindearbeiten: CPI – Clausen & Bosse, Leck
ISBN 978-3-89425-389-9
2. Auflage 2013

Wilfried Eggers

Die oder ich

Kriminalroman

grafit

Der Autor

Wilfried Eggers, geboren 1951, verheiratet, drei Kinder, überzeugter Moorbewohner. Seit Ende der Siebzigerjahre ist er als selbstständiger Notar und Rechtsanwalt tätig und hat so Einblick in das gesamte Spektrum des prallen Lebens.

Mit *Die Tote, der Bauer, sein Anwalt und andere* debütierte er 2000 als Kriminalromanautor. Es folgten *Ziegelbrand* und *Paragraf 301. Paragraf 301* wurde als einer der fünf besten Romane, die 2008 erschienen sind, für den ›Friedrich-Glauser-Preis‹ nominiert.

www.wilfried-eggers.de

Vorbemerkung

Manche Leser werden die Aufzeichnungen Horst Kurbjuweits in Teilen für unanständig halten. Ich kann nichts dafür. Ich hafte nicht für andere. Ich entschuldige mich nicht. Peter Schlüter hat mir die Papiere, die man bei Horst Kurbjuweit gefunden hat, übergeben, und ich habe nur aus ihnen zitiert. Im Übrigen gilt der alte Grundsatz: Dies ist ein Roman. Der Verfasser hat alles erdichtet, aber nichts erdacht.

Es ist überaus gefährlich und schädlich,
dass der Mensch allein ist.

Martin Luther

Prolog

Oder jenseits der Gerechtigkeit

Ich werde es Ihnen erklären.

Ich muss mich nicht rechtfertigen. Ich würde es jeden Tag wieder so tun. Jeder, der bei Verstand ist, hätte gehandelt wie ich. Alles, was ich getan habe, beruht auf nüchterner Überlegung.

Also:

Eine Frau berührte mich. Sie seufzte, rieb ihren Leib brünstig an meinem, ihre Brüste an meiner Wange. Ich spürte es, so wie ich jetzt meinen rechten Handballen über das Papier rucken spüre beim Schreiben.

»Wach auf!«

Keine Brüste mehr. Nur ein kalter Luftzug. Ich brachte ein Auge auf, sah eine Hand über meinem Gesicht. Der Fingernagel am kleinen Finger eunuchenhaft lang und zu einer Kralle gebogen.

Ein Trugbild. Ich schloss mein Auge.

Und wieder fühlte ich diese wunderschönen Brüste an meinem Gesicht, an meiner Haut. Die Warzen richteten sich auf. Sie strömten einen betörenden Duft aus, nach Schweiß und Honig. Ich wollte sie küssen, sie in mich aufnehmen, die Frau umarmen. Aber sie kicherte und hielt meine Hände fest.

»Komm, Liebste«, hörte ich mich sagen. Ich hatte mich noch nie getraut, so zu einer Frau zu sprechen. Ich habe nicht sehr viel Erfahrung mit Frauen. Ich fühlte mich frei von aller Last.

»Du Schlingelchen, du schlimmes, sei still …«

Still sollte ich sein. Die Hände hielt sie mir fest. Ich hätte sie so gern umarmt.

»Du bist mir einer! Pennst mir glatt weg!«

Das war nicht ihre Stimme. Das war eine trockene blecherne Stimme, die Stimme eines Automaten.

Ich sah in ein verschrumpeltes Kindergesicht, auf dem sich dürre Büschel fetter Haare sträubten.

»Hast du auch 'ne Frau umgebracht, Kumpel?«

»Wieso soll ich eine Frau umgebracht haben?«, fragte ich und wollte fort von diesen Augen, die mich anstarrten, die nicht genug Platz hatten in diesem verdorrten Gesicht.

»Weil du nach ihr gerufen hast, nach deiner Liebsten«, lachte es, »und da dachte ich, du hättest auch mal eine umgebracht und ich könnte mit dir darüber reden … Ich bringe nämlich immer Frauen um, ich …«

»Was?!«

Ich wollte fort, aber ich konnte mich nicht rühren. Ich war noch müde, gefangen im Schlaf.

»Frauen …«

Sein Kopf war wie eine Backpflaume an einem dürren und knochigen Leib, er schwankte über mir hin und her, der Schatten eines rattenhaften Grinsens huschte über sein Gesicht.

»Frauen sind so … Und wenn ich eine schlachte, dann mache ich immer …« Er tippte mir den Zeigefinger auf die Stirn.

»Lass mich!«

»Willst wohl nicht zuhören? Musst aber zuhören! Will dir

erzählen von der Roswitha, die Letzte, die ich müde gemacht habe, sie hatte so viel Blut, sie ...«

Er schluckte trocken, er hatte einen Adamsapfel so dick und ledrig wie eine Kröte. Dann lachte er und es klang wie das Keckern eines Fasans, der auffliegt.

»Hör auf!« Ich wurde wütend. Endlich war ich richtig wach, ich wollte mich aufrichten, aber etwas hielt mich, und eine Angst durchfuhr mich, als ich merkte, dass ich gefesselt lag.

»Se ham dich festgemacht, Freundchen. Festgemacht ham se dich, ganz fest, so wie ich die Roswitha festgemacht habe ...« Die Backpflaume grinste ihr Schattengrinsen.

Jetzt erst fielen mir die beiden anderen am Fenster auf. »He, ihr zwei, kommt mal bitte her, ich will ...«

Der eine drehte sich um. Er hatte ein totes Gesicht und Asche in den Augen.

»Wo bin ich?!«

Ich hatte Angst wie noch nie in meinem Leben, noch nicht einmal an jenem Tag, den ich den Tag der Entscheidung nenne, der jetzt schon Monate zurückliegt. Inzwischen ist November. Ich hatte keine Waffe. Ich hatte noch nicht einmal meine Hände. Es rauschte in meinen Ohren. Es war, als wenn du gesprungen bist – dir bleiben noch ein paar Sekunden, bis du aufschlägst: das Ende.

Die Backpflaume grinste. »Na rate mal, wo du bist. Bei uns biste, hähähä.« Er keckerte wieder wie ein Fasan, schrill und laut und schüttelte die Knochen seines Kinderleibes.

Der andere am Fenster drehte sich um. Er hatte eine wulstige Unterlippe, die tief herabhing, und blöde Augen unter halben Lidern in einem mächtigen Schädel, auf dem rote Haare wuchsen.

»He, ihr, macht mich los, macht mich ...«

Der mit den Ascheaugen wandte sich ab und sah wieder aus dem Fenster. Der Wulstlippige machte es ihm nach, in Zeitlupe. Das Fenster hatte keinen Griff. Die Tür keine Klinke.

»Ihr müsst mich ...!« Ich zerrte an meinen Fesseln. Sie schnitten mir ins Fleisch.

»Geht nicht, Mann. Geht nicht«, sagte die Backpflaume. »Und jetzt erzähle ich dir, wie ich die Roswitha müde gemacht habe. Erst habe ich sie gefangen, Mann. Gefangen, ja. Ganz für mich, sie war ...« Sein Grinsen war zärtlich, kalt und gefährlich zugleich. Ich habe das alles registriert und ich sehe ihn immer noch vor mir.

Was konnte ich tun? Ich konnte nur noch schreien. Nach Hilfe. So laut ich konnte.

»Was is?«

Eine neue Stimme. Der Mann stand am Fußende meines Bettes. Er musste durch die Tür gekommen sein, durch die Tür ohne Klinke. Er trug einen weißen Kittel und hatte einen Stoppelbart.

»Machen Sie mich los!«

»Das geht leider nicht.«

»Warum nicht? Ich will wissen, wo ich bin. Wo bin ich?«

»Sie sind auf der forensischen Abteilung der psychiatrischen Klinik Lüneburg, 3. Stock«, antwortete der Weiße. »Mehr bin ich nicht befugt, Ihnen zu sagen.«

»Foren-, was?«

Ich hatte begriffen. Ich bin nicht dumm. Auch wenn ich kein Abitur habe und nicht studiert bin wie die andern, die jetzt über mich bestimmen. Ein paar Fremdworte kenne ich. Und dann dämmerte es mir. Drei Verrückte waren hier. Und ich sollte der vierte sein. Die Erinnerung an das, was geschehen war, kehrte zurück.

»Aber das geht nicht«, sagte ich. »Ich werde alles erklären, es ist nicht so, wie Sie denken, ich habe nicht …«

»Sagt hier jeder«, unterbrach mich der Weiße müde. »Inklusive des Lenins und der zwei Jesusse, die wir hier haben.« Er wandte sich zum Gehen.

»Und wieso bin ich hier und nicht im …«

»Suizidgefahr. Sie waren ganz schön fertig, als man Sie festgenommen hat.«

Jetzt, während ich dies schreibe, weiß ich es wieder, aber damals, an meinem ersten Tag in der Psychiatrie, war mein Hirn leer.

»Aber ich will …«

»Sie wollen gar nichts. Beruhigen Sie sich. Werden Sie vernünftig. Dann sehen wir weiter.«

Jedes Wort ein Urteil.

Ich muss wohl einen Seitenblick auf die Backpflaume geworfen haben, denn der Weiße ergänzte: »Der ist harmlos. Bringt nur Frauen um, wenn er draußen ist, hähä.«

»Doof wie ein Bauer«, hörte ich noch, dann krachte die Tür hinter dem Mann ins Schloss. Ich hatte vergessen, nach einem Anwalt zu verlangen. Das ist doch das Erste, an das man denken muss, wenn man seiner Freiheit zu Unrecht beraubt worden ist!

»Jetzt will ich dir endlich erzählen, wie ich die Roswitha …«

»Du erzählst mir gar nichts!«, schrie ich.

»Wirst schon hören! Kannst dir nicht die Ohren zuhalten! Ich hab ihr mit dem …«

»Halt die Schnauze, du Wichser, du …«

»Wirst beleidigend, Kleiner, was? Bin kein Wichser. Bist wohl selber ein Wichser. Ich hab's in echt gemacht mit der Roswitha.«

Ich brüllte aus Leibeskräften, bis sogar der mit den Ascheaugen zu mir hinsah, bis wieder der Weiße vor meinem Bett stand.

»Holen Sie mich hier raus! Ich will …«

»Sagte ich das nicht schon? Hier gibt's nichts zu wollen, Herr … ähh. Wenn Sie weiter Lärm machen, kriegen Sie 'ne extra Portion, damit Sie wieder ruhig werden. Noch mal, und ich hole den Chef und dann ist es so weit.«

So war das. Du bist eine Nummer. Sie kennen noch nicht einmal deinen Namen. Du bist ohne Rechte. Wie im Mittelalter. Sie können alles mit dir machen. Sie werden alles mit dir machen. Das lernte ich schnell. Was sollte ich tun? Wie hieß dieser Anwalt? Ich hatte viel vergessen.

»Also die Roswitha, die hatte einen Bauch, sag ich dir, einen Bauch, so was von herrlich, und erst ihr Blut, ihr warmes Blut …«

Ich kniff die Augen so fest zu, wie ich konnte, und versuchte, an etwas Schönes zu denken, an die Zeit, als alles in Ordnung schien, aber ich schaffte es nicht, damit gegen Roswithas blutigen Bauch anzukommen. Ich begriff, dass die fremde Frau, die mit ihren schönen Brüsten mein Gesicht gestreichelt hatte, nur ein Traum gewesen war, in Wahrheit aber hatte Kalle der Lustmörder in meinem Gesicht herumgefummelt mit seinen Flossen. Es würgte mich, weil ich fast an ihnen genuckelt hätte, an diesen Eunuchenfingern, und dass ich Mörderfinger und Frauenbrüste nicht hatte unterscheiden können – was gilt eigentlich noch, worauf kann man sich eigentlich noch verlassen, ich hätte mich schlagen können, ich war so dumm gewesen, ich hatte Prügel verdient, und dann fielen mir endlich die Prügel ein, die ich von meinem Vater bekommen hatte, früher, als ich zu klein gewesen war, um mich zu wehren. Wie ich mich geduckt habe unter seinen Schlägen, mit dem Gürtel machte er es immer, über die Sofakante musste ich mich legen, oder über einen Stuhl, er zerrte mir die Hose herunter und sich selbst den Gürtel heraus, die Schnalle ließ er auf mein Fleisch sausen, und ich biss die Zähne zusammen, so fest, dass es in den Ohren rauschte und ich nichts mehr fühlen konnte und nichts mehr hören konnte, noch nicht einmal, wie er brüllte, dass er es bedauerte, mich gezeugt zu haben, und dass es ihm leid täte, dass sie es nicht geschafft hätten, mich Missgeburt rechtzeitig wegmachen zu lassen, das sei ja unter Adolf nicht gegangen, du verdienst es nicht zu leben, brüllte er mit rotem Kopf, Geifer spritzte ihm von den Lippen und mir das Blut von meinem mageren Hintern, aber kein Laut kam aus mir und keine Tränen.

Den Gefallen tat ich ihm nicht.

Damals hatte ich mich vorbereitet, mich zu wehren, zu verteidigen, zu kämpfen. Eines Tages. Später.

1. Kapitel

Mit dem die Geschichte ganz harmlos anfängt und Rechtsanwalt Schlüter lernt, Tomaten zu hassen

Wochenende. Freitag. Früher Abend, Dämmerung. Der beste Abend der Woche. Zwei Tage Freiheit, zwei Tage nicht ins Büro, zwei Tage lesen und Tee trinken, und das bei Sonnenschein.

Rechtsanwalt Peter Schlüter, den manche seiner Kollegen auch ›den Fuchs‹ nannten, interessierte sich für den Wetterbericht, seit dem Umzug nach Engelsmoor. Er sehnte sich nach Licht und Sonne, denn sie waren das Beste an dem neuen Leben, sie hatten seine Depression gelöst, die Vereisung aufgetaut, die ihn nach jener schrecklichen Reise in die Türkei umschlossen hatte. Hier im Engelsmoor schien die Sonne rund ums Haus, hinein ins Herz. Dagegen war die alte Wohnung im Gerbergang in der Hemmstedter Altstadt dunkel gewesen, nur nachmittags leuchtete die Sonne ins Wohnzimmerfenster. Endlich fort von den vielen Gesichtern, fort in die weite Einsamkeit der Weiden und Moore.

Seit zwei Jahren wohnten sie nun schon auf dem Land. Das alte grabertsche Altenteilerhaus in Engelsmoor hatte zum Verkauf gestanden, nachdem die Hofstelle verwaist und das Land an die anderen Bauern verkauft oder verpachtet worden war. Die beiden Söhne wollten die mühselige Moorwirtschaft nicht weiter betreiben; der Hof war zu klein, der Investitionsstau zu groß. Also hatten Schlüters den bescheidenen Ziegelbau gekauft, der in den Sechzigerjahren dreihundert Meter von der Hofstelle entfernt errichtet worden war. Eigentlich hätte Schlüter lieber gemietet, um unabhängig zu bleiben, aber Grabert wollte nur verkaufen, und nun saßen sie hier draußen, eins fünfzig unter Normalnull, fünfzig Meter von der Moorstraße entfernt, ans Eigentum gekettet und allein, abgesehen von einem Kater, den sie übernommen hatten. Er hieß Gustav, nach dem alten Grabert, und ihm war es egal, wer ihn fütterte, Hauptsache der Napf war voll und der Igel klaute nicht allzu frech.

Die Bücher waren bei dem Umzug das größte logistische Problem gewesen, denn im Gerbergang in Hemmstedt waren sie auf zwei Wohnungen verteilt gewesen, auf eine Wohn-Wohnung mit vielen Büchern und eine nebenan gelegene Bücher-Wohnung, die sie dazugemietet hatten. Im Erdgeschoss das große Wohnzimmer ging nach Süden, davor befand sich die Terrasse und der Rosengarten. Auf gleicher Ebene war die Küche, die sie aus ihrem Zellendasein befreit und dem Wohnzimmer zugeschlagen hatten, außerdem ein Esszimmer, wie man es früher hatte, das zum Arbeitszimmer für Christa geworden war. Im Obergeschoss gab es außer dem Badezimmer drei Räume, von denen sie eines als Schlafzimmer und die beiden anderen, nun durch einen Durchgang miteinander verbunden, als Zweitbibliothek nutzten. Der Spitzboden darüber war nur über eine ausziehbare Stiege erreichbar und eignete sich nicht für Bücher. Immerhin war es mithilfe des Tischlers gelungen, auf den übrigen Flächen einigermaßen Regalplatz zu schaffen.

Während Christa in ihrem neuen Landleben aufging, Rosen pflanzte und pflegte und neue Blumenbeete anlegte, neben dem Haus Zwiebeln, Salat und sogar Kartoffeln anbaute wie die anderen Landfrauen im Moor, zweifelte Schlüter, ob es richtig gewesen war, aus der Stadt fortzugehen, nur weil er nach der fatalen Reise in die Türkei in eine depressive Phase geraten war und einen Tapetenwechsel gebraucht hatte. Er war mehr mit der Kleinstadt verwachsen, als er gedacht hatte.

Das Leben hatte sich geändert und mit ihm die Bücher, die man las. Hier draußen erlebte man den ruhigen Atem der Natur, die verlässliche Wiederkehr der Jahreszeiten, und während die Amsel oben auf dem höchsten Ast der Erle ihre selbst komponierten Lieder in den Sonnenuntergang sang, fühlte man sich gelassen genug für den alten Jean Paul, man nahm ihn aus dem Regal, blies den Staub vom Seitenschnitt, schob den Sessel an die Terrassentür und studierte im letzten Licht des milden Abends den *Titan.* Man folgte den Schachtelsätzen, Einschüben, Zwischenbemerkungen, skurrilen Einfällen und überraschenden Vergleichen und freute sich am funkelnden Schatz der Sprache, an den gestorbenen Worten, die beim Lesen wieder quicklebendig wurden. Ein gespannter Geist entspannt die Seele. Aber wie oft schafft man das?

Schlüter ließ das Buch sinken, als Christa in das Wohnzimmer trat, ihr forscher Schritt verhieß Stress.

»Die Tomaten müssen rein«, sagte sie. »Kannst du mir helfen?« Ihre Hände waren erdig von der Arbeit im Rosenbeet. Seit dem Umzug war sie an den Wochenenden hyperaktiv. Sie vernachlässigte sogar ihre Lieblingslektüre, die englischen Meister des 19. Jahrhunderts. »Ich wasch mir die Hände und mach uns in der Zeit was zu essen. Willst du einen Rotwein?«

Schlüter nickte und erhob sich. »Dein Wunsch ist mir Befehl!«

Nur noch der Maulwurf auf dem Rasen übertraf Christa an Aktivität, er arbeitete die Gartenwoche durch, sogar nachts, und jeden Morgen bewunderte Christa die neuen Hügel, mit denen er ihren Rasen verzierte. Sie sei seine Freundin, sagte sie, es sei ihr eine Ehre, mit dem Herrn Grabowski den Garten zu teilen, man könne viel von ihm lernen, in puncto Fleiß, Kraft, Ausdauer und Akkuratesse. Für Maulwurfmörder und -vergrauler hatte sie kein Verständnis.

Es sei eine kalte Nacht angekündigt, erklärte Christa, die Pflanzen müssten in die Sicherheit des warmen Wohnzimmers gebracht werden, damit sie nicht erfrören. Man schrieb den 8. Mai. Die Eisheiligen standen bevor, gefolgt von der kalten Sophie, das waren die gefährlichsten Tage im Jahreslauf des Gärtners, die zarten Pflanzen, gerade gekeimt, gerieten in Gefahr und die Ernte stand auf dem Spiel, noch bevor der Gartensommer begonnen hatte.

Minuten später tastete Schlüter sich, in jeder Hand einen tönernen Tomatentopf, durchs Dunkel zur Terrassentür. Seine träge gewordenen Leseaugen taugten noch nicht für die Gartenarbeit, weshalb er gegen die Gießkanne stieß und seine Sandalen flutete, erschrocken einen Ausfallschritt versuchte, gegen den Tritt stolperte und endlich das Gleichgewicht verlor. Um sich zu retten, warf er die Töpfe von sich, stürzte dennoch und schlug mit dem Kopf gegen die Tür. Verrenkt blieb er liegen.

»Alles in Ordnung?«, hörte er Christa rufen.

Es knirschte im Kopf. In den Fingern der rechten Hand tirilierte ein falsches Lied, während sich der metallische Geschmack von Blut in Schlüters Mund ausbreitete. Er behorchte das Knirschen. Wahrscheinlich alle Zähne locker. Jedenfalls die, die noch übrig waren nach dem Besuch beim

Zahnarzt vorgestern. Er befühlte Zähne und Gaumen mit der Zunge. Die neue Lücke fühlte sich riesig an. Und sie war es auch. Sie hinderte ihn seit vorgestern an unbefangenem Lachen. Zwei hatte der Zahnarzt ziehen müssen.

»Lebst du noch?«

Der Kiefer wuchs und wurde steif. Der Fuß brummte. Wenn er sich langsam bewegte, zerbrach vielleicht nichts. Nicht noch mehr.

Schlüter schob sich zurück in die Hocke und ächzte leise. Gemüseanbau, verfluchter! Und wenn etwas gebrochen war? Es summte auch im rechten Fuß, das merkte er erst jetzt. Wie sollte es ein Rettungswagen bis in diese Gegend schaffen, in der man bei Nebel an der eigenen Einfahrt vorbeifuhr? Man war auf sich allein gestellt, wie zu Zeiten der Moorkolonisation vor zweihundertfünfzig Jahren. Aber Tomaten, das musste sein. Freilandtomaten. Die kannten damals nur die Indianer, die bekanntlich der modernen Zivilisation die wichtigsten Nahrungsmittel hinterließen. Bis vor kurzer Zeit waren die Leute bestens ohne Tomaten ausgekommen, sogar ohne Kartoffeln; sie hatten Klüten und Grütze gegessen, und jetzt bildete man sich ein, nicht ohne Tomaten leben zu können. Das Gesicht fühlte sich an wie ein hart aufgepumpter Fahrradreifen. Schlüter überlegte, an welcher Stelle er zuerst seinen körperlichen Verfall prüfen sollte.

»Wo bist du eigentlich?«

Er entschied sich für den Fuß. Er drehte sich um, setzte sich auf Pflanzerde, Tomatengrün und zerschellte Töpfe und tastete nach seinen unteren Extremitäten. Alles in Zeitlupe. Fühlte sich taub an. Wer baute Tomaten noch selbst an? Wer setzte sein Leben dafür aufs Spiel? Auch wenn es sich um die Königin der Gemüsepflanzen handelte, wie Christa behauptete. Vielleicht war doch nichts gebrochen?

»Warum antwortest du nicht!?«

Jetzt das Gesicht. Der Kiefer fühlte sich stramm an wie ein Lkw-Reifen.

»Ahhh.« Die Stimme jedenfalls funktionierte noch.

»Was hast du gesagt?«

Schlüter betastete seine Unterlippe. Schlauchboot. Dahinter schien es noch fest. Diese Freilandtomaten waren komplizierte Gewächse. Sie vertrugen keine Kälte. Schon Temperaturen unter acht Grad führten zu Wachstumsstörungen. Die gute Ernte stand auf dem Spiel. Da waren ein paar Zähne natürlich egal. Ob er die ein paar Jahre früher oder später abgeben würde. Zum Tomatenessen brauchte man keine Zähne.

»Peter, so antworte doch!«

Schlüter zog sich mit der gebrochenen Hand die Hollywoodlippe vor und tastete mit der guten Hand die lädierte Zahnreihe ab. »Ahhh.«

Die Tür ging auf, das Licht aus dem Wohnzimmer traf den Verletzten ins Gesicht.

»Was machst du denn da, fehlt dir was?«

»Jaaa ...«

Christa ging vor Schlüter auf die Knie. »Und was?«

»Zähne«, nuschelte er.

Und dann hörte er das Telefon klingeln. Es hörte sich irgendwie bedrohlich an. Immerhin, eine Verbindung zur Außenwelt gab es. Und die Ohren waren nicht beeinträchtigt.

»Was sagst du da?!«

»Zähne«, nuschelte Schlüter und griff nach Christas Hand. »Eisheilige verdammte Schafskälte! Ich hasse Tomaten!«

Das Telefon klingelte immer noch. Musste das gerade dann sein, wenn die Frau vor dem Manne kniete?

Christa war verschwunden. Sie murmelte in der Stube.

Schlüter wusste, das war eine Bürosache. Sie waren vom Mist in die Jauche geraten. Sie waren aus der begrenzten Anonymität, die eine langweilige Kleinstadt namens Hemmstedt bot, ins Hollenflether Moor gezogen, nach Engelsmoor, wo jeder jeden kannte und man im Scheinwerferstrahl nachbarlicher Neugier lebte. Privatsphäre war eine Erfindung der Neuzeit, des arbeitsteiligen modernen Lebens, das auf dem Lande noch keinen Einzug gehalten hatte. Wenigstens hätten sie ihre neue Privatnummer nicht ins Buch eintragen lassen sollen, aber Christa hatte gemeint, man dürfe sich nicht zu sehr abschotten, sonst würden die Nachbarn denken, Schlüters hielten sich für etwas Besseres. Man soll sein Handeln nicht vom Urteil der Leute abhängig machen, dachte Schlüter, das zerstört die Unabhängigkeit, für die die Vorfahren gestorben sind.

Christas Silhouette erschien im Dunkeln, er hoffte, sie würde ihn trösten, seine Wunden verbinden, ihn liebkosen. Aber ihre Hände taten nichts dergleichen, sie verdeckten nur die Sprechmuschel und hielten eine der filterlosen Feierabendzigaretten, ihr dünner Rauch verflüchtigte sich in der Nacht und nervte wahrscheinlich die Fledermäuse.

»Henry, von Diedrich Schlichtmann der Sohn«, flüsterte sie.

Schlüter nuschelte erneut Unverständliches. Er war schwer verletzt und konnte nicht telefonieren. Er brauchte Zuwendung.

Christa verschwand wieder im Flur.

Schlüter blieb sitzen. Er drehte und streckte den Fuß. Schien zu funktionieren. Mit der lädierten Hand machte er ein paar Übungen. Greifen, Schwenken, Schütteln. Sie funktionierte auch. Der Schmerz ließ nach.

Zehn Minuten später schlürfte Schlüter statt des Rotweines einen adstringierenden Salbeitee aus eigenem Anbau auf seinem Lesesessel. Christa hatte ihm Arnikasalbe aufgetragen, ihre zärtlichen Hände heilten mehr als die Medizin. Gesundes Landleben. Man verletzte sich bei gefährlichen Tätigkeiten und heilte sich mit selbst gezogenen Kräutern. Die Zähne, die ihm der Zahnarzt gelassen hatte, waren noch drin, nur eine wulstig aufgequollene Fleischwunde innen an der Unterlippe störte. Christa rauchte schon wieder, ob vor Schreck oder aus Genuss – er fragte nicht.

»Schlichtmann bittet dich, sofort rüberzukommen«, behauptete Christa ernst. »Er sagt, es geht um Leben und Tod.«

Das fehlte noch.

Schlüter seufzte und betastete mit der Zunge die Wunde an der Lippe. Das wütende Brüllen eines Motors drang durch das Dunkel der heraufziehenden Nacht. Es schwoll auf und ab, starb fast, würgte kraftlos, und dann heulte es wieder auf und war lauter als zuvor. Schlüter lauschte.

»Hörst du?«

Christa nickte.

»Was hat das zu bedeuten? Um diese Zeit!«

»Keine Ahnung. Klingt so, als wär das bei Schlichtmanns.« Christa schüttelte den Kopf und atmete tief durch. »Morgen«, sagte sie. »Ich habe gesagt, du bist nicht da, und dass wir morgen Vormittag vorbeikommen.« Kleine Lügen erleichtern den Alltag.

Mit dem Abendtau stieg der Geruch von frischem Gras, Gülle, überjährigem Silo und erwachender Erde auf und wehte kühl durch die halb offene Tür herein. Christa wollte sie schließen. Ein schwankender Schatten, ein lautloser Flügelzug strich vorüber.

»Hast du den gesehen? Ein Kauz!«

Schlüter nickte. Der Kauz war auch ein ehrenwerter Gast.

»Komm«, sagte sie. »Lass uns essen.« Sie streckte ihm die Hand hin. »Steh auf, alter Krieger. Ich topfe die Tomaten neu ein, die du weggeschmissen hast. Zum Glück habe ich ein paar Pflanzen zu viel gezogen. Nach der Schlacht gibt's den Rotwein. Und bis morgen kein Wort.«

»Pflegestufe zwei«, ächzte Schlüter und drückte sich hoch. Wieder dröhnte der Motor böse durchs Moor. Unheil verkündend, dachte Schlüter. Seit wann hören sich Motoren Unheil verkündend an?

2. Kapitel

In dem wir der Hauptperson dieser Geschichte, Horst Kurbjuweit, eine Weile zusehen

An diesem Maiabend, an dem das Präludium zum Sommerkonzert gegeben wird und die ersten bunten Bänder flattern, sitzt Horschi Kurbjuweit in seiner dunklen Küche, mit den tatenlosen Händen auf dem Tisch, auf einer freien Fläche, die nicht größer ist, als sie ein Teller braucht oder ein Frühstücksbrett. Links stapeln sich Zeitungen, rechts die Prospekte des regionalen Handels und dazwischen lauter verschieden große Zettel, die er aus den Blättern eines linierten Schreibheftes gerissen hat. Obenauf der Kugelschreiber, mit dem er sie beschrieben hat, in einer ordentlichen Schuljungenschrift. Kurbjuweit starrt auf diese Zettel. Wenn er seinen Blick heben würde, träfe der auf das Fenster gegenüber, dessen Jalousie geschlossen ist, wie immer. Unter dem Fenster sieht man die Anrichte, rechts die Spüle, über der ein Geschirrschrank hängt, daneben steht der Herd. An der linken Seite ist die Tür zum Flur, rechts davon der Kühlschrank. Alles alte Sachen, verschlissen, olivgrün. Hinter Kurbjuweit ist nur noch die Wand. Über der Spüle brennt eine kleine Lampe, die ein müdes Licht auf Kurbjuweits Glatze wirft, sein gebeugtes Gesicht liegt im Schatten, es ist gelb wie bei einem Leberkranken.

Kurbjuweit denkt darüber nach, wann es angefangen hat. Er hat nichts zu tun, denn er ist seit fast einem Jahr krankgeschrieben, deshalb denkt er schon seit Stunden. Darüber ist der Abend gekommen.

Manchmal treten Dinge in dein Leben und du merkst es nicht. Nach einiger Zeit stellst du fest, sie sind Bestandteil deines Lebens geworden, aber du weißt nicht, wann. Zum Beispiel die Briefträgerin gestern, die diesen verdammten Brief gebracht hat. Es ist immer ein Mann gewesen und irgendwann ist es eine Frau. Du siehst sie auf der Straße kommen, sie geht hinein in den Hauseingang, du beobachtest sie durch den Spiegel, den Vater am Fenster angebracht hat, durch den du trotz herabgelassener Jalousie kontrollieren kannst, was draußen vor sich geht. Ein guter Spiegel, der immer noch seine Dienste tut, obwohl Vater schon mehr als fünf Jahre tot ist. Man kann ihn immer noch brauchen, damit es keine Überraschungen gibt und du auf alles vorbereitet bist, und dann stellst du plötzlich fest, dass der Briefträger kein Mann ist, sondern eine Frau. Kein Briefträger, sondern eine Briefträgerin. Aber seit wann? Du weißt es nicht, du grübelst, aber du kriegst es nicht zusammen. Man mag einwenden, es sei doch nicht wichtig, ob es ein Mann ist oder eine Frau, die die Briefe bringt. Aber weiß man schon vorher, was später wichtig sein wird?

Alles kann wichtig sein. Achte auf alles, was um dich herum geschieht, jedes Detail kann wichtig werden, wer weiß, wofür man es später wissen muss. *Achte auf alles, Kleiner. Auch auf die Nebensächlichkeiten!* Das hat Horschi von Vater gelernt, Vater hat gut für ihn gesorgt, Vater hat auch den Spiegel angeschraubt und Vater hat Horschi das Morsealphabet beigebracht, mit dem Vater sich im Krieg verständigt hat, per Funk oder mit Lampen.

Wie ist es möglich, dass man so eine wichtige Sache, welcher Briefträger im Laubengang zur Wohnungstür kommt, nicht bemerkt?

Irgendetwas hat sich verändert.

Kurbjuweit bekommt selten Post, er hat wenig Verbindungen. Er will auch gar keine Briefe bekommen, solche nicht und auch keine von seiner Verwandtschaft, diesen zigtausend Mal verfluchten Sau- und Schweineköppen, geiziges Pack mit toten Seelen, die sollte der Teufel holen, denn von denen taugte keiner was, höchstens noch Magda. Die hat ihm schon mal zwanzig Mark geschickt, obwohl sie selbst nicht viel hat.

Briefe beunruhigen Kurbjuweit. Sie stören sein Leben. Sie sind eine Gefahr, man hat es gesehen an dem Brief, den er gestern bekommen hat.

Und diese Briefträgerin! Nichts hat er gemerkt. Und das, obwohl sie einen breiten Hintern hat. Kurbjuweit mag Frauen mit breiten Hintern, er denkt viel daran, seit er so viel Zeit hat und allein ist, und dann geht er zu den Heften, die er im Nachtschrank versteckt hat. Im Treppenhaus warf die Briefträgerin alle Briefe in die Briefkästen, sie ging den Plattenweg zu ihrem gelben Fahrrad zurück, stieg auf und strampelte fort zum nächsten Block. Kräftige Schenkel hat sie, die oben aneinanderreiben.

Etwas liegt in der Luft.

Kurbjuweit steht auf und knipst das Licht an, das über dem Tisch hängt. Er starrt auf den Lottozettel und legt ihn zu den anderen auf den Stapel Zeitungen auf der linken Seite des Esstisches.

»Übersicht«, murmelt Kurbjuweit. »Ich lass mich nicht unterkriegen.«

Er wohnt in diesem viereckigen Klotz von Gebäude, dreistöckig mit Flachdach, am Rande von Hollenfleth, im ersten Stock. An der Nordostseite ist in der Mitte der Hauseingang, durch den man über ein Treppenhaus zu den Laubengängen gelangt, von denen aus man die einzelnen Wohnungstüren erreicht. Auf jeder Seite des Treppenhauses gibt es drei Wohnungen und die äußerste auf der Westseite ist seine. Neben ihm, in der Mitte, wohnt der Holzbearbeiter, und daneben, gleich am Treppenhaus, die Thielpapesche. Es gibt kleine Wohnungen, die nur wenig über vierzig Quadratmeter groß sind, nur für eine Person, und etwas größere, die ein Schlafzimmer mehr haben. Kurbjuweit wohnt in einer von den größeren Wohnungen, obwohl er jetzt allein ist, aber er will nicht umziehen, er mag keine Veränderungen, er will alles so behalten, wie es ist. So lange wie möglich. Das findet er normal, denn so sieht er es bei den anderen auch: Jeder will seins behalten. Und Kurbjuweit möchte seine Wohnung behalten, in der er seit fünfzehn Jahren wohnt.

Wenn du hereinkommst, stehst du in einem schmalen Flur, der keine drei Meter lang ist, links kannst du in die Küche sehen und rechts in das kleine Schlafzimmer, das Kurbjuweit benutzt. Nach zwei Schritten bist du rechts an der Tür ins Badezimmer, und weil es in der Mitte ist, hat es keine Fenster. Der Flur endet an der Wohnzimmertür, und wenn du hineingehst, siehst du rechts die Tür zum zweiten Schlafzimmer, in dem Mutter immer geschlafen hat, und früher auch Vater. Vor dem Wohnzimmer hängt ein Balkon, von dem man über die Wiesen, die Mais- und Weizenfelder der Bauern sehen kann und seit einiger Zeit auch auf die sich drehenden Windräder, die einen kirre machen. Kurbjuweits Reich ist zweiundsechzig Quadratmeter groß.

Manhattan werden die sechs Blöcke in der Feldstraße genannt, das ist keine von den guten Adressen in Hollenfleth. Hier wohnen die Zurückgebliebenen, die Arbeitslosen, die Ausgesonderten, Gescheiterten, die Eingewanderten, Leute, die sich festklammern an den losen Planken eines kümmerlichen Lebens. Das Haus gehörte früher einem Unternehmer, der mit seinem Betonwerk drei Pleiten gemacht hat und davon jedes Mal reicher geworden ist. Nun ist der Sohn Eigentümer, der wohnt auf Teneriffa, kassiert Miete und verprasst sie unter der südlichen Sonne. Die Geschäfte lässt er von einem Verwalter erledigen. Viel Geld braucht er, der Sohn, da kann er das Licht im Laubengang nicht reparieren, das schon seit Monaten nicht mehr funktioniert. Schon der Vater ist ein Geizkragen und elender Höllenhund; er soll ein Schwimmbad haben in seinem Haus, in dem er mit seiner dritten Frau herumplanscht. Mindestens zwanzig Jahre jünger ist sie, und sie wartet darauf, ihn zu beerben, eine Vollzeithure.

Hollenfleth ist eine Landgemeinde im Weser-Elbe-Dreieck, die sich weit und brettflach dehnt zwischen Ruthensand an der Elbe und Engelsmoor im Süden, zwanzig Kilometer von Hemmstedt entfernt und ungefähr auf der Mitte zwischen Hamburg und Cuxhaven. Ein normales Dorf, das den Krieg fast unversehrt überlebt hat, abgesehen von zwei oder drei gesprengten Brücken über die Entwässerungsfleths. Dann, in den Sechziger- und Siebzigerjahren, haben die Leute den Krieg nachgeholt und alles Überkommene und Alte zerstört, als wollten sie sich ihrer Vergangenheit entledigen. Wo früher das stolze Fachwerk ehrwürdiger Gehöfte prangte, stehen heute die nüchternen Schuhkartons der Supermärkte. Die reetgedeckten Häuser sind fast ausgestorben, nur wenige gibt es noch in den Moorgebieten, denn dort ist das Geld zu spät angekommen, zu einer Zeit, als der Hass auf die alten Häuser sich schon ausgetobt hatte.

Vor dem Krieg gab es in Hollenfleth nur drei Sorten Menschen: Bauern, Handwerker und Schiffer. Alle lebten sie für sich, hatten wenig Verbindungen untereinander, drei geschlossene Gesellschaften, in denen über Generationen unveränderte Regeln galten. Der Krieg brachte die Flüchtlinge, fremde Eindringlinge, auf zehn Alteingesessene vier. So einer ist Kurbjuweit. Er ist 1944 in Ostpreußen geboren. Deutsch Eylau hieß die Stadt. Aber davon weiß er nichts. Seine Mutter ist im Januar 1945 von dort geflohen, mit ihm und seiner Schwester. Die war fünf Jahre älter als er. Sie ist unterwegs verhungert, als sie schon fast im Westen waren, und er, Horst Kurbjuweit, war schuld an ihrem Tod. Denn er hatte noch nicht laufen können, er hieß noch ›Kleiner‹, seine gute Mutter hatte ihn tragen müssen, den ganzen langen Weg, und darüber hatte sie die Kraft verloren, die sie brauchte, um das zweite Kind zu versorgen, das schon laufen konnte und zu schwer war, um getragen zu werden.

Nach dem Krieg wohnten Mutter und Sohn in den Baracken. So hießen die lang gestreckten Holzhütten, die man behelfsmäßig am Rande des Sportplatzes in der Nähe des späteren Schießstandes für die Flüchtlinge und andere Obdachlose gebaut hatte. Jede Familie bewohnte einen großen Raum mit einem Kanonenofen in der Mitte; auf der einen Seite die Doppelstockbetten, auf der anderen der Tisch, an dem sie aßen. Das war alles. Wer in den Baracken wohnte, hatte keine gute Adresse.

Kurbjuweits Vater kam erst vier Jahre nach Kriegsende in Hollenfleth an, aus russischer Gefangenschaft. Mager war er, daran erinnert Kurbjuweit sich noch. Und er hatte einen silbrig glitzernden schlierigen Blick, vor dem Kurbjuweit Angst hatte. Es war, als hätte der Vater eine Haut auf den Augen. Man hatte ja viel Angst damals, als man noch ›der Kleine‹ war. Den sibirischen Blick hatte der Vater nie verloren. Aber sie hatten ihn gerettet, seine Silberaugen, denn sie hatten die Frösche entdeckt. Der Vater hatte gut sensen können und er hatte vorneweg als Erster gemäht, bei der Ernte im Arbeitslager, das erste Schwad, in der Gefangenschaft in Sibirien. So konnte er die Frösche aufstöbern, greifen und essen. Roh. Hat sie zerrissen, das zuckende Fleisch in den Mund gestopft, hinabgewürgt und weitergemäht, bevor der Aufseher mit der Knute kam.

Das hat der Vater immer erzählt, wenn es etwas zu essen gab, was Horschi nicht mochte, damals, als man ihn noch nicht Kurbjuweit nannte und auch noch nicht Horschi und er zu Hause noch Kleiner hieß und in der Schule ›Pisser‹, ›Ostpreuße‹ oder ›Kurbjuhu‹, weil er Augen in seinem runden Kopf hatte so groß wie die eines Uhus. Er hat die Frösche ausgekotzt, der Vater, jedenfalls die ersten, bis er sich daran gewöhnt hatte, an das zuckende gelbschleimige Fleisch, denn es hielt ihn schließlich am Leben. Das hat der Vater erzählt, jawoll. *Porree ist viel besser als Frösche, Kleiner! Iss! So iss doch, verdammt noch mal!* Er ertrug es nicht, wenn der Kleine etwas Essbares nicht aß; wegschmeißen durfte man nichts, das war ein Verbrechen *schlimmer als Vergewaltigung.* Der Vater zwang den Kleinen, das Kerngehäuse eines Apfels aus dem Schlamm einer Pfütze zu fischen, zu säubern, aufzuessen, und er brachte ihm bei, Porree zu essen. Porree war ein billiges Gemüse, das aßen sie im Herbst und Winter oft, Mutter bewirtschaftete ein Stück

Gartenland, früher im Moor neben dem Haus, später, nach dem Umzug, hinter dem Deich und baute ihn selbst an. Sie schaffte die grün-weißen Stangen mit dem Fahrrad heran, schnitt sie in Ringe, kochte sie und brachte sie auf den Tisch, mit einer weißen Soße; der Porree darin war gelb und glitschig wie die Spucke, die man hinten aus dem Rachen holt und in den Staub rotzt, wo er schwabbelt wie eine Qualle; ein lebendiger Frosch war garantiert nicht schlimmer als einen Porree zu essen, den man ausgekotzt hatte, die wütende Faust des Vaters im Nacken und kein Messer in der Hand, mit dem man sich wehren konnte, sondern nur einen Löffel, den der Vater in den Porree und zum Mund zwang. Weil Kurbjuweit den ausgekotzten Porree schaffte, schaffte er auch eine Tüte mit Regenwürmern, die er fressen musste, um nicht verprügelt zu werden von den Großen in der Klasse, die bessere Namen hatten: von Allwörden, Leidecker, Burfeind, Petersen, Kröhnke. Und von Rathjens, der von allen der Böseste war und natürlich der Faulste, er war sitzen geblieben, und deshalb war er größer und stärker. Kurbjuweit hatte sie gefressen, die Regenwürmer, einen nach dem andern, und er hatte so getan, als schmeckten sie ihm, damit keiner dachte, er hätte Angst vor der Prügel und davor, dass er sich die Hosen wieder vollpissen würde, und dass sie wieder »Pisser« schreien würden, im Kreis um ihn herumtanzen, »Pisser, Pisser«, nein, er tat, als habe er die Würmer freiwillig gegessen; und um es ganz zu beweisen und jeden Zweifel zu zermalmen, am nächsten Tag noch eine Tüte voll, um fünf Mark hatte er mit Leidecker gewettet, den sie ›Boskop‹ nannten wegen seines roten Kopfes. Hannelore, die Tochter des Pastors, die heilig war und Zöpfe trug, noch mit siebzehn, hatte sich übergeben, nur vom Zugucken. Über Kurbjuweits offenem Maul ringelten sie sich, die fetten Metten, blassrote Tiere mit dunkelroten Verdickungen, die Boskop in den fruchtbaren Außendeichsweiden ausgebuddelt hatte zum Aaleangeln, Kurbjuweit hielt sie zwischen Daumen und Zeigefinger, ließ sie langsam runter wie Delikatessen, den Kopf im Nacken, sie ringelten sich verzweifelt, bis er sie fallen ließ und seine Lippen über ihnen schloss und ordentlich kaute und knirschte, während Leideckers roter Kopf immerhin grün wurde, und nachher haben sie es allen erzählt, dass Horschi Kurbjuweit Regenwürmer frisst, »der Pisser Kurbjuhu frisst alles«, er gewinnt jede Wette, und so ist Kurbjuweit nie wieder zum Regenwürmerfressen gezwungen worden und musste nur noch Porree essen.

Man muss sich durchkämpfen.

Er steht auf, er ächzt, denn ein Schmerz zieht seine Klinge durchs Rückenmark, Kurbjuweit geht drei Schritte, setzt sich wieder. Er wirft einen langen Blick auf den Lottozettel. Er nimmt den Schreibblock von der rechten Ecke des Tisches, reißt ein liniertes Blatt ab, faltet es, streicht die Faltkante mehrmals glatt und trennt das Blatt über der Tischkante in zwei Teile. Mit dem Kugelschreiber schreibt er:

Niemand ist ohne Schuld. Kein Mensch ist ohne Schuld. Nur Jesus. Halleluja. Es ist schön zu leben. Warum aber ist das Leben so kurz und schwer? Ein Scheiß ist das, hol's der Kuckuck! Morgen Lotto! Es muss sein! Hier noch mal wegkommen und von vorn anfangen. Es müsste klappen. Hilfe habe ich nicht zu erwarten. Ich muss das allein schaffen. Rauchende Colts. Aber es kommen Tage, an denen geht alles gut. Und an anderen nicht!! Aber keines von diesen Schweinen wird auch nur einen Pfennig be-

kommen, wenn ich mal im Lotto viel gewinne. Denn sie sind verdammte Höllenbrut, deren Seelen erloschen sind! Na wartet, ihr Höllenhunde, wenn ich erst mal reich bin, dann gnade euch Gott!!

Montag wird er nach Hemmstedt fahren, zu Schlüter, wegen dieses Briefes, der ihn aus dem Leben geworfen hat. Oder wann ist er aus dem Leben geworfen worden?

3. Kapitel

In dem Bauer Schlichtmann ziemlich verbissen Holz sägt, aber noch nicht verraten wird, warum

Es half nichts, sie mussten hin. In der Stadt waren die Leute mit sich selbst beschäftigt, sie hatten keine Zeit, sich um ihre Nachbarn zu kümmern, und wenn sie Rechtsprobleme hatten, gingen sie zum Anwalt. Auf dem Land ließ man ihn kommen, sogar samstags. Wie man das vermied, hatte Schlüter noch nicht raus. Christa kam mit, um der Sache einen privaten Anstrich zu geben, und sie marschierten im warmen Südwind die Straße entlang, die man erst nach dem Krieg aus dem Schutt des zerbombten Hamburg gebaut hatte. Kater Gustav durfte nicht mit.

Schlichtmanns Hof lag drüben am Rande des Hochmoores. Die Engelsmoorer wohnten beidseits einer Straße, die zehn Kilometer von der Elbe entfernt in langen Schwüngen die ungefähre Grenze zwischen Marsch und Moor markierte. Die Gehöfte versteckten sich am Ende birkenbesäumter Wege, waren umgeben von drainierten Viehweiden und vereinzelten Ackerflächen. Der moorige Boden taugte wenig für die Ackerwirtschaft, man nutzte dafür die fetten Finger, die die Flussmarsch hier und da ins Moor streckte. Dorf konnte man die verstreuten Einsiedeleien nicht nennen.

Vor gut zweihundert Jahren hatte man den Kampf gegen das Wasser begonnen und das Moor kolonisiert. Mit hölzernen Spaten grub man steile Entwässerungsgräben, an ihren

Rändern konnte man die Flora von Jahrtausenden lesen. Sobald der Sumpf ein nasser Schwamm geworden war, stach man ihn schichtweise ab, zwei, drei Meter, stapelte die Soden in Ringeln auf, ließ sie von Wind und Sonne trocknen und schaffte den Torf zu den Häusern, um ihn zu verheizen. Übrig blieben die Erschließungswege, die meterhoch das abgetorfte Moor überragten, an ihren Rändern ließ man die Birken stehen, denn auf ihren verflochtenen Wurzeln konnten die Karren fahren, ohne zu versinken. Heutzutage durfte man den Torf nicht mehr verheizen, er landete nicht mehr in den Herden seiner Eigner, sondern in den sogenannten Kompostmischungen des Gartengroßhandels. Das Heizmaterial dagegen schaffte man von weit her aus der arabischen Wüste oder der sibirischen Tundra.

Auf die trockensten Stellen baute man die Häuser, sie schwammen wie Pontons auf dem Moor. Zweiständerhäuser nannten die Denkmalschützer die Gebäude, weil ihre reetgedeckten Dächer auf zwei Balkenreihen ruhten. Sie beherbergten Mensch und Tier unter einem Dach, denn damals wusste man noch, dass beide nicht ohne einander sein können.

Die Häuser passten sich geduldig dem Moorboden an, ihnen tat es nichts, wenn der Torfgrund mit steigendem oder fallendem Grundwasser aufquoll und wieder schrumpfte, im Winter zu Beulen auffror und in trockenen Sommern absackte. Die Bauten wurden krumm wie Bananen, aber sie hielten, und man behalf sich mit nachträglichen Stufen von Zimmer zu Zimmer.

Als die Kolonisten das Moor Richtung Altenmoor trockengelegt und erschlossen hatten, wurden ihnen die Wege zu den Torf- und Weidegründen zu weit, sie nahmen die in Elbschlick gemauerten Ziegel aus den Gefachen, zogen die

Holznägel aus dem Fachwerk und die Balken aus den Zapfen, trugen alles fort, Sparren und Hahnenbalken, Ständer, Riegel, Streben und Kopfbänder, zuletzt die Sohlbalken, alles durchnummeriert, gruben die Fundamente aus und fügten alles am Rande des Hochmoores wieder zusammen. Eine zweite Siedlungskette am südlichen Rand der Gemarkung entstand.

Und dort befand sich der schlichtmannsche Hof, auf der Moorseite der Straße, am Ende eines fünfhundert Meter langen Birkenwegs, auf den die Schlüters abbogen. Durchs Geäst der Bäume schimmerte bald das kalkgetünchte Fachwerk des alten Hauses, und dann sahen sie den Boxenlaufstall aus den Siebzigerjahren, dahinter die riesige Scheune mit diversen Anbauten und Verlängerungen für Vorräte und Maschinen, und rechts den Kälberstall, der neu sein musste, denn der Aushub aus der Baugrube lag noch gehäuft daneben. Ein Hof wie die meisten hier, uralt und nagelneu, Stillstand war nicht erlaubt, denn die Devise lautete: Wachsen oder Weichen.

Henry kam ihnen entgegen.

»Gut, dass ihr kommt«, sagte er.

Henry duzte jeden, aber er konnte sich das leisten mit seinem entwaffnenden Lächeln, dieser siebenundzwanzigjährige Hüne mit rasiertem Kopf, leuchtenden Augen hinter kleiner Brille und goldenem Ring im linken Ohr. Er war studierter Landwirt, mit Schwerpunkt Tierproduktion, wie sein Vater stolz erzählt hatte, nach einem Jahr in Amerika arbeitete Henry seit dem letzten Sommer auf dem elterlichen Hof, entschlossen, die neuesten Methoden einzuführen und den Rest seines Lebens der elterlichen Scholle zu widmen. Ein kleines großes Leben, an das sich heutzutage nur noch der binden konnte, der frei war und die Welt gesehen hatte. Nur die richtige Frau fehlte ihm noch.

»Vadder is inne Deel.«[1]

Es hätte seiner Worte nicht bedurft, denn in diesem Augenblick war das rhythmische trockene Knurren eines Motors zu hören, der angerissen wurde, dann ansprang und unter Vollgas laut grölte.

»Siid güstern Obend soogt he Holt, sünsten dreiht he dörch, seggt he.«[2]

Auf dem schlichtmannschen Hof wurde Platt gesprochen, und Henry hatte besonderen Spaß daran, seit er aus Minnesota zurück war, wo er Englisch gelernt hatte und altertümliches schleswig-holsteiner Platt aus den Zeiten Klaus Groths.

Schlüters näherten sich dem dunklen Loch der Grootdöör[3], aus dem der Lärm drang. Schlüter blieb am Dössel[4] stehen, damit seine Augen sich gewöhnten.

Der Motor dröhnte und brach plötzlich ab, es roch nach Abgasen. Der Mann unter der Neonlampe wuchtete einen fetten Meterstamm auf einen Sägebock, griff sich die Motorsäge, sägte das Holz durch, eine Fontäne von Spänen regnete ihm in den Schoß, der Mann ließ die Säge auf dem Boden weiterknötern und warf die beiden Stücke auf einen mannshohen Stapel zu den anderen. Er drehte Schlüters den halben Rücken zu und bemerkte sie nicht. Der Mann machte keine

---

1 Vater ist in der Diele.

2 Seit gestern Abend sägt er Holz, sonst dreht er durch, sagt er.

3 Nach Nordost ausgerichtetes vierteiliges Scheunentor (›große Tür‹)

4 Herausnehmbarer Mittelbalken in der Grootdöör; ermöglicht das Befahren mit beladenen Hängern.

Anstalten zu einer Pause, seine Bewegungen waren effektiv, knapp, ohne Verschwendung.

»Moin«, sagte Schlüter laut, während die Säge auf Standgas am Boden puckerte.

Diedrich Schlichtmann wendete seinen Rollstuhl, fuhr mit einem seiner langen Arme zur Säge und knipste sie aus.

»Ssü!«, begrüßte er die Besucher mit einem grimmigen Lächeln. »Dor is de Avkoot. Moin ok.«[5] Er beugte sich vor, packte die beiden Kloben, warf sie auf den Haufen. Die Begrüßungshand ließ er in der Luft stehen. Eine sehr große Hand an einem Mann, der seine Zeit nutzte.

Schlüter kam sich klein vor und ließ seine weiche Bürohand in der schwieligen Schaufel des Altbauern verschwinden. Er wartete auf den Schmerz, aber der Griff war überraschend sanft. Der alte Bauer hatte einen fast kahlen braun gebrannten Schädel, auf dem sich der Schweiß mit dem Sägestaub mischte, einen herkulisch trapezförmigen Oberkörper und lange Beine, von denen das eine sehr dünn und am Rollstuhl festgeschnallt war. Das andere hielt er in den Boden gestemmt, den seine Pranken zu berühren schienen.

Ein Schimpanse, dachte Schlüter. Ein Nachfahre der Ahnen mit Keule.

»Lot uus ringohn«[6], sagte Schlichtmann und setzte seinen Rollstuhl in Bewegung.

Ein Scheit verklemmte sich in den Vorderrädern, der Alte stieß einen Fluch aus, und während Schlüter noch überlegte, ob er dem Invaliden helfen sollte und wie, hatte Schlichtmann das Holz schon gepackt und drei Meter hoch durch

---

[5] So! Da ist der Anwalt. Guten Tag auch.

[6] Lasst uns reingehen.

eine Lücke in einen Käfig aus Stahlmatten geworfen wie einen Dartpfeil. Schlüter bemerkte den Hauklotz, auf dem ein schwerer Spalthammer lag, und die Scheite, die drum herum lagen. Der Klotz trug die Spuren vieler wütender Hiebe.

»Av geiht't«[7], befahl Schlichtmann, zog seine Augenbrauen zusammen und rollte weiter.

Schlüters folgten dem Schimpansen, der seinen Rollstuhl mit starken Händen über das holprige Hofpflaster zur Ostseite des Niedersachsenhauses trieb, wo die Eingangstür war. Sie mussten sich beeilen, um Schritt zu halten.

»Dieser Mann ist gefährlich!«, flüsterte Christa.

---

[7] Auf geht's.

4. Kapitel

In dem wir Kevin kennenlernen und eine Reklamezeitung Horst Kurbjuweit auf dumme Gedanken bringt, die noch Folgen haben werden

Der Briefkasten hängt unten im Treppenhaus, in einer Reihe neben den anderen, an einer fleckigen olivgrünen Wand.

Kurbjuweit geht nicht gern raus, aus der Wohnung nicht und erst recht nicht auf die Straße. Man trifft nur die Nachbarn, den Stachowiak, den Holzbearbeiter, die Thielpapesche oder wen auch immer. Karol Stachowiak ist ein kleiner knotiger Mann, wie aus Fels gehauen, mit breiten Schultern und einem narbigen Schädel, in dem zwei kalte Augen stecken. Er wohnt oben im zweiten Stock direkt über Kurbjuweit und hat dauernd irgendetwas im Keller zu erledigen, wo die Abstellkammern sind. Jede Wohnung hat eine, und dorthin geht der Polacke; seit einiger Zeit mindestens zwei Mal am Tag, was macht er da? Vor zwei Jahren ist er aus Polen gekommen, mit seiner Frau, und jetzt warten sie darauf, dass die Rente durchkommt, wie er Kurbjuweit erzählt hat, nachdem sie sich das dritte Mal begegnet sind. Sogar einen Rechtsanwalt habe man sich nehmen müssen.

Heute kommt die Wochenzeitung, heute ist Samstag. Mittwochs und samstags kommt das Reklameblatt, so kann man die Woche einteilen. Kurbjuweit hat einen Hunger nach Leben, er will wieder in einen Zug einsteigen, ein Ziel haben, aber womit beginnen? Er sitzt tagaus, tagein in seiner Wohnung, meistens am Küchentisch, er ist müde, in seinem Kopf braust es, er ist vollgestopft mit den Bildern vom verpassten Leben, die ihn aus dem Fernseher anspringen, der Kopf muss in andere Luft kommen, auch wenn es nur die im Treppenhaus ist, und deshalb quält Kurbjuweit sich nun die Treppe hinunter, obwohl sein Rücken aus zerbrochenem Glas ist, die Splitter schaben bei jeder Bewegung an den Nerven, er stützt sich am Geländer ab.

Während er die Zeitung aus dem Briefkasten zieht, raschelt es hinter ihm. Erschrocken fährt er herum und der Schmerz jagt ihm einen Feuerstoß durch den Leib. Zwischen den Kinder- und Einkaufswagen bewegt sich etwas. Kurbjuweit sieht einen dünnen Arm und einen halben Kopf.

»Was machst du denn da?«, keucht er.

Kevin, der Sohn der Thielpapeschen, kriecht hervor.

»Ich warte«, sagt er mit kleiner Stimme und bleibt zwischen den Kinderwagen stehen.

»Und worauf, wenn ich bitten darf?« Der Schmerz geht in ein Brummen über.

»Dass ich wieder reinkann.«

»Und wieso kannst du nicht rein?«

»Weil ich rausgeflogen bin.« Der Junge hat ein spitzes Gesicht, das alt aussieht.

»Wie alt bist du eigentlich?«

»Sechs.«

»Dann kommst du im Sommer zur Schule.« Was soll man mit kleinen Kindern reden?

»Das will ich auch. Wenn ich in der Schule bin, kann Onkel Volli kommen, ohne dass ich rausfliege.«

»Und wer ist Onkel Volli?« Kurbjuweit ist irritiert, er kennt keinen Onkel Volli. Seine Informationen über die

Leute im Haus stammen noch von Mutter, sie sind jetzt fünf Monate alt und bedürfen der Überholung.

»Der besucht Mama öfters in der letzten Zeit. Und er hat sogar Papa rausgeschmissen. Da war ich bei. Und mich schmeißt er auch raus. Das finde ich ungerecht. Mattleen darf drinbleiben.«

Madeleine ist die Tochter der Thielpapeschen, sie ist noch kein Jahr alt. Kevin klopft auf den Kinderwagen, an dem er lehnt. Kurbjuweit schweigt.

»Wenn ich wieder reindarf, kriege ich Pommes, hat Mama gesagt«, redet Kevin weiter. »Ich warte schon mindestens zwei Stunden.«

»Frierst du nicht?«, fragt Kurbjuweit und ärgert sich im selben Moment. Wieso fragt er das? Es ist doch warmes Frühlingswetter. Man hat seine Worte nicht unter Kontrolle, wenn man so lange nicht gesprochen hat.

»Ein bisschen«, antwortet der Junge und lässt seine mageren Schultern zittern, ein wenig mehr als notwendig.

»Na, dann wollen wir mal hoffen, dass die bald fer…, ich meine, dass du bald wieder reinkannst.«

»Bist du auch schon mal rausgeflogen?«

»Ja«, sagt Kurbjuweit. »Bin ich.« Mit Rausgeschmissenwerden kennt er sich aus. Überall ist er rausgeschmissen worden, aus dem ganzen Leben. Und fragt: »Warum gehst du nicht spielen? Ist doch langweilig hier.«

»Keine Lust«, murmelt der Junge und sieht Kurbjuweit mit ernsten Augen an.

»Na«, sagt Kurbjuweit nur.

Er klemmt sich die Zeitung unter den linken Arm und macht sich auf den Rückweg, wobei er versucht, so normal wie möglich die Treppe hochzusteigen.

Wieder in der Wohnung, setzt er sich an den Küchentisch, wirft einen Blick gegenüber auf den Kontrollspiegel am Fenster, wie es seine Gewohnheit ist, und legt die Zeitung und das, was drin ist, auf den Tisch. Reklame vom Landhandel, vom Supermarkt, vom Möbelmarkt und vom Baumarkt in Hemmstedt, sie werben mit Tiefstpreisen, *nur jetzt, null Prozent Finanzierung.*

Beim Möbelmarkt gibt es *Zwanzig Prozent auf alle Couchtische,* schöne Frauen sitzen auf Sofas und lächeln Kurbjuweit an. *Aktion gesunder Rücken,* eine nackte Frau zeigt sich von hinten, sie sieht nicht schlecht aus, nur der Arsch könnte breiter sein, so wie der von der Thielpapeschen. Nur ein paar Meter neben ihm greift Onkel Volli sich ein fettes Stück Fleisch aus dem saftigen Leben. Kurbjuweit hat keins, sein Leben ist mager und trocken, er lebt in der Wüste und er hat Durst.

Polstermöbel. *Darauf sollten Sie achten: Einstellung der Sitzhöhe, Einstellung der Sitztiefe, ausreichende Sitzbreite, ausreichende Höhe der Rückenlehne, individuelle Lendenstütze.* Sinnvolle Zusatzfunktionen haben die Möbel: *Neigungsverstellbare Rückenlehne, Sitzneigungsverstellung, variable Nackenstütze, Fußstütze bzw. Hocker, kombinierte individuelle Sitztiefen- und Höhenverstellung. 998,- Mark.* Vielleicht würde so ein Sessel seinem Rücken helfen? Aber wie soll er sich das leisten, jetzt, nachdem Mutter tot ist und ihre Rente, die sie vom Vater geerbt hatte, mit ins Grab genommen hat? Im Wohnzimmer steht immer noch die Sitzgruppe, die Mutter vor fünzehn Jahren gekauft hat, nachdem sie aus dem Moor fortgezogen sind, wo sie zuvor gewohnt haben. Die Moorkate war baufällig geworden und das Reetdach so dünn, dass der nächste Sturm sein Ende bedeuten konnte.

Kurbjuweit hat eines Herbsttages schon zwei alte Pferdeeggen hochgeschafft, mithilfe der wurmstichigen Holzleitern, von denen er zwei aneinanderbinden musste, um bis unter den First zu gelangen. Eine große Reparatur hätte sich nicht gelohnt, und dann hatten sie verkauft und waren umgezogen in diese Wohnung. Damals arbeitete Kurbjuweit noch im Betonwerk des Hauseigentümers, vor dessen dritter Pleite.

Ursachen von Rückenschmerzen: angeborene organische Schäden, nein, das sind sie garantiert nicht, auch nicht *falsche Bewegungsmuster* – schon eher *einseitige körperliche Belastung* oder *körperliche Schwerarbeit. Psychische Belastung, Stress,* haha, diese Witzbolde, er, Horst Kurbjuweit, war doch kerngesund gewesen, bis man ihn fertiggemacht hat! Die Arbeit im Lager, die Reifen, die er heben musste, der Meister, der Überstunden verlangt hat bis zum Abwinken! *Falsche Ernährung, Übergewicht.* Die verwechselten mal wieder Ursache und Wirkung! Er hat es doch nicht im Rücken, weil er dick ist, sondern er ist dick, weil er es im Rücken hat und weil er kein Geld hat, sich die gesunden Lebensmittel zu kaufen. Außerdem ist er erblich vorbelastet, denn Mutter hat schließlich auch zweieinhalb Zentner gewogen. Kurbjuweit blättert wütend weiter.

Wohnzimmermöbel. Eine Lady mit schwarzen Stiefeln sitzt dort, ihre Brüste quellen heraus und sie lächelt: Komm zu mir, Kurbjuweit.

Matratzenlager. Da liegen sie, noch mehr Frauen, eine im Nachthemd mit tiefem Ausschnitt auf fünf Matratzen übereinander, *ErgoMAXX High-tech 200: 7-Zonen-Kaltschaummatratze*, sie lächelt selig. He, Kurbjuweit, wie wär's? Ein Matratzenlager mit so einer Erbsenprinzessin, das wär was. Ob Onkel Volli schon fertig ist?

Kurbjuweit legt das Prospekt auf die anderen neben den Zeitungsstapel vor sich auf den Tisch und blättert in der Wochenzeitung. *Viel zu tun für die Feuerwehren, Hollenfleths neue Majestät heißt Wilfried Rönsch.* Letztes Jahr ist Kurbjuweit noch hingegangen zur Proklamation des Schützenkönigs: Hans-Hermann Rathjens. Dabei kann der überhaupt nicht schießen! Ist nie über 175 gekommen! Das war gedreht. Vor fünf Jahren ist Kurbjuweit noch bester Mann gewesen und er hätte heute König sein können, wäre er damals nicht aus dem Verein ausgetreten. Aber so ist das, Schweineköppe und Mistkerle überall.

Kurbjuweit blättert weiter zu den Kleinanzeigen. Kontaktanzeigen, Erotik. *Ganz neu in Hemmstedt. Natascha, 30 J., blonde Verführerin, Oberw. 80 C, richtig küssen und vieles mehr.* Richtig küssen wollte Anita zuletzt nicht mehr. Du riechst aus dem Hals. Putz dir mal die Zähne. Jetzt nicht, die Kinder. *Modell Katja, 28 J., top Figur und naturgroße Brüste. 75 -C.* Was bedeuten diese Zahlen eigentlich? Und das Minus? Anitas Brüste sind schwer wie die Euter der Kühe, die Mutter früher gemolken hat, mit Falten drin und blauen Adern. Zuletzt hatten sie noch sieben Kühe. Und dann gaben sie ganz auf, nachdem Vater in Rente gegangen war. Depotverwalter war der gewesen bei der Bundeswehr, Mutter hatte die kleine Landwirtschaft allein gemacht.

Wenn du auf eine aktive Frau im Bett stehst, dann melde dich schnell bei mir. Ich weiß ganz genau, was Männer beim Sex brauchen. Anita hat das nicht gewusst. Ich hab vier Kinder, ich bin damit durch. Dabei hatte sie zuerst mitgemacht und sogar Spaß daran gehabt. Sie verlangte, dass er sie feste rannahm, und wenn es ihr kam, machte sie Ahhh und schraubte ihn auf den Brüsten fest, er durfte sich nicht mehr rühren, sie erledigte den Rest. Kurbjuweit spürt sein steifes Glied, er überlegt, ob er in sein Schlafzimmer zu seinen Heften, die er sich früher an einem Kiosk in Hemmstedt gekauft hat, gehen soll. Wie oft hat er sie schon durchgeblättert? *An meinem Busen darfst du schmusen. Zu geil? Ich bin schon ganz feucht.* Auch das war sie nicht mehr gewesen, sie wollte nicht mehr. Wenn du unbedingt willst, na gut. Männer! *Hallo du Kuschelbär, ich bin Nicole, 37, mit schöner Oberweite*, wieso stand da immer was über die Oberweite, aber nichts über die Hauptsache, den Arsch? *Ich warte auf dich, um dich mit Zärtlichkeit und Gefühl zu verführen.* Ihn hat noch nie eine verführt. Anita hat ihn nicht verführt, sie hat ihn einfach mit ins Bett genommen, ganz selbstverständlich, nachdem er das zweite Mal bei ihr gewesen war, so wie wenn der Kuchen auf dem Tisch steht und man schiebt dir einen Teller rüber, nimm dir 'n Stück. Verführen, was ist das überhaupt? Vielleicht das, was er damals, in der Schulzeit, mit Hannelore, der Pastorentochter, hatte machen wollen? Da wollte er, Kurbjuweit, immer in ihrer Nähe sein, aber er wusste noch nicht, wozu, er war ja erst vierzehn. Hannelore war immer fern, sie saß ganz vorne, und er, Kurbjuweit, ganz hinten, aber im Konfirmandenunterricht, einmal in der Woche am Nachmittag zwei Stunden lang, durfte er an ihrer Seite sein. Der Pastor, der ein pockennarbiges Gesicht hatte und mit dem Kopf wackelte, hatte die Sitzordnung bestimmt: Kurbjuweit, der dicke Flüchtling aus dem Moor, sollte neben seiner Tochter sitzen. Erhöht die Erniedrigten oder so ähnlich. Der Pastor machte Bibelwettbewerb. Jesaja fünf, Vers sechs, wer zuerst vorlas, durfte nach Hause gehen. Kurbjuweit strengte sich nie an, er war zu langsam und außerdem wollte er bei Hannelore bleiben, bis zum Ende.

Um ihr näher zu kommen, stützte er die Ellbogen auf dem Tisch und ließ sie nach auswärts gleiten, bis sie bei Hannelore angekommen waren. Manchmal schaffte er es, sie sogar zu berühren, wie unabsichtlich, »Entschuldigung«, flüsterte er und wurde rot. Oder er streckte sein linkes Bein nach ihr aus, es wurde warm und dann heiß, denn er berührte ihren Fuß, und am Nachmittag, wenn er die Kühe zum Melken holte, war sein Ellbogen oder sein Fuß immer noch warm. Und abends, wenn er in der Kammer lag, dachte er an sie und kriegte einen Steifen, aber das war Sünde, denn Hannelore war rein und frei von Schweinereien, und er traute sich nicht, seinen Steifen anzufassen, denn für Hannelore wollte auch er rein bleiben. Nein, er strengte sich nicht an mit den Bibelstellen. Er hielt es aus, weil er neben Hannelore sitzen wollte.

Nachdem die Sache mit den Regenwürmern passiert war, hatte er keine Chancen mehr bei Hannelore. Wer den Kurs nicht hält, verliert alle Optionen. Sie drehte ab, sobald sie ihn sah, und manchmal sagte sie sogar: »Ihhh.« Immerhin bekam er von ihrer Mutter keine Ohrfeigen mehr, denn er grüßte sie, nachdem er sich in Hannelore verliebt hatte. Hannelore ist jetzt verheiratet, mit einem Lehrer vom Gymnasium in Hemmstedt. Sie hat zwei Kinder, also hat sie es auch gemacht, dann hätte sie es auch mit ihm, Kurbjuweit, dem Flüchtling aus dem Moor, tun können. Sie ist heute fett wie die anderen verheirateten Frauen, hat einen breiten Hintern und fährt mit dem Fahrrad zum Supermarkt so langsam, dass sie fast runterfällt.

Wer keine Zukunft hat, denkt viel an die Vergangenheit.

Von einer Frau verführt werden, das wär was. *Verwöhnt dich mit franz.-natur,* liest Kurbjuweit. Französisch, das würde Hannelore bestimmt nie machen, eine Pastorentochter nicht.

Der Thielpapeschen traut er das zu. Auch Anita hat das nie gemacht. Sie wollte es immer auf die gleiche Art, immer von oben, sogar noch, als er so dick geworden war und es schwierig wurde, weil er nicht mehr rankam, und sie war ja auch nicht gerade schlank. Er hat sie nie darum gefragt.

Kurbjuweit liest weiter: *Sex ist unser Job, wir lieben unsere Arbeit. Nicole.* Schon wieder eine Nicole, die hießen wohl alle so, *großer Naturbusen, gr. Nat., schöne Massagen. Haus/Hotelbesuche.* Hemmstedter Telefonnummer. Was bedeuten diese Abkürzungen? Geheimnisvolle Schweinereien. Was das kosten würde? Kurbjuweit spürt, wie sein Herz schneller schlägt. Er legt die Zeitung auf die anderen. Er hat nicht viel Geld. Im Moment ist es nur das Krankengeld und ab nächsten Monat nur noch die Sozialhilfe. Wer nur zweihundert Mark im Monat hat, kann sich nichts leisten.

Er hört eine Tür schlagen und steht auf. Geht zum Fenster und blickt in den Spiegel. Auf dem Laubengang lehnt ein Kerl am Geländer und redet. Er trägt eine ärmellose Jeansjacke mit Fransen an den Ärmellöchern, darunter ein Jeanshemd, das bis zum Nabel offen steht. Schmaler Hintern, starker Bauch, auf dem behaarten Brustkasten pendelt eine goldene Kette. Kurbjuweit sieht, wie die dicke Thielpape dem Kerl einen Kuss gibt, wie sie sich auf die Zehenspitzen stellt und sich reckt, einen imposanten Arsch hat sie, noch nicht mal richtig angezogen ist sie, ihre Brüste zappeln unter dem T-Shirt wie fette Lämmer, sie hat noch rote Wangen. Kurbjuweit starrt in den Spiegel, seine Nase berührt ihn fast. Der Kerl macht sich auf den Weg. Das also ist Onkel Volli und er hat Kurbjuweit eine Menge voraus. Sieht aus wie ein Rocker. Hat Schlag. Erlebt was.

Taten sind es, die dich weiterbringen.

Kurbjuweit setzt sich wieder an seinen Küchentisch. Er nimmt ein Blatt Papier, und wie immer faltet er es, reißt es an der Tischkante in der Mitte durch, knickt die eine Hälfte noch einmal und macht zwei kleine Zettel.

Auf den einen schreibt er, zuerst auf der Vorderseite, dann weiter auf der Rückseite:

1. Lotto. 2. Amt. 3. Arzt. 4. Wohnung renovieren. Die Sonne scheint so schön. Die Vögel singen und piepsen. 5. Nicole ficken. Von vorn und von hinten. Und in den Mund nehmen soll sie ihn auch. Mannomann, muss die einen geilen Arsch haben, da kann man so richtig reinfassen und von vorne sein Schwänzchen in ihr geiles Fötzchen jagen!! Tief, tiefer, am tiefsten, bis zum Anschlag, und dann gewaltig in sie reinspritzen! Die Eier müssen groß wie Billardkugeln sein, sodass so viel Sahne drin ist, dass man drei Nummern hintereinander schieben kann!!! Die Sahne muss ihr nur so die vollen Schenkel runterströmen!! Bis auf die Füße! Sie muss vor Geilheit kreischen: Fick mich. Bitte tiefer, bitte schneller!! Ist das schön. Steck ihn rein. Streichel meinen Arsch. Ich liebe Dich. Du gehörst mir. Ohh, Ahh!!! Das ist das Paradies.

Kurbjuweit steht auf und geht in sein Schlafzimmer. Die Hefte liegen auf dem Nachttisch. Er nimmt sich eins, schlägt es auf. Er kennt den Text und die Bilder, er hat sie viele Male gelesen und gesehen. Aber es ist nicht das Paradies, es ist nur die Einbildung davon. Das Paradies ist weit, weit fort. Er hat keine Lust, sich schon wieder selbst zu befriedigen. Hinterher, wenn die Kopfbilder verloschen sind und er den kalten Bauern wegwischt, ist alles wie vorher.

Er wirft das Heft auf den Nachttisch und geht ins Wohnzimmer, von da auf den Balkon. Er war schon lange nicht mehr auf dem Balkon. Da wird man nur von den Nachbarn beglotzt.

Die Thielpapesche steht drüben und raucht. »Kevin, kannzu mal Zigaretten für Mama holn gehn?«, ruft sie nach rückwärts.

Kevin durfte wohl wieder rein, nachdem Onkel Volli fort war. Kurbjuweit tritt einen Schritt zurück und atmet tief durch.

»Verfluchte Scheiße«, murmelt er. »Es muss was passieren.«

Übermorgen wird er nach Hemmstedt fahren, wegen dieses Briefes.

5. Kapitel

In dem Bauer Schlichtmann über seinen Nachbarn lästert und der in plötzliche Schwierigkeiten kommt

Christa war von der Bäuerin abgefangen worden, einer Frau mit starken Knochen und graubraunem Haar. Sie saßen in der dunklen Küche, die in diesen Häusern stets nach Nordwesten lag, der Kühle wegen, und meistens nur ein Fenster hatte, sie tranken Kaffee und tauschten sicher Informationen über den Tomatenanbau aus, denn der Gemüsegarten neben dem Haus war unübersehbar. Gekreuzte Stangen standen wie ein langes Wigwam auf dem kahlen Beet; in wenigen Tagen würden die Bohnen gesät werden.

Schlüter folgte Diedrich Schlichtmann ins Wohnzimmer des Niedersachsenhauses, dessen Fenster in der Mitte des Giebels nach Südwest zeigte. Vor den schmalen Türen stemmte Schlichtmann sich einbeinig aus dem Rollstuhl, hielt sich am Türrahmen fest und klabasterte das Gefährt unter Verwünschungen über die Schwellen. Die Gardinen waren zugezogen, der Frühling blieb draußen, es herrschte Dämmerlicht am hellen Tage. Frischluft war schädlich, denn sie bedeutete Verlust von Heizenergie.

Der Altbauer wartete, bis Schlüter saß, und begann zu erzählen. Hans-Herrmann Rathjens, berichtete Schlichtmann, dieser sogenannte Kollege, an den ihn ein missgünstiges Schicksal durch Landnachbarschaft unzerreißlich gefesselt hatte, piesacke ihn seit vielen Jahren. Ihre Weiden grenzten aneinander, aber Rathjens struppige Viecher seien stets schlecht genährt, da seine Weiden mager seien. »Duwok[8] und Binsen. So weit das Auge reicht«, Rathjens Silo sei folglich minderwertig, schimmelig sowieso, die Tiere kämen im Frühjahr untereernährt auf die Weide und fänden nicht genug Nahrung, und weil der Nachbar sich weder um die morschen Pfähle, abgerosteten Isolatoren und den gebrochenen Draht seiner Zäune kümmerte, brachen seine hungrigen Tiere regelmäßig aus, liefen in der Gegend umher und brachten das Chaos auf die Nachbarweiden. Zwar sei es unter Berufskollegen Ehrensache, sich gegenseitig Bescheid zu geben, wenn man eines der Nachbartiere in der eigenen Herde wiederfand, aber Rathjens hatte das Band der Kollegialität und der Geduld überdehnt. Es war zerrissen, endgültig, mit einem lauten Peng. Schlichtmann habe den Bullochsen einkassiert, konfisziert sozusagen, und zwar stillschweigend.

»Bullochse?«

»Kastrierter Bulle, ist aber noch was dringeblieben, ein Ei funktioniert wohl noch. Wahrscheinlich hat er meine Jungtiere gedeckt.« Schlichtmann habe seinen Rindern vom gleichen Tierarzt, dem die Kastration des rathjenschen Bullen missraten war, eine Abtreibungsspritze verpassen lassen müssen. Der verdiene an beiden Seiten, dieser Hektiker, oder er habe einfach keine Lust gehabt, für Rathjens eine anständige Arbeit zu leisten. Wenn eine Queene[9] mit vierzehn Monaten ein Kalb ansetze, wachse sie nicht mehr aus und müsse zum Schlachter, und wenn das Tier Anlagen zu

---

8 Ackerschachtelhalm, mundartlich Duwok. Wirkt giftig und wächst gut auf schlecht gedüngten, verdichteten Böden mit niedrigem pH-Wert.

9 Auch Färse, Kalbin: weibliches Rind, das noch nicht gekalbt hat.

einer guten Milchkuh habe … Und das jetzt, wo Henry gerade die Milchleistung durch optimierte Zucht erhöhen wolle.

»Ick hevv dacht, mit denn kanns du di blots verdrägen, wenn du di mit emm vertürnt hest, ober datt funktschoneert ok nich!«[10] Wahrscheinlich habe Rathjens seinen Zaun selbst flach gelegt, damit seine räudigen Mistviecher mal ordentliches Futter bekämen. Schlichtmann lachte bitter auf und fletschte seine Zähne, als habe er eine Trense dazwischen.

»Dann ist doch alles in Ordnung«, freute sich Schlüter. Schlichtmann habe von Rathjens gelernt und wende dessen Methoden an. Denn sonst sei doch Rathjens derjenige gewesen, der die Tiere seiner Nachbarn eingefangen und zu Geiseln gemacht habe, um Forderungen nach Futtergeld durchzusetzen. Schlichtmann habe den Spieß umgedreht und schlage Rathjens mit den eigenen Waffen, wunderbar!

»Eben nicht!«, schrie Schlichtmann und sein langes Gesicht wurde dunkelrot, die schneeweißen Augenbrauen zuckten und seine speichligen Reißzähne sprangen über die Lippen. Dieses marode Tier von Bullochse stehe in seinem Stall, fresse vergnügt Fünfsternefutter, wahrscheinlich zum ersten Mal in seinem Leben! Und Rathjens freue sich noch darüber! Der habe sich weder gemeldet noch das Tier als vermisst bekannt gegeben! Er schere sich nicht um sein weggesperrtes Tier! Mit so einer Strategie habe er, Schlichtmann, nicht gerechnet.

»Ick hau emm dot, ick hau emm dot!«, ballte Schlichtmann die Fäuste.

---

[10] Ich habe gedacht, mit dem kann man sich nur vertragen, wenn man mit ihm zerstritten ist, aber das funktioniert auch nicht!

Nachdem Schlüter ihn mit der Motorsäge hatte hantieren sehen, zweifelte er nicht, dass dieser Rollstuhlfahrer zu allem imstande war. Der Hass hatte sein Hirn gefressen.

Rathjens hatte sich viele Tode verdient durch seine Ränke und Sticheleien, mit denen er seine Nachbarn unbarmherzig quälte wie die Kirche die Bauern mit überhöhten Pachtpreisen. Rathjens war das, was für Christa Ackerwinde, Giersch, Quecke und Vogelmiere waren, man konnte reißen, graben, grubbern und harken und hacken so viel man wollte, es blieben immer genug Wurzeln im Boden, das Beet bald wieder zu überwuchern. Man hätte ihn längst rädern, vierteilen, pfählen, strecken, federn und teeren müssen, dachte Schlüter. Rathjens zog den Zorn aller Nachbarn auf sich, man mied ihn wie einen Aussätzigen und hielt ihn von der Treibjagd fern, aus Angst vor seinen Versicherungsfällen. Er nahm auch nicht an den winterlichen Einladungen teil, weil er nichts als gehässige Reden schwang und unmanierlich aß. Wenn er seine Kartoffeln mit der Gabel zerdrückte, fuhr sein Ellbogen auf und ab wie ein Pumpenschwengel, sodass jeder, der rechts neben ihm saß, Rippenstöße zu fürchten hatte. »Ick eet nich veel, ober gaut«[11], quittierte Rathjens die entsetzten Blicke. Er schreckte nicht davor zurück, zähes Fleisch vor dem Mund mit dem mitgebrachten Taschenmesser abzusäbeln, und brachte es fertig, die Nachtischschüssel allein zu leeren. Man war nicht etepetete als Bauer, aber alles hatte seine Grenzen. Rathjens hatte sich selbst zum Paria gemacht.

Das war nichts Neues.

In den vergangenen zwanzig Jahren hatte Schlüter gegen Hans-Herrmann Rathjens reichlich zwei Dutzend Prozesse

---

[11] Ich esse nicht viel, aber gut.

geführt, die meisten im Namen der Mutter, die schon lange Jahre unter der Erde lag. Sie hatte sich der kriegerischen Attacken ihres Sohnes erwehrt, der sie in einem Zimmer hausen ließ, in dem der Fußboden durchgebrochen war und die Schnecken aus dem Wasserloch darunter nachts bis aufs Bett krochen. Beim Ortstermin war dem Landwirtschaftsrichter übel geworden, bleich hatte er sich an der Türfüllung festgehalten, was Rathjens Gelegenheit gab, Schlüter flüsternd Prügel anzudrohen. Martha Rathjens, Gott sei bei ihr, hatte ihre letzte Zeit im Altenheim von Hollenfleth zubringen müssen, denn ihr Sohn hatte sie am Ende mit Gewalt vom Hof vertrieben, zehn verlorener Prozesse zum Trotz, indem er sie an den Füßen aus dem Haus geschleift und auf der Zufahrt liegen gelassen hatte.

Einen oder zwei Prozesse hatte Schlüter auch für Schlichtmann gegen Rathjens geführt. Aber Prozesse brachten bei Rathjens nichts, man erwies ihm sogar eine Gunst damit, denn Rathjens prozessierte für sein Leben gern, er brauchte den Streit wie das Pferd den Hafer. Die pädagogische Wirkung eines verlorenen Prozesses versagte bei ihm, denn aufs Gewinnen kam es ihm gar nicht an, sondern darauf, zu Terminen nach Hemmstedt zu reisen, diverse Anwälte zu beschäftigen, jedem etwas anderes vorzulügen, mit anderen Worten: ein kunstvolles Intrigengespinst zu verfertigen. Die Prozesskosten zahlte er nie freiwillig, sondern ließ sich lieber das Milchgeld pfänden, weil er glaubte, seine Kontrahenten damit fuchsen zu können.

Hauptberuflich war Rathjens Streithansel und im Nebenberuf wirtschaftete er neben den Schlichtmanns auf seinem chaotischen Hof, zwischen zerfledderten Silohaufen und Gebirgen aus Strohballen, in denen seine berühmten Hängebauchschweine hausten und sich wie die Ratten vermehrten, keines registriert, behauptete Schlichtmann, aber das sei ein anderes Thema.

Schlichtmann setzte seinen Bericht fort mit einer Liste der nachbarlichen Übergriffe. Vor drei Jahren habe Rathjens nachts die Jungtiere von der schlichtmannschen Weide getrieben, über seinen eigenen Silohaufen gehetzt und sich die Folie irreparabel zerstampfen lassen. Keine Stunde nach dem Melken stand er in der Geschäftsstelle der Provinzial in Hemmstedt, denn er wusste, wo Schlichtmann seine Tierhalterhaftpflicht versichert hatte. Nach zwei Stunden hatten die verschüchterten Versicherungsheinis Rathjens einen Scheck über dreitausend Mark ausgehändigt, für verschimmeltes, wertloses Silo, nur um ihn wieder loszuwerden. »Stellen Sie sich das mal vor!« Jeden Herbst fahre Rathjens bei schlechtem Wetter den gemeinsamen Weg in die Feldmark absichtlich zuschanden, um anschließend, wenn es um die Wiederherstellung gehe, zu behaupten, Schlichtmann habe das ganz allein zu verantworten. Das nur, damit er, Schlichtmann, die größten Schwierigkeiten bei der Maisernte bekomme, das Futter durch metertiefe Wasserlöcher karren müsse, vorletztes Jahr habe er sich einen Ladewagen dabei ruiniert, Achse gebrochen, zweitausend Mark Reparaturkosten beim Schmied. Er könne noch lange erzählen, knurrte Schlichtmann, bis ihm die schwarze Galle überliefe. Ganz zu schweigen von den andern Nachbarn. Zum Beispiel dem Gastwirt, den habe Rathjens regelrecht auf dem Gewissen, der sei doch depressiv gewesen und habe den verlorenen Prozess nicht vertragen.

Schlüter nickte. Das lag jetzt über zehn Jahre zurück, aber er erinnerte sich, als sei es gestern gewesen. Der Gastwirt hatte Rathjens ein Stück saures Hochmoorland verkauft, knapp zwei Hektar für fünftausend Mark. Als der Kaufpreis fällig war, hatte Rathjens den Gastwirt zu sich gebeten, er möge sich das Geld abholen, hatte ihm die vorbereitete Quittung vorgelegt, ihn aufgefordert, schon mal zu unterschreiben, die Frau werde Kaffee machen, gleich sei er mit dem Geld wieder zurück. Der Gastwirt hatte brav unterschrieben und Kaffee getrunken, die Quittung lag friedlich auf dem Küchentisch, und als Rathjens zurückkam, schnappte er sich das Papier, tat so, als wollte er die Unterschrift prüfen, steckte es ein und übergab dem Gastwirt einen dicken Umschlag mit nichts als Zeitungsschnipseln darin. Das hatte der arme Mann, der sich nicht traute, die Summe nachzuzählen, erst vor der Tür gemerkt. Er war zurückgekehrt und forderte die Quittung zurück, wurde aber am Kragen gepackt und unter hämischem Gelächter vom Hof gejagt. Den Prozess gegen Rathjens hatte Schlüter verloren, diesen einen. Gegen eine Quittung kann man nicht gewinnen. Das ist eine unüberwindliche Urkunde. Schlüter hatte seinerzeit Rathjens Frau als Zeugin vernehmen lassen, in Ermangelung anderer Beweismittel. Mit steifem Blick auf ihre Hände hatte das verschlagene Weib die Version ihres Ehemannes bestätigt und sich hinterher ungerührt vereidigen lassen. Der Gastwirt hatte sich kurz nach dem Urteil umgebracht, *durch den Strick geguckt,* wie man so sagte.

Tja, dachte Schlüter, hier sind auf zwei Kilometer mehr Dramen passiert als in der Bronx von New York.

Man habe gehofft, unterbrach Schlichtmann das kurze Schweigen und wechselte das Thema, Rathjens werde zwangsversteigert, denn der Hof sei in den letzten Jahren schon zwei Mal unter Beschlag geraten, aber er habe sich jedes Mal wieder herauswinden können, indem er auswärts arbeiten gegangen sei als Klauenschneider, »denn faul ist er nicht, der Hund, flink as 'n Kateker.«[12]

Und jetzt also diese Sache mit dem Bullochsen, der Schlichtmanns beste Jungtiere gedeckt hatte. Die Tierarztkosten kriege er nicht wieder, ganz zu schweigen von der Rennerei mit dem Vieh und dem halben Tag, den sie für die Zaunreparatur hatten aufwenden müssen, Henry und die Frau. Dafür müsse er schon wieder prozessieren gegen Rathjens, und dazu habe er keine Lust mehr, die Gerichte würden ihm nicht helfen, er werde diese Sachen in Zukunft in Eigenregie klären.

»Und wie?«

»Ick hau em dot! Hebb ick doch seggt. Ick hau em dot!«, wiederholte Schlichtmann.

»Und wann wollen Sie ihn totschlagen?«, fragte Schlüter trocken. Man musste die Leute beim Wort nehmen. Wiederholen, was sie sagten, damit sie es aus fremdem Mund hörten, denn das Echo der eigenen Worte, zumal auf Hochdeutsch, klang ganz anders und konnte zur Besinnung bringen. Man musste die Sachen zu Ende denken, immer.

Aber Schlichtmann ließ sich nicht verunsichern. »So forts as ick hier rut bün«[13], antwortete der Bauer mit fester Stimme und gab dem Rollstuhl einen Backs. Er bekomme ein neues Hüftgelenk. Vor drei Monaten sei er deshalb in der Klinik in Debstedt gewesen. Alles entzündet, weil er mit dem kaputten Gelenk zu lange weitergearbeitet habe. Man habe ihm den Knochen abgesägt und rausgenommen, »so 'n Ende überm Knie, hier«, zeigte er, und die Wunde zugenäht. »So

---

12 Flink wie ein Eichhörnchen.

13 Sobald ich hier raus bin.

lang, hier.« Seine Hand fuhr am Oberschenkel entlang, als zöge sie einen Reißverschluss. Sein Bein könne er nicht benutzen, das sei wie Pudding, »schlackert nur rum.« Sobald die Entzündung aber abgeklungen sei, gebe es das neue Gelenk. Und ein Stück Knochen dazu. »Und dann ist er dran, ich schwöre es.« Henry solle den Hof übernehmen. Aber vorher müsse das Problem Rathjens endgültig gelöst sein. Mit dieser Hypothek könne er seinen Sohn nicht in die Zukunft gehen lassen, der habe schon genug davon bei der Bank, für den neuen Kälberstall und die dazugekauften Milchquoten.

»Wat gifft dat dorför?«[14], fragte Schlichtmann. Damals habe doch der August von Borstel auch nicht mehr als sieben Jahre gekriegt und seine Frau habe ihm doch überhaupt nichts getan. Da müsse er, Schlichtmann, doch besser wegkommen, schließlich reize Rathjens ihn bis aufs Mark, der verlange geradezu, erschlagen zu werden! Mehr als fünf Jahre werde er sicher nicht bekommen, gab Schlichtmann sich selbst die Antwort, und das, fügte er trotzig hinzu, werde er locker durchstehen, das sei ihm Henrys Zukunft wert, er sei ein alter Mann, ihm würden sie Rabatt geben.

Wo bin ich hier?, überlegte Schlüter. Auf welcher Seite des Gitters? Bin ich drinnen oder draußen? Ist das Ernst? Wollte Schlichtmann nur den Tarif hören, bevor er loslegte? Die Sache von Borstel lag fünfzehn Jahre zurück, aber das Gedächtnis der Moorleute war lang. Auch kleinere Zwiste blieben über Generationen auf dem Konto. Sollte er dem aufgebrachten Altbauern erzählen, wie es zu dieser milden Strafe gekommen war?

»Wieso sollte ich heute zu Ihnen kommen«, fragte Schlüter

---

14 Was gibt es dafür?

stattdessen, »so eilig, und Ihre Aktion ist längst beschlossene Sache? Ich kann Sie doch sowieso nicht mehr umstimmen!«

Rathjens geschähe es recht, überlegte der Anwalt gleichzeitig. Ein Tunichtgut weniger, der lachend unter der Sonne wandelt. Aber Schlichtmann? Man würde ihn verhaften. Immerhin würde der Hof nicht kaputtgehen. Henry war ja da. Schlichtmann war ein ordentlicher Nachbar, das war nicht zu bestreiten, hilfsbereit vor allem. Man durfte ihn nicht in sein Unglück laufen lassen. Immerhin saßen sie hier und redeten, vielleicht würde Schlichtmann genug Dampf ablassen und sich wieder abregen. Bis nach der Operation würden noch Wochen vergehen, wenn die Entzündung im Hüftgelenk nicht abklang, womöglich sogar Monate, bis der Altbauer wieder zu Hause war und seinen Plan in die Tat umsetzen konnte. In dieser Zeit musste doch der Druck im Kessel nachlassen. Vielleicht hatte er sich nur aussprechen wollen und deswegen nach sofortigem Besuch verlangt?

Was sollte er diesem Mann raten?

»Und wie wär's mit einer Ladung Schrot auf der nächsten Treibjagd?«, fragte Schlüter. »Paar Wochen Krankenhaus reichen vielleicht?«

»Mookt Se Döntjes?«[15]

Schlüter zuckte die Schultern und versuchte zu lachen. Es gelang ihm nicht. Er war schon gefangen im Denksystem des Hasses.

»Dat iss keen Spooß!«[16] Schlichtmann hielt seine Fäuste unterm langen Kinn und starrte mit mahlenden Kiefern aus dem Fenster.

---

[15] Machen Sie Witze?

»Keen Freden hebben will, kann goon«, murmelte er, als spräche er zu sich selbst. »Uusen Hoff könt wi nich mitnehm, un uus Land ok nich.«[17]

Schlüter schwieg, ihm fiel nichts mehr ein.

»Und wat schall ick nu mit den Bullossen moken?«[18]

War es nur das, was Schlichtmann wissen wollte? Schlüter antwortete nicht.

Die Stille hüllte sie ein, nur das Gejuchze irgendwelcher Rindviecher war zu hören, da draußen, wo Frühling war. Wahrscheinlich freuten sie sich über frische Luft, Freiheit und Abenteuer nach den dunklen Monaten im Stall.

Schlichtmann legte misstrauisch den Kopf schief, er sah jetzt so aus wie die Leute auf den Schützenfestbildern in der Zeitung, die, wie Christa einmal lachend bemerkt hatte, allesamt an genetisch bedingter Verkürzung der linken Halssehne litten. Schlichtmann fuhr einen seiner langen Arme aus und riss mit einem bissigen Knurren die Gardine beiseite.

»Watt?«, rief er. »Watt?« Er drückte sich mit dem gesunden Bein aus dem Rollstuhl und stemmte die Fäuste auf das Fensterbrett.

Was war da draußen los?

»Das Fernglas her, auf dem Schrank!«, zischte Schlichtmann, wies hinter sich und stieß das Fenster auf. Jetzt sprach er plötzlich Hochdeutsch.

Schlüter fand das Glas auf dem deutscheichenen Wohnzimmerschrank, unter dem Hochzeitsbild, zwischen Readers-

---

16 Das ist kein Spaß.

17 Wer Frieden haben will, kann gehen. Unseren Hof können wir nicht mitnehmen, und unser Land auch nicht.

18 Und was soll ich jetzt mit dem Bullochsen machen?

Digest-Büchern, einer Medaille von der DLG für beste Milchleistungen und dem Kaffeeservice der Urgroßmutter, KPM. Er stellte sich neben den Bauern, dessen linkes Bein tot herabhing und schwabbelte wie Götterspeise. Zwischen den Fliederbüschen im Garten hindurch, an einem blühenden Apfelbaum vorbei, ging der Blick in die Feldmark, über die sattgrünen Weiden und Wiesen und verlor sich am Horizont in der Gemarkung Altenmoor, wo es sogar Wald gab. Es duftete bitter nach frischem Birkengrün. In ein paar Hundert Metern Entfernung, neben dem Ende eines Birkenweges, konnte Schlüter einen Schlepper erkennen, dahinter einen kleinen Anhänger. Ein Stückbreit daneben massige schwarzbunte Tiere in einem Halbkreis, sie warfen ihre Köpfe auf und nieder: Bullen, die ihr dissonantes Juchzen ausstießen, ein Mordsgebrüll, fand Schlüter und ein Schauer überlief seinen Rücken.

Schlichtmann packte das Fernglas. »Hä!«, knurrte er nur. »Hä!« Und hüpfte auf seinem gesunden Bein.

»Was ist los?«

Schlichtmann starrte durch das Glas wie beim Pferderennen, als hätte er ein Vermögen gesetzt. »Ja!«, rief er. »Feste!«

»Was sehen Sie?«, wollte Schlüter wissen und langte ungeduldig nach dem Glas, bekam aber den Ellbogen des Bauern ins Zwerchfell und musste sich am Sofa festhalten.

»Se hebbt em vör«, presste Schlichtmann heraus. »Se mokt em ferdig!«[19]

Schlüter strengte seine Augen an. Gleich hinter dem Zaun, in der Mitte des Weidestückes, ein dunkles Bündel im Gras, umringt von Bullen, und einer von ihnen, sicher der

---

[19] Sie haben ihn vor. Sie machen ihn fertig!

Leitbulle, hieb mit dem Rammbock seines Kopfes auf das Bündel ein. Seine Meute feuerte ihn an mit Gebrüll und Geheul über sämtliche Oktaven. Und jetzt Fetzen eines menschlichen Hilferufs, in Todesangst.

»Hören Sie«, rief Schlüter. »Wo ist das Telefon, wir müssen sofort …«

»Wi mööt gonnix«[20], erklärte Schlichtmann. Er drehte sich um und nahm den weichen Arm des Advokaten in den Schraubstock seiner Faust. »Sie rühren sich nicht vom Fleck, verdammt noch mal!«

»Aber …«

»Nix aber. Hiergeblieben! Bei aller Freundschaft!«

Das klang ruhig und entschlossen. Da ist nichts zu machen, dachte Schlüter. Schließlich befand er sich nicht in Gefahr und da drüben sorgten Rathjens Bullen für Gerechtigkeit.

---

[20] Wir müssen gar nichts.

6. Kapitel

In dem Rechtsanwalt Schlüter Gabelstaplerweisheiten lernt und sich Gedanken macht über Fragen, die er nicht gestellt hat

Schlüter hatte sich an diesem Montag hinter seinen abgewetzten Schreibtisch gesetzt, mit dem festen Vorsatz, heute endlich die Klage in Sachen Horeis gegen Hagenah zu fertigen. Seit er eine knappe halbe Stunde Autofahrt bis zum Büro hatte, machte er sich unterwegs einen Tagesplan; er bildete sich ein, so die verlorene Zeit zu nutzen. Die Akte lag zuoberst auf dem Sorgenstapel. So nannte Schlüter die unerledigten Vorgänge. Er hatte die gefährliche Angewohnheit, schwierige Sachen beiseitezulegen, bis sie ihm Gewissen und Laune zerdrückten. Der junge Horeis hatte sich bei einem Unfall zuschanden gefahren, saß im Rollstuhl seitdem, die dünnen Beine auf den Fußrasten fixiert, gelähmt unterhalb des vierten Lendenwirbels. Er war nicht angeschnallt gewesen. Einer von diesen Jungen, die nach dem Zusammenbruch aller Weltbeglückungsdoktrien den Blick aufs große Ganze verloren hatten, die glaubten, dass die Welt eingerichtet sei und man sie nicht mehr ändern könne, die nur noch Widerstand im Kleinlichen übten, nämlich gegen Sicherheitsgurt und Geschwindigkeitsvorschriften. Deshalb hatte Horeis den Unfall mitverschuldet. Hagenah hatte ihm zwar die Vorfahrt genommen, aber Horeis war viel zu schnell gefahren, wie der von der Polizei engagierte Sachverständige anhand der Bremsspuren, der Endstellung der Autowracks und ihrer Deformationen ermittelt hatte, nicht fünfzig wie vorgeschrieben, sondern mindestens hundert. Weshalb die gegnerische Versicherung sich weigerte, ein angemessenes Schmerzensgeld zu zahlen. Sie wollten Horeis mit dreißigtausend abspeisen und den Deckel zumachen. Der Junge saß im Rollstuhl und wartete geduldig darauf, dass der Anwalt ihm zu Geld und Zukunft verhalf. Schlüter schlug die Akte auf und rückte das Diktiergerät zurecht.

Aber Montage lassen sich nicht planen. Das Telefon klingelte. Herr Schulze war am Telefon. Er beschwerte sich über seine Ex, die, während der Ehe vom Engel zur Hexe mutiert, ihm wieder einmal die Kinder verweigert hatte; sie wollten ihren Vater nicht sehen, es liege ihr fern, sie zu zwingen. Schlüter versicherte, er werde den Sachverhalt dem Gericht mitteilen, und legte seufzend auf. Dann rief Herr Müller an und beschwerte sich über die Langsamkeit des Grundbuchamtes, das ihn immer noch nicht als Eigentümer des gekauften Hauses eingetragen habe, ob er, Schlüter, da nicht einmal Druck machen könne. Dabei waren Grundbuchämter die Felsen der Rechtssicherheit in der Brandung unsicherer Zeiten, sie waren die Behördeneichen, an deren rauer Rinde die Bürgerschweine sich ihre Schwarte blutig rieben. Sie übertrafen in Sachen Unfehlbarkeit den Papst, da war Druck zwecklos, Grundbuchämter reagierten nur auf schriftliche Anträge, und zwar in der Reihenfolge ihres Eingangs. Das fand Herr Müller unerhört, er war Chef eines Betriebes in Hollenfleth, der Rohre für das Chemiewerk an der Elbe verlegte, schließlich zahle er Steuern, von denen das Grundbuchamt ausgehalten werde, denen müsse man mal was zeigen. Herr Müller war es gewohnt, allen Problemen mit

Druckmachen zu begegnen, und weil er dem Grundbuchamt keinen Druck machen konnte, machte er Schlüter Druck, damit dieser dem Grundbuchamt Druck machte. Er lasse sich das nicht bieten, wenn er so arbeiten würde, wäre er schon längst und so weiter und so weiter. Schlüter hielt den Hörer auf Abstand und nutzte eine Atempause zur Beendigung des Gesprächs. Herr Meier rief an und beschwerte sich über Schlüter, weil er die Klage auf Zahlung der restlichen Nutzungsausfallentschädigung in Höhe von fünfundsiebzig Mark noch immer nicht gefertigt hatte. Es ginge ihm nicht um das Geld, sondern ums Prinzip. Herr Meier war Gerechtigkeitsfundamentalist, wovon es eine Menge gab in diesem Land, und er redete in geschwungenen Achten, seine Nadel hing in der Rille fest, er war einer von den notorisch Unverstandenen, deshalb fing er immer wieder von vorn an. Er könne sich auch einen anderen Anwalt suchen, wenn Schlüter dazu keine Lust habe, die Klage zu fertigen. Und es ginge ihm, »wie gesagt«, nicht ums Geld, darauf sei er nicht angewiesen, sondern ums Prinzip, und er könne sich, »wie gesagt«, auch einen anderen Anwalt suchen. Und dann begann er wieder von Neuem. Schlüter wiederholte Meiers Begehren mit der Einleitung, »wenn ich Sie recht verstanden habe, dann« und in der achten Runde wurde er ihn los. Und Herr Kahlau rief an und ließ sich von Schlüter den Inhalt des Briefes erläutern, den Schlüter ihm geschickt hatte. Das tat Herr Kahlau stets, wenn er Post von Schlüter bekommen hatte, auch ausführliche schriftliche Information half nicht. Vielleicht war er Analphabet.

Und so weiter. Die Leute hatten sich am Wochenende überlegt, was sie am meisten im Leben störte, um es am Montagmorgen ihrem Rechtsanwalt mitzuteilen. Man verbrachte die ersten Stunden der Woche als Jauchefass und Dranktonne[21], man ließ sich vollquatschen mit Ärger, Frust, Enttäuschung und Sorge.

Dabei hatte Schlüter sich an diesem Wochenende nicht besonders erholt, richtige Entspannung war nicht aufgekommen nach dem Besuch bei Schlichtmann. Der Altbauer hatte frohlockend Wache am Fenster gehalten, Rathjens Bullen angefeuert und den Schraubstock um Schlüters taub gewordenen Arm erst nach langen Minuten gelöst, als er sich seiner Geisel sicher fühlte und die Wette gewonnen glaubte. Schlüter hätte viel für einen freien Blick gegeben, aber Schlichtmann wich keinen Millimeter von seinem Beobachtungsposten, keine Sekunde wollte er sich vom langsamen Foltertod des Nachbarn entgehen lassen. Doch dann schlug die Stimmung um. Was da draußen passierte, war offensichtlich nicht mehr nach seinem Geschmack, denn schließlich brüllte Schlichtmann: »Gottverdamminochmool, de Oos, de Deubel!«, ließ sich am Ende wieder in den Rollstuhl fallen und verschanzte sein Gesicht hinter zwei riesigen Händen.

Das Fernglas rückte er immer noch nicht heraus, aber das, was Schlüter mit bloßem Auge sah, reichte. Ein Schlepper fegte den zerbeulten Moorweg hinauf, die Leute darauf tanzten in den Schlaglöchern wie Tennisbälle, er raste durch den Zaun, trieb einen Keil zwischen die Tiere, blieb mit einem Ruck stehen, zwei Tennisbälle sprangen herunter und arbeiteten sich, bewaffnet mit langen Waffen, wohl Forken oder Stangen, lauter noch brüllend als die wütenden Bullen,

---

[21] Ein Holzfass, in das man in alter Zeit alle Küchenabfälle einschließlich des Abwaschwassers kippte, um alles an die Schweine zu verfüttern.

bis zu dem regungslosen Bündel vor. Wenig später hörten sie das Martinshorn des Notarztes.

»Ohh«, stöhnte Schlichtmann. »Dat mööt de niigen Nobers wehn hebben, de Bescheed seggt hebbt, de kinnt dat Oos ja noch nich …«[22]

Damit war das Thema erledigt. Rathjens, der es darauf angelegt hatte, dass man ihn eines Tages umbrachte, schien für dieses Mal seinem gerechten Schicksal entkommen zu sein, und Schlüter musste sich keine Sorgen wegen unterlassener Hilfeleistung machen. Schlichtmann war schweigend in seinem Rollstuhl sitzen geblieben, das Gesicht hinter dem Gitter seiner Hände. Schlüter schlich sich fort und traf draußen die Bäuerin, mit Christa ins Gespräch vertieft über den richtigen Rosenschnitt, sie hatten nichts mitbekommen, waren wohl in der rückwärtig gelegenen Küche gewesen, gerade erst hinausgegangen. Ob der Herr Rechtsanwalt nicht auch eine Tasse Kaffee wolle. Nein, er habe noch einen anderen Termin, log Schlüter, es sei schon spät. Und, fügte er hinzu, dem Ehemann gehe es nicht besonders, vielleicht sei es besser, nach ihm zu sehen. Die Augen der Frau weiteten sich und sie eilte ins Haus.

Auf dem Weg zur Straße hätte Schlüter gern Christas Hand genommen, aber er traute sich nicht. Was sollten die Leute denken, in dem Alter! Als sie außer Hörweite waren, erzählte er ihr, was er erlebt hatte. »Das nimmt kein gutes Ende«, war Christas Kommentar.

Nach zehn Telefonaten dachte Schlüter, es reicht für heute, die Mistkarre ist voll, die Dranktonne schwappt über, ich

---

[22] Das müssen die neuen Nachbarn gewesen sein, die Bescheid gesagt haben, die kennen den Hund ja noch nicht.

mache mir einen Tee. Die Tür öffnete sich und Angela erklärte, ein Herr sei im Wartezimmer, neue Sache, ob er Zeit habe. Kurbjuweit sei sein Name.

»Schicken Sie ihn rein.«

Besser eine neue Sache bearbeiten, neuen Mist über den alten breiten. Schlüter räumte die Telefonakten beiseite, bis die Akte Horeis gegen Hagenah wieder auftauchte, klappte sie zu und warf sie zurück auf den Sorgenstapel.

Der Mann, der eintrat, hatte dumpfe, hervorquellende Augen in einem kürbisrunden Kopf.

»Guten Tag«, flüsterte er. Es klang wie eine Entschuldigung.

Schlüter erhob sich, erwiderte den Gruß und forderte den Mann auf, Platz zu nehmen. Langsam und mit schiefem Oberkörper, begleitet von einem Ächzen, eine Hand über dem Knie angeleimt zur Stärkung der Statik, ließ sich der Mann auf den Besucherstuhl sacken. Wie gut, dass ich wenigstens neue Stühle angeschafft habe, dachte Schlüter, die alten hätten das nicht mehr ausgehalten.

»Was führt Sie zu mir?«, fragte er.

So fingen die Gespräche an bei neuen Sachen. Immer. Nach fast dreißig Jahren dachte man sich keine neuen Varianten mehr aus. Wenn Schlüter witzig sein wollte, sagte er höchstens: *Was treibt Sie zum Rechtsanwalt?* Aber Kurbjuweit verstand keine Witze. Seine vorstehenden Augen starrten auf Schlüter wie auf ein Schafott, auf dem er hingerichtet werden sollte. Hoffnung sah anders aus.

Wortlos zog der Mann ein knittriges Blatt aus einem Umschlag und legte es auf die Tischplatte.

»Kündigung«, sagte er und stieß einen Seufzer, das Elend der Welt und den Geruch von Paradontose aus.

Schlüter strich das Papier glatt und las:

Sehr geehrter Herr Kurbjuweit,

aus betrieblichen Gründen erklären wir Ihnen hiermit die Kündigung zum 30. Juni 1998. Ihre Papiere erhalten Sie im Lohnbüro.

Mit freundlichen Grüßen
Schrader pp
Walther OHG

Ein Brief aus Eis.

Schlüter ließ das Blatt sinken und lehnte sich vorsichtig in seinen alten Eichenstuhl zurück. Die aus Leder gearbeitete Sitzfläche war zerschlissen, die Pferdeschwanzhaare quollen aus der Polsterung und kratzten seinen Hintern. Die Dübel an den Armlehnen waren müde und das Holzkreuz, das einst die Beine beisammengehalten hatte, war zerbrochen, als er einmal bei der Lektüre eines Fehlurteils um sich getreten hatte. Trotzdem: ein Erbstück, das man zu ehren wusste, vom mütterlichen Großvater in Husum, der schon seit Jahrzehnten die Krokusse von unten anguckte.

»Da kann man nichts machen, oder?«, unterbrach der Mandant die Gedanken des Rechtsanwalts.

Ein Geruch nach ungepflegten Körperfalten, ungelüfteter Wohnung und zu lange getragener Wäsche wuchs über den Schreibtisch. Schlüter riss sich zusammen. Man musste es hinter sich bringen.

Er glich das Datum des Schreibens mit dem Kalender an der Wand ab. Die Dreiwochenfrist für die Kündigungsschutzklage würde erst in zweieinhalb Wochen ablaufen. Seit wann Herr Kurbjuweit in der Firma arbeite?

»Ich bin am 1. Oktober 1993 angefangen«, antwortete Kurbjuweit hell und ohne Zögern, als sei dieser lichte Tag vor bald fünf Jahren für ewig in sein Gehirn eingebrannt. »Vorher war ich über ein Jahr arbeitslos, nachdem das Betonwerk pleite war.«

Schlüter fragte, Kurbjuweit antwortete mit seltsam totem Gesicht und leiser Stimme. Wie oft hatte man solche Fragen schon gestellt? Arbeitsrechtssachen waren eigentlich schöne Streitigkeiten. Es gab einen ordentlichen Streitwert, das dreifache Monatseinkommen nämlich, und meistens verglich man sich bei Gericht in der Güteverhandlung ohne lange Hakeleien und verschaffte sich eine Vergleichsgebühr. Bis dahin galt es, den Ball flach zu halten und die Schriftsätze dünn. Wenig Arbeit, viel Geld. *Wat de een siin Uhl iss, iss de annern siin Nachtigall.* Aber wehe, man verglich sich nicht, dann gab es Hauen und Stechen auf vielen Seiten Papier. Die Akten wurden dick, und wenn sie fünf Zentimeter und das Gewicht von tausend Gramm überstiegen, war die Bilanz des Rechtsanwalts zerstört und das Arbeitsverhältnis mit: Der Arbeitnehmer hatte ausgeschissen.

Die Walther OHG beschäftigte mindestens fünfzig Leute, einer der letzten aktiven Betriebe im Stadtgebiet von Hemmstedt. Er stellte Gummiprodukte her, Kurbjuweit wurde lebendig und zählte sie auf, Walzfelle, Batch-off-Felle, Wig-Wag-Felle, Pendelstreifen, Kalanderbahnen, da hätte »seine Firma« sogar ein Patent drauf, erklärte Kurbjuweit und richtete sich auf, das wäre nämlich folgendermaßen: Die Bahnen zur Beschichtung von Walzen würden in Rollenform geliefert, mit Schutzfolie drauf, damit nichts verklebte. Früher hätten sie diese Folie von Hand abziehen und das Material anschrägen müssen, auf großen Tischen, zu zweit, das sei ganz schön schwierig gewesen, das hätte er, Kurbjuweit, selbst gesehen, aber mit der neuen patentierten Technik würde man die Folie – kurz vor dem Auftrag des elastomeren Materials – mechanisch abziehen, mithilfe eines nach oben verschwenkbaren Spreizdorns, Kurbjuweit hob die Hände und zeichnete den Spreizdorn in die Luft, was immer das war. Schlüter tat so, als begreife er etwas davon, nickte verständig, was Kurbjuweit zum Fortfahren ermunterte, stellte aber auf Durchzug, bis Kurbjuweit den technischen Vorgang in allen Einzelheiten dargestellt hatte. Man musste die Leute aussprechen lassen, das Matte auf Kurbjuweits Augen war fort, seine Stimme hatte Zimmerlautstärke und Männertiefe erreicht, er sprang weiter zum nächsten Thema, dem Reifenservice, den der Betrieb vor vier Jahren aufgemacht hatte, Runderneuerung und Vulkanisierung, hauptsächlich für Lkw und Winterreifen, meistens aber für Lkws, weil die Walther OHG die ZR-Zulassung für Pkws nicht hatte, auch bei Run-flat-Reifen ginge das nicht, aber Reifen bis zum Vmax-Index T dürften auch an der Reifenflanke vulkanisiert werden, elektronisches Wuchten am Fahrzeug sei …

»Haben Sie ein Auto?«, bremste Schlüter.

Kopfschütteln. Nein. Nicht mehr. Kurbjuweits Blick erlosch.

Gummi-Walther nannte man den Betrieb, der früher, daran erinnerte Schlüter sich jetzt, auch für die ganz kleinen Gummiprodukte zuständig gewesen war, aber man hatte diesen Betriebszweig stillgelegt, jetzt kamen die Pariser von den Chinesen.

Auf jeden Fall sei das Kündigungsschutzgesetz anwendbar, erklärte Schlüter – nun war er an der Reihe –, wonach einem Arbeitnehmer, der sich tadellos verhalten hat, nur gekündigt werden darf, wenn ein betrieblicher Grund dies erforderlich mache und zuvor eine zutreffende Sozialauswahl vorgenommen worden sei, ein schwammiger Begriff, den sich deutsche Juristen anstelle des amerikanischen Spruchs *last hired first fired* ausgedacht hatten. Ob noch anderen Leuten gekündigt worden sei?

Kurbjuweit zuckte seine massigen Schultern. Davon wisse er nichts.

Ob er das herausbekommen könne?

»Ich habe nicht so viel Kontakt.« Und er sei schon lange nicht mehr im Betrieb gewesen, wegen der Krankheit und so.

Ob noch andere Leute im Lager gearbeitet hätten?

Nein, er sei der Einzige gewesen.

Wer seine Arbeit im Lager übernommen habe?

Schulterzucken.

Wie sollte man unter derartigen Umständen die Sozialauswahl prüfen? Ob er, Kurbjuweit, Familie habe?

Die könne ihm den Puckel runterrutschen.

»Ich meine, sind Sie verheiratet? Haben Sie Kinder?«

Kurbjuweit schüttelte den schweren Kopf und schloss die vorstehenden Augen.

»Wie alt sind Sie?«, fragte Schlüter und überlegte, ob sich ein Prozess so kurz vor der Rente noch lohnte.

»Fünfundfünfzig«, antwortete Kurbjuweit leise. »In dem Alter …«

Die Menschen in dieser Gegend alterten schnell. Als zöge das hohe Grundwasser ihnen die Kraft aus den Knochen. Ob es andere Mitarbeiter ohne Familie im Betrieb gebe, jünger als Kurbjuweit, die später eingestellt worden seien? Im Kündigungsschutzprozess gab es keine Solidarität, das war ein Begriff aus dem Paradies der Moral, aus dem die Paragrafen die Menschen vertrieben hatten.

»Woher soll man das denn alles wissen?«

»Man spricht doch miteinander.«

Nein, im Lager mit den haushohen Regalen war man allein. Man sprach nicht. Man kriegte seine Aufträge und erledigte sie. Manche mit den Händen, man rollte die Reifen hinaus ins Freie, die größeren schaffte man mit der Sackkarre vors Tor oder mit dem Gabelstapler, er, Kurbjuweit, und jetzt nahm er wieder Fahrt auf, habe nämlich einen Staplerschein, er könne alle Stapler fahren, alle Sorten, auch Seitenhubstapler und sogar Geländestapler, das hätte er gelernt. Kurbjuweit zählte alle Staplerarten auf, erwähnte beiläufig Schubmaststapler und Vierwegestapler, erklärte ihre technischen Vorzüge und Nachteile, aber in »unserer Firma« habe er nur einen kleinen Mitsubishi gefahren, früher, dann einen ordentlichen Jungheinrich, einen EKX 513-515 mit 80-Volt-Drehstromtechnik, ein schöner *forklift*, den habe er in den letzten beiden Jahren in dem neuen Schmalganglager gefahren, immer hoch und runter das Ding, bis auf sechs Meter. »Da müssen Sie Augen wie ein Habicht haben und eine ruhige Hand, genau wie beim Schießen. Früher habe ich geschossen. Und ich habe gut geschossen. Immer getroffen. Immer.« Es leuchtete wieder in Kurbjuweits Augen. Jetzt sah er aus wie ein Frosch mit Rundumblick. Ein Frosch mit Habichtsaugen.

Aber man sprach nicht. Man hatte Mickymäuse auf den Ohren, hockte auf dem Stapler und schwieg. Die anderen würden ihn, Kurbjuweit, wahrscheinlich nicht mögen.

Warum?

»Man hat nie groß mit mir geredet.«

Was sollte man mit dieser Unterhaltungskanone auch groß reden? Über Vulkanisation, Spreizdorne und Drehstromtechnik bei Gabelstaplern? Schlüter griff sich den Schönfelder von der Ablage, dieses dicke sozialdemokratisch-rote Buch der Gerechtigkeit, Gleichheit und Brüderlichkeit, in dem die biegsamen Gesetze versammelt waren, die seit 1870 vier Herren gedient hatten, sich den Strömungen anpassten wie Seetang. Er überprüfte die Kündigungsfrist. Zwei Monate zum Ende eines Monats. Sie war eingehalten.

»Gibt es einen Tarifvertrag?«

Schulterzucken.

»Sind Sie in der Gewerkschaft?«

Schulterzucken.

Eine überflüssige Frage. Die Gewerkschaften verzichteten in den Tarifverträgen auf die Fristen des BGB, als seien diese zu lang. Man verhandelte nur für die, die Arbeit hatten, die anderen mussten klagen.

Schlüter überlegte. »Meinen Sie, das stimmt mit den betrieblichen Gründen? Gab es einen Rückgang der Aufträge, des Umsatzes?«

Kurbjuweit zuckte wieder die Schultern. Das konnte er wirklich gut. »Woher soll man das denn alles wissen?«, wiederholte er. Man hatte keinen Einblick. Man war ja nur im Lager. Und man hatte immer zu tun gehabt. Auch in der letzten Zeit. Und das mit dem Rücken. Er verzerrte sein Gesicht.

»Rücken?«

Ja, der Rücken sei kaputt. Schon lange. Von der Reifenschlepperei sei es nur noch schlimmer geworden. Und keiner wolle ihn operieren. Kurbjuweit klang weinerlich.

»Na, freuen Sie sich doch, dass die nicht so schnell mit dem Messer sind, sonst säßen Sie vielleicht schon im Rollstuhl. Manchmal schneiden die nämlich daneben.«

Im letzten Jahr sei er sechs Monate in diversen Krankenhäusern gewesen, seufzte der Mandant, habe danach eine Kur gehabt, in Bad Bevensen. »Da kommt man über Rade auf der Autobahn hin, nur das letzte Stück ist wieder Landstraße.« So erzählte ein Mann, der nie verrreist war. Seit elf Monaten sei er krankgeschrieben.

Ob man ihm nicht in Wahrheit wegen seiner Krankheit gekündigt habe? Wegen der langen Fehlzeit? Und sich nicht getraut habe, das in die Kündigung zu schreiben, weil man befürchtete, damit nicht durchzukommen?

»Die wollten mir was.«

Wer *die*?

Die anderen.

Welche *anderen*?

Die Neuen.

Welche Neuen?

»Na die vom Reifenservice. So Junge eben. Die man vorher nicht kannte. Die waren komisch. Haben nicht gegrüßt morgens und so.«

Aber das könne doch dem Chef egal sein?

Den Chef kenne er nicht. Der säße immer in seinem Büro. Nur einmal habe er ihn gesehen, da sei er über den Platz gelaufen und habe mit dem Meister gesprochen. Der Meister sei sein eigentlicher Chef gewesen, von dem habe er, Kurbjuweit, alle Weisungen bekommen. Auch der Meister habe ihn nicht gegrüßt.

Und was hätten die ihm gewollt?

»Mich loswerden, was sonst?«

Warum?

Schulterzucken. »Bestimmt war einer von den Neuen scharf auf meinen Job. Das dürfen die gar nicht. Mit denen sollte man mal was machen«, murmelte Kurbjuweit.

»Wie meinen Sie das?« Schlüter hasste unkonkretes Daherreden.

»Na ja. Aus meiner Sicht ist das Sünde. Wenn man einem den Arbeitsplatz nicht gönnt. Und den selber haben will. So was macht man nicht. Das steht in den zehn Geboten.«

Es glitzerte in Kurbjuweits Augen.

»In der Kirche«, winkte Schlüter ab. »Im Gesetz nicht.«

»Trotzdem«, beharrte Kurbjuweit. »Man müsste mal was mit denen machen.«

Ich sollte endlich aufhören, Leute zu belehren, dachte Schlüter, ich bin Rechtsberater, kein Lebensberater, schon gar nicht in Religionsfragen, und ihm fiel seine Konfirmationszeit ein und der Kommentar des Herrn Luther zu den zehn Geboten, den sie auswendig lernen mussten wie andere den Koran, und wer es schaffte, war ein gutes Schäfchen, und dann wurde er konkret: Wenn Kurbjuweit seinen Arbeitsplatz behalten wolle, müsse er bis übernächste Woche Freitag Kündigungsschutzklage erheben. Dann müsse der Arbeitgeber dem Gericht die betrieblichen Gründe erklären. Und das sei so ziemlich das Schwierigste im Arbeitsrecht.

»Aber ob da was bei rauskommt?«

Der Hellseher war gefragt. Aber Schlüter war kein Hellseher. Er war nur Jurist. Wenn er, Kurbjuweit, keine Einzelheiten über den Betrieb und die Kollegen wisse, dann müsse man das Risiko eingehen.

»Ich denk, Sie sind Fachmann.«

Ob man Kündigungsschutzklage einreichen solle oder nicht, fragte Schlüter zurück.

»Versuchen können wir das ja. Aber ob das Zweck hat?«

Schlüter zog eine Vollmacht und ein Prozesskostenhilfeformular aus dem Schreibtisch, ließ sich beides unterschreiben und beendete das Gespräch, nachdem er Kurbjuweit das Versprechen abgenommen hatte, die Krankengeldabrechnung zu schicken.

Kurbjuweit, der Frosch mit den Habichtsaugen, erhob sich, Schmerzen im Gesicht. Er verzichtete auf den Handschlag und drehte Schlüter seinen breiten Hintern zu, der in einer gewaltigen Jeans steckte.

Als er allein war, stieß Schlüter beide Flügel seines Fensters auf, eilte ins Wartezimmer, lüftete auch dort und flüchtete in die Küche, um sich endlich den verdienten Tee zu kochen.

Als er sich später wieder an den Schreibtisch setzte, um die neue Sache abzudiktieren, fiel ihm Kurbjuweits Bemerkung wieder ein: *Man sollte mit denen mal was machen.* Zwei Mal hatte der Froschaugenmann das gesagt. Was, zum Teufel, meinte er damit? Und wieso hatte er, Schlüter, nicht auf Antwort bestanden?

7. Kapitel

In dem wir lesen, wie Horst Kurbjuweit die Welt sieht und Kevin ihn über grundlegende Tatsachen des Lebens aufklärt

Horschi Kurbjuweit zieht den Karton mit den Lebensmitteln, die Edeka geliefert hat, unter Schmerzen über die Schwelle in den Flur. Er kann nicht mehr einkaufen, schwere Tüten tragen. Die verdammten Reifen, die er immer hat schleppen müssen, haben ihm die Bandscheiben verdorben. Viele Ärzte haben ihn behandelt, zuletzt die in Debstedt, aber keiner der Herren in Weiß hat ihn operieren wollen. Sie haben ihn untersucht, einer hat ihm Spritzen gegeben, ein anderer ein Korsett verschrieben, der dritte wieder davon abgeraten und Sport empfohlen, der vierte verlangte, Kurbjuweit solle abnehmen; alle haben sie ihre fetten Honorare eingestrichen und ihn dazu verurteilt, den Rest des Lebens im Schmerz zu verbringen. Halsabschneider und Totengräber, allesamt. Wie sollte er, Horst Kurbjuweit, abnehmen, bitte sehr? Sollte er noch weniger essen? Wie sollte er die teuren Diätsachen von zweihundert Mark im Monat bezahlen? Magda hat geschrieben, er solle sich doch mal Nudeln kochen. Das könne er bestimmt. Und die seien billig. Igitt, hatte Mutter immer gesagt, wir sind doch keine Itaker. Wir fressen keine Spaghetti und auch sonst keine Nudeln. Bei uns gibt es Fleisch und Gemüse, dazu Kartoffeln mit Soße. Und wie sollte er Sport treiben, wenn jede Bewegung Pein ist?

Kurbjuweit kniet vor dem Kühlschrank und räumt die Lebensmittel ein: Brot, Margarine, Mortadella, Streichleberwurst, Goudakäse. Schokoladenaufstrich und H-Milch kommen ins Regal. Er kocht nicht. Wer nur zweihundert Mark zum Leben hat, kann sich das nicht leisten. Außerdem hat ihm seine Mutter die Kocherei nicht beigebracht. Eines Tages habe er eine Frau, die ihm das Essen auf den Tisch stelle, wenn er abends müde von der Arbeit nach Hause käme. Aber so war es nicht gekommen. Er ist krank, arbeitslos, und geheiratet hat er nicht. Und Mutter ist jetzt tot. Der Abreißkalender fällt in seinen Blick. Kurbjuweit zieht sich an der Kühlschranktür hoch. Er dreht sich um und nimmt das letzte Wochenblatt vom Stapel auf dem Küchentisch. Mittwoch, 2. Juni. Das hat er vorgestern aus dem Briefkasten geholt. Dann ist heute der 4. Juni. Er reißt vier Blätter vom Kalender und hält sie in der Hand, liest die Bibelsprüche. Der letzte ist von Martin Luther und lautet: *Es ist überaus gefährlich und schädlich, dass der Mensch allein ist.* »Quatsch«, murmelt Kurbjuweit und zerknüllt das Blättchen. »So ein Quatsch!«

Vor fünf Monaten und elf Tagen hat er seine tote Mutter gefunden, als er montags nach der Arbeit heimgekehrt ist. Freitagmorgens hatte er sie verlassen, da war sie noch quicklebendig gewesen. Sie hatte ihm das Frühstück gemacht, ihm seine Stullen geschmiert und die Thermoskanne mit dem Kaffee bereitgestellt, zwei Buletten in die Schachtel gelegt, wie immer, bevor er zur Arbeit fuhr. Dreieinhalb Tage hat er sie allein gelassen. Vor dem Schlafzimmerfenster hat sie gelegen, zwischen Bett und Heizung, die Augen offen, der Mund ein verrenkter Krater, nichts Lebendiges mehr dran. Wenn das Leben raus ist, ist nur noch Tod da, der Leib hat mit Leben nichts mehr am Hut, nur noch Fleisch, das verwest. Die Luft hat süßlich gerochen, woher zum Teufel waren die dicken Brummer gekommen, noch dazu mitten im Winter, die Fenster waren doch zu gewesen! Alle Fenster, die Haus- und Balkontür, waren verschlossen – Brummer dürfte es nicht geben.

Einfach gestorben war Mutter. Ohne Vorwarnung. Und seitdem hat er ihr Schlafzimmer nicht mehr betreten und sie kein Frühstück mehr für ihn gemacht und nicht mehr für ihn gekocht. Ihr Essen hat ihm zwar selten geschmeckt, aber er wurde versorgt und hat nie was gesagt; was auf den Tisch kommt, wird gegessen. Jeden Tag hat sie gekocht für ihren Horschi, obwohl ihr die Lauferei schwergefallen war. Wasser in den Beinen, mindestens vier Liter, hatte der Hausarzt gesagt und Entwässerungstabletten verschrieben, und deshalb hatte Kurbjuweit seiner Mutter einen elektrischen Kocher mit zwei Platten gekauft, in dem Elektroladen an der Hauptstraße, ein teures Teil, alles war teuer dort, die Halsabschneider nahmen es von den Lebendigen. In Hemmstedt war es bestimmt billiger, aber die Läden waren so riesig, da fand man nichts, und von allem gab es mindestens zehn verschiedene Ausführungen, wie sollte man sich da entscheiden, also war er in den Elektroladen in Hollenfleth gegangen, dort kannten sie ihn, den Horschi von den Baracken. Den Kocher hat er Mutter auf den Küchentisch gestellt, die Schnur mit Paketkleber, den er von Gummi-Walther hatte mitgehen lassen, auf dem Fußboden festgeklebt, damit sie nicht stolperte. Nun brauchte Mutter nicht mehr zum Herd laufen und davor stehen, nein, sie konnte auf dem Stuhl vor dem Küchentisch alles bequem im Sitzen erledigen, Zwiebeln und Kartoffeln schälen und Kohl schneiden und Rote Bete würfeln und Sellerie und Bohnen schnippeln und dabei auf die Töpfe aufpassen, alles im Sitzen. Auf das Gemüse hätte Kurbjuweit verzichten können, Gemüse mochte er nicht. Der Porree hatte alles verdorben. Nun lässt er nur noch Würstchen kommen, fünf Dosen die Woche, Bockwürste, die man kalt essen kann.

Kurbjuweit hat Hunger. Kurbjuweit hat oft Hunger. Eigentlich ist er immer hungrig und deshalb muss er viele Vorräte im Schrank haben, viele Dosen und viel Brot, und nachts, wenn er nicht schlafen kann, kommt es vor, dass er eine Dose Bockwürstchen auf einmal isst und die Mortadella dazu.

Er setzt sich an die dem Fenster gegenüberliegende Seite des Küchentisches, schmiert und isst seine Brote, während die Sechs-Uhr-Tagesschau läuft, sie sind mit dem Spaceshuttle unterwegs. Den Fernseher hat er auf die Anrichte gestellt, so, dass er mit einem Blick auch den Spiegel am Fenster und damit den Laubengang unter Kontrolle hat. Sieben Scheiben, dazu zwei Liter Milch. Das Brot ist schon wieder verschimmelt, er sollte nicht so viel auf einmal kaufen, es ist durchsetzt mit grünen Flecken, aber er wirft es nicht weg, er schneidet das Schlechte heraus, denn das ist das Wichtigste, was er von Vater gelernt hat: dass man niemals etwas, was man noch essen kann, in den Abfall werfen darf. Kurbjuweit trinkt jeden Tag sechs Liter Milch. Milch ist gesund, hat Mutter immer gesagt, und deshalb trinkt er sie, aber er kann sich keine frische Milch leisten und lässt sich deshalb H-Milch bringen.

An Bord sind fünf Amerikaner und ein Russe. Was die da oben wollen? Was das für Geld kostet! Was sollte das bringen? Die Staatsanwaltschaft hat das Verfahren wegen Barschel eingestellt. Was legt der sich auch in die Badewanne? Er, Kurbjuweit, hat gar keine. Nur eine Dusche, ohne Kabine, das Wasser spritzt immer auf das Klo. Es macht keinen Spaß, Nachrichten zu sehen. Sie gingen einen nichts an. Sie halfen einem nicht weiter.

Kurbjuweit steht schwerfällig auf, legt Brett und Besteck in die Spüle, räumt die Esssachen fort und macht den Fernseher aus, während er einen Routineblick in den Spiegel wirft. Er muss sich ausruhen. In seinem Rücken steckt ein Bohrer und drehte sich langsam ins Mark, der Schmerz schickt seine Feuerzungen ins rechte Bein hinunter. Das Schlafzimmer am Laubengang, sein Schlafzimmer, empfängt ihn mit Dämmerlicht und abgestandener Luft. Das Fenster öffnet er nie und die Jalousie bleibt immer geschlossen, sogar wenn der Mittsommer kommt, wenn die Poren sich öffnen und die Lunge tief durchatmen will. Im Schlafzimmer ist die Luft alt und grau, immer gleich, und genau so will er es haben, es soll keine Veränderungen geben. Stöhnend sinkt er auf das Bett und streckt sich aus. Sein riesiger Bauch hebt und senkt sich atmend und sogleich muss er an Frauen denken, doch er kann nicht an Frauen denken, ohne an Anita zu denken. Vier Jahre sind sie zusammen gewesen, die Wochentage hat er bei Mutter verbracht, die Nächte und Wochenenden bei Anita. Zuerst waren es ihre Kinder, die immer frecher zu ihm geworden sind, daran hätte er merken müssen, dass etwas nicht stimmte, dass sich das Gleichgewicht verändert hatte, dass er ein Eindringling war. Anita redete schlecht über ihn und machte die Kinder zu Verbündeten gegen ihn, denn sie sind plötzlich frech geworden und haben ihn angefeixt. Das ist ihm erst klar geworden, nachdem sich Anita von ihm getrennt hatte. »Brauchst nicht wiederkommen«, hat sie gesagt das letzte Mal, als er dort gewesen ist. So einfach war das, von einem Tag auf den andern. *Brauchst nicht wiederkommen.* Behandelte man einen Menschen wie ein zerschlissenes Möbel, das man auf den Sperrmüll warf?

Vier Jahre lang war er gut genug gewesen für die Arbeit, er hat ihr geholfen bei Haus und Hof, die Maschinen hat er repariert nach Feierabend und den Zaun, Rasen gemäht, die Schafe versorgt, die Rinder gefüttert, Heu gemacht, Silo vom Nachbarn geholt. Die Waschmaschine, die er in Ordnung gebracht hat, lief bestimmt heute noch. Was die Frau an Geld gespart hat! Sogar gepflastert hat er, das krumme Pflaster vor der Haustür aufgenommen und neue Platten verlegt. Mit dem Rücken! Und das, obwohl sie ihn im letzten Jahr kaum noch rangelassen hat, das konnte er an einer Hand abzählen. Verfluchtes Weib!

Mutter hat sich gefreut über die Trennung, eine ihrer letzten Freuden, denn mit dem Alkohol sei es zu viel geworden. »Du hast schon wieder mitgetrunken, Horschi«, hört er sie sagen, sie beschwerte sich über seine Fahne. »Die ist nichts für dich, Jung«, sagte sie, gleich damals, als er Anita kennengelernt hatte auf dem Schützenfest. Am dritten Wochenende im Juli war immer Schützenfest und er war immer dabei, in Schützenuniform. Nachdem er nicht mehr der Kleine war, wurde er der Jung. Ein Horst ist aus ihm nie geworden. Anita, die ein paar Jahre älter ist als er, hat ihn auch immer nur Horschi genannt.

»Horschi! Kannst du mal die Rinder füttern! Ist schon nach acht! Horschi, geh mal nach die Schafe gucken, die sind ausgebrochen.« Und so weiter.

Ein Klingeln unterbricht seine Gedanken. Wer mag das

sein? Wer wollte etwas von ihm? Die Postbotin etwa? Einen Brief vom Rechtsanwalt kann sie doch unten in den Briefkasten stecken!

Er muss nachsehen. Kurbjuweit bringt ächzend die Beine zu Boden und öffnet die Tür.

Kevin.

»Was willst du?«, fragt Kurbjuweit barsch.

»Kann ich mal ku-kurz reinkommen?«, fragt der Junge hastig, mit einer Stimme, die so dünn ist wie das letzte Eis im Mai.

»Wieso denn?«

»Einfach mal reinkommen. Ich ..., Onkel Volli ist da, und und ...« Er drängt sich heran.

»Hat er dich wieder rausgeschmissen?«

Kevin nickt erleichtert und zeigt ein schüchternes Grinsen. Kurbjuweit tritt zurück und lässt es zu, dass Kevin die Tür ganz aufschiebt.

»Darf ich die T-Tür zumachen?«

Kurbjuweit antwortet nicht, der Junge schließt die Tür hinter sich. Blickt sich mit großen Augen um.

»Komm rein«, sagt Kurbjuweit erst jetzt und geht voraus in die Küche.

Was soll er mit diesem Knirps anfangen, der da auf Mutters Stuhl sitzt, die Hände unter den Schenkeln, die Beine baumeln lässt und sich ungeniert in der Küche umsieht?

»Willst 'n Kakao?«, hört Kurbjuweit sich fragen.

Kevin nickt heftig und schleudert seine Beine vor und zurück. »Papa darf gar nicht mehr wiederkommen«, sagt er.

»Wieso das denn nicht?« Manfred Thielpape war ein schmächtiger Mensch mit kurzen Armen und einem struppigen Kinnbart, der seine Schirmmütze verkehrt herum auf die strähnigen Reste seiner fettigen Haare setzte. Das Härteste an ihm war die Zigarettenbox in der Brusttasche. Er wog ungefähr halb so viel wie seine Frau und war schon lange arbeitslos.

»Onkel Volli hat gesagt, wenn Papa ihn noch mal beim Ficken stört, denn bricht er ihm alle Gräten.«

Kurbjuweit spürt, wie er rot anläuft, und es ist gut, dass er Kevin den Rücken zudreht, während er die Milch in den Topf gießt, um sie aufzuwärmen. »So, so«, sagt er nur. Obwohl er viel an solche Sachen denkt, kann er nicht darüber reden.

»Weißt du, was Ficken ist?«, fragt Kevin.

»Ich, ähh, also …«

»Das ist, wenn der Mann auf der Frau liegt und auf ihr rumwackelt, dann kriegen sie Kinder, das hat Marcel von oben erzählt, und letzte Woche, da ist Papa gekommen und in die Wohnung gegangen, er hat ja einen Schlüssel, und mich hatten sie rausgeschmissen, ich bin mit Papa aber wieder rein, und dann hat Papa die Schlafzimmertür aufgemacht und da hab ich gesehen wie Onkel Volli auf Mama lag und auf ihr wackelte, sein Hintern ging immer hoch und runter, so …« Kevin streckte seinen Arm aus und fuhr die Hand rauf und runter, »und beide hatten sie rote Köpfe, und als Papa angefangen hat zu reden, da hat Onkel Volli aufgehört zu wackeln und den Kopf gehoben und zu ihm gesagt, er soll abhauen und ihn nicht noch mal beim Ficken stören, sonst würde er ihm alle Gräten brechen, und dann hat er weiter gewackelt, so doll, dass er Mama wehgetan hat, weil sie hat gestöhnt vor Schmerzen und ganz doll mit den Beinen gezappelt, weil sie unter ihm rauswollte, und dann hat Onkel Volli noch mal aufgehört und mit einer Hand eine

Faust gemacht zu Papa und ihn fies angegrinst, und dann hat er wieder weitergemacht und Mama hat wieder gestöhnt wegen der Schmerzen und wieder mit den Beinen gezappelt. Und dann hat Papa die Tür zugemacht. Ist stehen geblieben. Hat eine ganze Zeit nichts gesagt. Aber dann hat er mich gefragt, was er machen soll. Aber ich wusste das auch nicht.«

Der Kakao wird allmählich warm und Kurbjuweit überlegt, ob er etwas sagen soll.

»Und jetzt ist Papa ganz weg.«

»Wo ist er denn hin?«

»Weiß nicht. Onkel Volli wohnt ja bei uns. Bestimmt macht er das gerade wieder mit Mama. Er tut ihr immer weh, manchmal schreit sie sogar.«

Kurbjuweit nimmt zwei Tassen aus der Anrichte und gießt den Kakao ein. Kevin sitzt da und hat ein altes Gesicht. Er trinkt den Kakao, seine Beine schlenkern unter dem Stuhl.

»Bist du reich?«, fragt er.

»Wie kommst du denn darauf?«

»Weil du dir die Sachen kommen lässt. Hab den Mann mit dem Karton gesehen. Mama geht immer einkaufen. Warum gehst du nicht einkaufen?«

»Weil mein Rücken kaputt ist. Ich kann nichts tragen.«

»Gar nichts?«

Kurbjuweit schüttelt stumm den Kopf.

»So alt ist Mama noch nicht.« Kevin schlenkert weiter die Beine. Es klappert davon an den Streben des Stuhls. »Wenn du willst, kann ich für dich einkaufen.«

Später, als Kevin gegangen ist, nachdem er Onkel Vollis Stimme auf dem Laubengang gehört hat, nimmt Kurbjuweit die leere Hälfte des letzten Zettels vom Zeitungsstapel und schreibt:

Ich suche weiterhin den Stein des Weisen, den Jungbrunnen und den Schatz der Nibelungen! Und ich weiß, ich werde alles finden!! Man muss nur daran glauben!!! Und eine schöne Frau werde ich auch kriegen. Und sie glücklich machen. Yes! Wonne, Wärme, Wiege. Bett, vögeln. Warmes, feuchtes, tiefes Fötzchen. Olala! Geld, Gesundheit, Glück, Glaube, Gesundheit, Glück. Geld.

8. Kapitel

**In dem es langsam ungemütlich wird,
weil Rechtsanwalt Schlüter ein grausiges Erlebnis hat**

Der Sommer atmete tief aus seiner breiten Brust und es hätte ein beschaulicher Abend werden können. War das Landleben beschaulicher als das Stadtleben? Nur weil, wie Holberg sagte, hier das Wasser stillstand und zu faulen begann? Die Altstadt von Hemmstedt konnte man in zehn Minuten zu Fuß durchqueren und doch brachte diese mickrige Kleinstadt den Puls hoch, das hatte Schlüter nach dem Umzug festgestellt. Dafür war er jetzt dauernd mit dem Auto unterwegs: ins Büro, zum Gericht, zum Einkaufen. Und das brachte den Puls auch hoch, weshalb man die Feierabende und Wochenenden zum Absenken benötigte.

Ein Nieselregen und die Dunkelheit hatten Christa aus dem Garten vertrieben. Die Tomaten setzten prächtig an, bald würden die ersten reif sein. Die meisten Stangenbohnen aber waren von den Schnecken aufgefressen worden, nur wenige Pflanzen hatten überlebt und drehten ihre Winden um die Stangen, die Schlüter hatte aufstellen müssen. Auch den Salat hatten die Tierchen niedergemacht. Doch immerhin gediehen die Zwiebeln und hatten dicke Bäuche. Seit Stunden war Christa in ihrem Buch versunken, Lord Edward Bulwer-Lyttons *What will he do with it,* einem hundertfünfzig Jahre alten Schinken von mehr als tausend Seiten, eine Landschaft von einem Roman, wie Christa sagte, so vielfältig und Berg-und-Tal-und-Fluss-und-Moor-und-Meer wie ein ganzer Kontinent; eine kleine Rauchsäule stieg über der Rückenlehne des Lesesessels auf, und Schlüter genoss die zeitlose Abendzeit und den friedlichen Geruch der Filterlosen, das Höhlenfeuer der Moderne, auch wenn er selbst nicht rauchte. Er nahm einen Schluck Ostfriesentee, englisch zubereitet, also mit viel Milch, die sie jetzt immer von Bauer Heinsohn holten, aus der französischen Großtasse, in die man das ganze Gesicht senken konnte. Schlüter studierte die *Memoirer* von Ludvig Holberg, seine Lektüre war noch hundert Jahre älter als Christas. Er begriff, warum die Skandinavier in Sachen Gleichberechtigung dem Rest der Welt um Generationen voraus waren. Vermutlich war das der Grund, warum sie so reich waren, denn Krieg macht arm, auch der zwischen den Geschlechtern. Mittlerweile brauchte Schlüter das Wörterbuch nicht mehr so oft.

»Hast du das gehört?«, fragte Christa mit abgespreizter Zigarettenhand.

»Nee, was denn?«

»Da hat was gequietscht.«

»Was soll da quietschen?«

»Weiß ich auch nicht.« Sie schnippte die Asche der Zigarette in den Aschenbecher.

Schlüter trank einen Schluck und las weiter. Man musste es schaffen, nicht mehr innerlich zu übersetzen, sondern das fremde Wort wie die Muttersprache zu verstehen, und das gelang nur dem eifrigen Leser.

»Mhh«, sagte Christa.

Witzbold, dieser Holberg. Heute wäre er Kabarettist oder Comedian, wie es neuerdings hieß. »Was mhh?«

»Ich weiß nicht.«

»Was weißt du nicht?«

»Das weiß ich eben nicht.«

Schlüter seufzte ergeben und las den letzten Absatz noch einmal. Holberg schrieb, er wisse nicht, warum Frauen für jeden öffentlichen oder privaten Beruf der Welt nicht ebenso geeignet sein sollten wie Männer. Ihre Fähigkeiten seien die gleichen und die Männer hätten ihre Rechte nur per Anordnung, nicht aber aus natürlichen Gründen. Man musste sich schon wundern, wie weit manche Herrschaften ihrer Zeit voraus gewesen waren. 1743 hatte der Mann das geschrieben! Holberg stammte aus Bergen, damals ein verregnetes Kaff an der Westküste von Norwegen, kaum zwanzigtausend Einwohner, kleiner als Hemmstedt heute. Zu Holbergs Zeit führten die Katholiken in gelehrten Traktaten aus, dass die Frau keine Seele habe und somit kein vollwertiger Mensch sei. Sie beriefen sich auf das morgenländische Sagenbuch, demzufolge der Große Chef die Frau aus der minderen Rippe eines Mannes verfertigt hatte, auf die Letzterer, aus hochwertigem Lehm als Ebenbild Gottes geschaffen und als Erster mit Leben behaucht, großzügig verzichten konnte. Das Elend der Welt und alle Kriege begannen damit, dass einer sich besser als der andere dünkte. Wieso hatte nie einer gemerkt, dass dem Mann gar keine Rippe fehlte? Hinterher über die Blödheit der Vorfahren zu lachen war leicht, aber Jahrhunderte vorher zu wissen, was richtig ist: alle Achtung!

»Hör mal«, sagte Schlüter, »was hier steht. Also: …« Er räusperte sich und legte sich die Worte zurecht.

Aber Christa antwortete nicht. Sie stand an der Terrassentür und hebelte sie auf. Sie lauschte in die Dunkelheit.

»Pass auf die Mücken auf«, warnte Schlüter. Auf dem

Land lebte man in der Natur und mit den Tieren, aber nicht alle waren dem Menschen wohlgesonnen. Vermutlich sogar die wenigsten. Abends hatten die Mücken die Lufthoheit, während die Schnecken, diese schleimigen Partisanen, aus dem feuchten Gras in die Pflanzungen invasierten, um sie zu verwüsten. Schlüter las den Absatz ein weiteres Mal.

»Komm schnell raus!«

Schlüter drückte sich aus dem Sessel und spürte seine Knochen. Man ging auf die sechzig zu, man rostete auf dem Sessel und brauchte ein paar Schritte, bis nichts mehr quietschte und ein aufrechter Gang zustande kam.

Dann stand er neben ihr. Ein lauer Abend. Es nieselte noch immer, die Bäume wisperten miteinander, wie sie es gern in den kurzen Sommernächten taten.

»Hörst du das?«

Schlüter spannte seine Sinne.

»Die Blätter rauschen ein bisschen«, sagte er und schmiegte seine Hand um Christas Hüfte, während Kater Gustav um ihre Füße strich. Wie hätte aus einem harten Knochen je etwas so Weiches und Rundes werden können? Die Bibel spinnt, dachte er. »Sag mal, glaubst du, du bist aus einer Rippe gemacht?«

»Psst!« Sie hielt seine Hand fest.

Schlüter schloss die Augen, um besser hören zu können. Und jetzt vernahm auch er eine Stimme, ein Mensch war irgendwo im Schatten der Nacht.

»Ratunku … ratunku …«

»Hä? Ra-, was?«

»Da schreit einer«, behauptete Christa.

»Und wieso?«

»Ja, was weiß ich?!«

»Und wieso so komisch?«

»Ratunku … ratunku …« Ganz deutlich.

Zwei Minuten später hatten beide ihre Stiefel angezogen und hasteten, einander an den Händen haltend, die finstere Auffahrt zur Straße. Über ihnen keckerten die Fasane, die sie in ihrer Nachtruhe störten. Als sie aus dem Schatten der Bäume traten, entdeckten sie in ungefähr zweihundert Meter Entfernung das Licht, einen matten Discostrahler, einen hellen Nebel, der die nassen Wolken von unten beleuchtete. Sie begannen zu rennen.

Zweihundert Meter schafft man in dem Alter nicht mehr, ohne dass man merkt, wo die Lungenspitzen sitzen. Das Licht gehörte zu einem Auto, das links im Graben lag und blinkte.

»Mein Gott, was …?«

Schlüter wurde übel. Die Axt der Erinnerung spaltete ihm den Schädel, er sank in die Knie, er kroch auf dem Asphalt fort, er hielt sich die Ohren zu, er wartete auf die Schüsse und das Geschrei der Partisanen, damals in der Türkei …

»Warum?«, murmelte er.

Christa schrie: »Peter, wo bist du, wir müssen … der Notarzt …«

»Ratunku …«

Ein Knirschen. Ein Keuchen. Es rührte sich etwas in dem Graben. Ein Mensch ächzte.

»Ratunku …«

Schlüter nahm die Hände vom Gesicht und stand langsam auf. Ein Mann tauchte aus der Schwärze der Grabenböschung in das gelbe Licht des Blinkers. In Zeitlupe erhob er sich stöhnend, schwankte auf Schlüter zu, die Augen weit aufgerissen, die blutigen Hände vor seinem Bauch verkrampft im eigenen Gedärm.

»Ratunku …«, krächzte er.

Bleichrosa, blau geäderte wulstige Därme. Sie hingen dem Mann wie riesige Spaghetti zwischen den Händen herunter, bis zu den Knien. Schlüter verlor die Besinnung und schlug hart auf die Straße.

9. Kapitel

In dem wir lesen, wie weit es Horst Kurbjuweit mit der Sparsamkeit treibt

Mittwoch, 16. September. Die Nächte sind schon kühl und die Tage kürzer, aber das registriert Horst Kurbjuweit nicht.

Während er die Dose auswäscht, denkt er darüber nach, wie einfach alles sein könnte. Während andere ihren Reichtum für sich behalten, spart er sich jeden Pfennig vom Munde ab. Ist das gerecht? Quälerei ist das, aber er wird es schaffen, auch wenn er ganz auf sich allein gestellt ist.

Er biegt den Dosendeckel ab. Es ist wichtig, dass der Deckel ab ist, sonst kann man die Dosen nicht stapeln. Er legt den Deckel in die Dose und sieht zu, wie er zu Boden sinkt, flach auf dem Boden der Dose liegt und man nicht mehr sehen kann, dass es einmal ein Deckel gewesen ist. Er schüttelt die Dose, und es ist nicht das kleinste Klimpern zu hören. Er lächelt zufrieden, es gibt immer etwas, was einen zufrieden machen kann.

Kurbjuweit betritt Mutters Schlafzimmer nur, um die Dosen loszuwerden. Denn er muss über die Stelle treten, an der Mutter gelegen hat, und davor graust es ihn. Daran kann er sich nicht gewöhnen. Er stapelt die Dose auf die andern auf die Fensterbank, vor die zugezogene Jalousie, er hat schon dreieinhalb Reihen voll. Es macht nichts, wenn man die Jalousie nicht mehr hochziehen kann, sie ist sowieso immer unten. Er schlurft zurück in die Küche und zählt das Geld.

Er will, dass sich das Gefühl von Lust und Zuversicht in ihm ausbreitet, denn Großes wird geschehen. Es muss. Er wird es schaffen, Kurbjuweit lächelt und leckt sich die Lippen. Und wenn er das geschafft hat, wird er auch alles andere schaffen.

Man erreicht mehr, wenn man sich auf das Mögliche beschränkt. Er hat es ohne Fleisch versucht, nachdem alle Würstchen gegessen waren. Er hat einfach keine neuen bestellt, doch ertrug er die Angst nicht, die ein leerer Magen macht, Fleisch ist ein Stück Lebenskraft, wie es ein Brot nicht geben kann. Der Hunger fraß wie eine Hyäne in seinen Eingeweiden. Ein Wochenende ohne Fleisch und Vorräte, nur mit Milch, Käse und Brot, das würde er nicht wieder durchstehen. Gleich am Montag in der Frühe war er aufgebrochen zum Supermarkt, er konnte nicht auf Kevin warten, er musste mit Schmerzen unter den Augen der Leute durch die lange Siedlungsstraße mit ihren gefegten Gärten und gestutzten Hecken, vorbei an den Rasen mit Rasenkanten, vorbei an allen Sorten Zäunen. Jeder hatte einen anderen, hölzerne, metallene oder lebende, es gab unendlich viele verschiedene Zaunsorten, aber unter allen wurde die Erde geharkt, damit nichts wachsen konnte, da waren sich alle einig. Alle hatten sie einen schieren Garten, die Bewohner belauerten ihn durch die grauen Gardinen, manche waren auch draußen zugange: Frau Ehlers stand gebeugt über ihre Rhododendren und zupfte Spinnenweben, Herr Kahrs hockte auf seiner gepflasterten Auffahrt und fegte mit Kehrschaufel und Handbesen Regenwurmkacke, Herr Köhlmann stach seine gestochene Rasenkante, Frau Hinrichsen kratzte Moos aus den Ritzen ihrer Terrassensteine, tief bückte sie sich hinunter, sie sah von hinten aus wie ein Fahrradständer,

Frau Büther hackte zwischen ihren Stiefmütterchen, die ihr Mann mit dem Zollstock gepflanzt hatte. Und alle drehten sich nach ihm um, als er vorbei war, das wusste er, und er wusste auch, was sie dachten: Siehe, da geht Horschi der Regenwurmesser, mit seinem dicken Bauch und schwingenden Armen geht er, seht seine schmutzige Jeans, warum hat er sie nicht längst gewaschen? Seht, wie die Zipfel seiner ausgeleierten Strickjacke auf den fetten Oberschenkeln schlottern, seht seine struppigen Haare, die ihm hinten am Kopf hängen, wie sieht das aus, wann war der zuletzt beim Friseur? – Wohin geht er, was mag er vorhaben?

Ja, was mag er vorhaben?

Er hat Großes vor.

Die Hälfte hat er zusammen, sogar etwas mehr, unglaublich. Kleinvieh macht auch Mist. Seit drei Monaten streicht er täglich zwei Liter Milch, ersetzt sie durch Wasser aus dem Hahn und die fünf Gläser Bockwürstchen pro Woche durch je eine dieser Dosen. Die Gier schlägt ihn, hält ihn zwischen ihren Klauen, zwingt ihn zu engen Kreisen durch Küche und Wohnzimmer, bis er vor dem Kühlschrank endet, ihn anstarrt zwei Atemzüge lang. Er reißt ihn auf, packt die bereitgestellte Dose, öffnet sie, wirft sich über sie, löffelt sie schmatzend aus, sein Arm geht hastig auf und nieder.

Für einen Regenwurmesser und Sohn eines Fröscheessers war das auch nur Fleisch. Mit Soße sogar und sicher besser als die Würstchen, jedenfalls nicht schlechter als das, was in ihnen steckt, Fleisch, das man in den Schlachthöfen bei Schichtende aus den Ecken kehrt, das schon grünblau schimmert wie die Flügel der Schmeißfliegen im Sonnenlicht. Anfangs hat er die Dosen erwärmt, in heißes Wasser gestellt, aber mit der Hitze steigt ein Geruch empor, ein

Dunst der Angst, wie über brodelnden Kesseln, in denen Gekröse, Bries, Hufe, Köpfe, Sehnen und die borstigen Schwarten im Blut abgestochener Tiere kochen, ein Dunst, der sich gespenstig auf jedes Ding legt wie ein lichtloser Alp und nach Stunden noch aus den Ritzen der Sitzgruppe im Wohnzimmer kriecht, ihm den Ekel in die Kehle treibt. Deshalb isst er das Fleisch jetzt kalt aus dem Kühlschrank, schaufelt die würflige, gallertartige Masse mit dem großen Auffülllöffel ein, schnell, um dem Würgereiz zuvorzukommen und endlich das Gefühl des Sattseins zu erreichen. Das ihm die Angst vor dem Verhungern nimmt.

Die leere Dose wirft er in die Spüle, flieht ins fremde Wohnzimmer, das er selten benutzt, bis vor die Balkontür, durch die er nie ins Freie tritt. Er meidet den Blick auf die Windmühlen im Feld, sie verdrehen ihm den Magen, und wenn er aufstößt, muss er fort vom eigenen Atem, zurück in die Küche, wo er sich über die Spüle stemmt und tief durchzuatmen versucht. Und dann schafft er die Dose in Mutters Zimmer.

Jeden Tag zwei Liter Milch weniger. An den Dosen spart er am meisten im Verhältnis zur Bockwurst. Er legt das Geld zurück in die Kaffeedose, 180,- Mark hat er zusammen. 350,- Mark würde es kosten.

Bald wird er anrufen. Niemand darf ihn dann hören. Die Telefonschnur reicht bis ins Wohnzimmer. Die Tür zum Flur muss fest verschlossen sein. Auch die Fenster, alles. Sonst wird man sein Reden vom Laubengang her hören, neugierig werden, wissen wollen, was Horst Kurbjuweit der Schweiger – auch einer seiner Namen – zu reden hat. Seit Anita ihn vor die Tür gestellt hat wie ein Stück Sperrmüll, ist das Schweigen zu seiner Natur geworden, es ist ihm so natürlich wie andern das unbedachte Reden, der Blick in jeden Spiegel oder das Handabwischen an der Hose, bevor man jemanden begrüßt. Die wenigen Worte, zu denen er genötigt ist, wenn er aus der Tür tritt und es zu Begegnungen kommt, sie sind vertrocknet. Keiner soll denken, er rede aus Einsamkeit mit sich selbst, wie Robinson auf der Insel. Schließlich ist er nicht verrückt und er ist auf niemanden angewiesen, er kommt allein zurecht.

»Ich komme allein zurecht«, murmelt er und schlurft zurück in die Küche. »Ich werde es schaffen.«

Mitwisser darf es nicht geben.

Nur zwei Zeiten gibt es im Jahr, in denen die Leute mit sich selbst beschäftigt sind, die Neugier auf die Nachbarn erschlafft: Weihnachten, nämlich abends nach dem Gottesdienst, wenn die Menschen, die in Gemeinschaft leben, in der Stube beieinandersitzen, die Bescherung feiern, wenn sie trinken und reden, der Zank laut wird im Block und der Feiertag zerbricht; und in der Nacht vom ersten auf den zweiten Januar, wenn sie betäubt in tiefem Schlaf liegen nach der durchzechten Silvesternacht. Horst Kurbjuweit entscheidet sich für Weihnachten.

Er wirft einen Blick auf seinen Spiegel am Küchenfenster und grinst. Er hat schon lange keine so gute Laune mehr gehabt und er freut sich auf Weihnachten wie in alten Zeiten. Noch gut drei Monate.

Kurbjuweit setzt sich an den Küchentisch, dreht den Zettel, den er gestern beschrieben hat, er hebt den Kopf, in dem es von Worten nur so braust, er fingert mit dem Bleistift, schiebt ihn zwischen die Lippen, feuchtet ihn an, setzt die Mine auf das Papier. Seine Mundwinkel verschieben sich bei der Anstrengung, der Konzentration, denn es ist wichtig, dass er die richtigen Worte erwischt, sie aufschreibt und ewig macht, in einer ordentlichen, gut leserlichen, braven Schülerschönschreibschrift. Denn er kann gut schreiben, er ist nicht dumm, die Zeilen sind die Planken am Abgrund, die verhindern, dass er stürzt:

Ich habe gerade meine Finanzlage überprüft, und wenn ich da auch prima meine rosarote Brille aufsetze, so ist sie immer noch recht bescheiden. Aber nicht hoffnungslos, nein, verdammt sollen sie sein! Und ich werde auf der Hut sein. Bereitet das Haus! Die letzten werden die ersten sein. Und der Tod ist ewig. Der Tag der Rache wird kommen. Die, die geben können, tun es nicht! Und die, die es tun würden, können es nicht. Es ist zum Kotzen. Ein Schwein bleibt ein Schwein, auch wenn es in Samt und Seide gekleidet ist und Sekt säuft und Kaviar frisst! Es ist zum Mäusemelken! Jetzt muss ich schon jahrelang den Abfall der Wohlstandsgesellschaft fressen!! Das heißt: Billig, billig, billig und fett, fett, fett: billiges Brot, billige Margarine, billige Konserven, fettes Fleisch, fette Wurst, fetter geht's nicht. Aber der Tag der Rache wird kommen und dann wird es dieser widerlichen Wohlstandsgesellschaft dreckig gehen!! Und dann werden die ihren Dreck selber fressen müssen!! Nieder mit den Reichen. Weg mit den Mächtigen. Weg mit den Sklaventreibern. Die nächste Sintflut ist vorprogrammiert!!

10. Kapitel

In dem Kurbjuweit das alte Spiel Brunnen, Stein, Schere und Papier verliert

Die Postbotin, die vorher ein Postbote gewesen war. Sie klingelt an der Tür. Er hat sie im Spiegel gesehen. Sie steht vor seiner Tür und lauert ihm auf. Was will sie? Wieso steckt sie die Sendung nicht unten im Treppenhaus in den Briefkasten, der zwischen den andern gleich neben der Eingangstür hängt?

Kurbjuweits Gedanken rasen, aber wohin? Das Denken fällt ihm schwer, weil Denken eine exakte Angelegenheit ist, die keine Ablenkungen duldet, sonst gerät man auf Abwege und findet nicht zurück. Man braucht Übung, man muss sich konzentrieren, um Gedankenworte festzuhalten, Sätze vielleicht, aber Kurbjuweit fühlt nur Angst, das Gefühl kennt er am besten. Seine Gedanken schwappen hektisch umher wie das Wasser bei Teufelsbrück im Hamburger Hafen, mal hierhin, mal dahin, ohne Ziel. Das hat er einmal gesehen, auf einer Hafenrundfahrt mit den Eltern, das war seine längste Reise nach der großen Flucht, sie haben einen Ausflug gemacht und ihn mitgenommen. Wie das Wasser wütend gegen die Spundwände anrennt, wie es strömt, wühlt und kreiselt und nicht weiß wohin, und doch gehorcht es Ebbe und Flut zur vorbestimmten Zeit, die man für die nächsten hundert Jahre und noch länger auf die Minute genau ausrechnen kann, das große Uhrwerk ist präzise, seine Räder drehen sich unerbittlich, aber man ist nur ein kleines Rad und kann seine Gezeiten nicht ändern. Kurbjuweit kann nicht mehr denken, er hat es absacken lassen in seinen schweren Bauch, da unten matscht es sich mit der Milch, die er getrunken hat, und dem Brot, das er gegessen hat, und dem Fleisch, das er heruntergewürgt hat, es ist ein schleimiger Brei, sauer und grau, aus dem man keine klaren Beschlüsse ziehen kann.

Die Postbotin klingelt zum zweiten Mal, sie drückt mit ihrem Zeigefinger Kurbjuweits Gedanken wieder hoch, sie quetscht sie in seinen Kopf und er weiß: Das ist ein Einschreiben. Er muss bestimmt den Empfangsschein unterschreiben. Deshalb klingelt die Postbotin. Weil er unterschreiben muss. Sonst macht das keinen Sinn.

Aber wer zum Teufel schickt ihm ein Einschreiben? Ihm fällt nur Magda ein. Sie ist die Einzige, die ihm noch Briefe schreibt. Sie fragt ihn, wie es ihm geht, sie gibt ihm Ratschläge, die er zwar nicht alle gebrauchen kann, aber darauf kommt es nicht an, sie denkt an ihn, das merkt man, davon wird einem warm, davon taut das Eis ein wenig um einen herum wie im Winter um die Grasbüschel im Brachland unter dem Balkon, mit so einer wie Magda könnte ich leben, denkt Kurbjuweit, aber er ist ja mit ihr verwandt, sie ist seine Cousine, und außerdem ist sie schon verheiratet, wie mag sie aussehen, er hat sie schon lange nicht mehr gesehen. Aber nun verschlingt sich sein Denken schon wieder mit den Eingeweiden, mit den Därmen, die unter dem gelben Fett seines Bauches eingesperrt sind, die Gedanken drehen sich im Kreis und werden schwindlig und faulig und müde.

Jetzt klingelt es das dritte Mal. Verflucht, wie sollte man klar denken, wenn es dauernd klingelt?! Manchmal steckt Magda sogar etwas Geld mit hinein. Und das ist ziemlich gefährlich. Es soll Leute bei der Post geben, die die Scheine aus den Briefen fingern. Das hat er ihr auch geschrieben; sie solle vorsichtig sein. Und deshalb hat sie ihm jetzt das Geld mit Einschreiben geschickt. So muss es sein. Das Geld kann er gut brauchen, für den großen Plan, den er hat.

»Ich komm ja schon«, ruft Kurbjuweit. Er stemmt sich mit den Fäusten auf den Tisch, an dem er sitzt, mit seinem schweren Kopf, der fast bis auf die Tischplatte hängt, in dem es braust, er darf keine schnellen Bewegungen machen. »Ich ko-homm!«, schreit er, er hat schon lange nichts Lautes mehr gesagt, es hört sich an wie von einem anderen, er drückt sich hoch und schiebt den Stuhl zurück, es scharrt hässlich auf den Fliesen, er hält sich am Türrahmen fest und will warten, dass der Schwindel nachlässt, aber da klingelt es schon wieder, wütend und lange.

»Jaha!!«, brüllt er, und während er die wenigen Schritte zur Eingangstür zurücklegt, müht er sich um einen geraden Rücken. Doch wird nicht viel daraus, und als er den Schlüssel herumgedreht, den Riegel zurückgeschoben und die Kette ausgehakt hat, steht er krumm und mit verzerrtem Gesicht vor der Postbotin. Bleich ist er, er blinzelt ins flache Oktoberlicht und bringt nichts heraus; er atmet schwer und stützt sich wieder am Türrahmen ab, denn der Schwindel ist immer noch da, es ist schlierig vor den Augen und er hat Angst, ohnmächtig zu werden, das kommt von den schnellen Bewegungen, die man nicht gewöhnt ist, man kommt nicht hinter seinen eigenen Bewegungen her, er hätte abwarten müssen.

»Einschreiben«, sagt die Postbotin und hält ihm ungeduldig mit einem sehr langen Arm den Rückschein und einen Kugelschreiber hin.

Kurbjuweit hebt seinen Kopf, er sieht jetzt besser: Sie trägt eine Uniform, hat ein Doppelkinn und einen schönen breiten Hintern, das muss er zugeben.

»Von wem ist das?«, fragt er mit Hoffnung in der Stimme.

»Keine Ahnung«, antwortet die Postbotin unwirsch, sie dreht sich um ins Licht und liest: »WeGeVau Grundstücksverwaltungs GehmBeHa.«

»Gehm was?« Von Magda also nicht.

»GehmBeHa.«

»Kenn ich nicht«, sagt Kurbjuweit enttäuscht. »Will ich nicht haben.« Er will zurück, zurück an seinen Tisch, um seine Gedanken zu ordnen, die Tür schließen. Aber es ist zu spät.

»Ist aber umständlich«, sagt die Postbotin scharf. »Dann muss ich den Benachrichtigungsschein hierlassen und nehm den Brief wieder mit, und Sie müssen dann mit dem Benachrichtigungsschein zur Post und den Brief holen. Dann können Sie ihn doch gleich annehmen.«

»Und wenn ich das nicht mach?«

Sie verdrehte die Augen, sie hatte keine Scham, es war ihr egal, ob er merkte, was sie von ihm hielt. »Dann schicken wir den Brief nach vierzehn Tagen wieder an den Absender zurück. Annahme verweigert, nicht abgeholt.« Sie war wie alle andern.

»In Ordnung«, sagt Kurbjuweit trotzig. »Ich will den Brief nicht.«

»Gilt aber trotzdem wie zugestellt«, zickte sie.

»Was?!«

»Ja. Ist so. Die Vorschriften.« Die Frau reckt sich herrisch. Sie hat was zu sagen, sie trägt eine Uniform, ihr kann keiner, sie bestimmt über Leute, sie steht auf einem Thron, einem flachen schäbigen vielleicht, aber immerhin.

Kurbjuweit denkt: In welchem Land lebe ich? Kann diese Postbotin mich zwingen, einen Brief zu empfangen, den ich nicht haben will? Bin ich nicht ein freier Mensch? Aber so war das wohl. Man war ohne Macht, ein Rädchen eben, das von anderen gedreht wurde.

»Geben Sie her«, unterwirft er sich, nimmt den Stift und bekritzelt den Rückschein. Er schnappt nach dem Brief und sieht sich den Absender im Adressfenster an. »WGV Grundstücksverwaltungs GmbH«, sagt er. »Geh! Emm! Be! Ha! Nicht GehmBeHa.«

»Ist doch das Gleiche, oder?«

»Nein«, widerspricht Kurbjuweit und seine Stimme schallt über den Laubengang bis auf die Straße, wo die Kinder einen langen Hals machen. »Das ist nicht das Gleiche! Wenn ich unterschreibe, dann will ich genau wissen, von wem das ist! Darauf habe ich ein Recht! Geh! Emm! Be! Ha!«

»Recht!«, wiehert die Postbotin wie ein Brauereipferd, sie dreht sich um und stampft davon. So ein breiter Hintern, der fehlt nur die Genehmigung zum Auf-der-Straße-Scheißen.

Kurbjuweit atmet schwer, schließt die Tür, er hat verloren, er öffnet den Brief in der Küche mit einem Kartoffelmesser. Während er sich auf den Stuhl sinken lässt, liest er. Die WGV Grundstücksverwaltungs GmbH habe von dem neuen Eigentümer, der WGV Grundstücks AG, den Auftrag zur Verwaltung des Hauses erhalten. Sie überreiche hiermit die Nebenkostenabrechnung für das Kalenderjahr 1997. Herr Kurbjuweit werde gebeten, 412,10 DM nachzuzahlen. Für alle Rückfragen sei Frau Sieber zuständig. Hatte der Steffens also das Haus verkauft und seine Mieter mit. Wie Leibeigene.

Kurbjuweit lässt den Brief sinken und spürt, wie die Gedanken in seine Eingeweide abstürzen wie ein Fahrstuhl, dessen Seile reißen, und sein Kopf ist leer und heiß. Und doch denkt er, man denkt immer irgendetwas. Der Kopf ist eine Mühle, die immer mahlt. Das Geld hat er nicht. Oder er hat es doch, bald jedenfalls, aber das ist verplant. Und noch mehr wird er nicht zusammenbekommen, er wird es nicht schaffen, dieses Fleisch weiter zu essen, er sehnt sich, dass es einmal ein Ende hat mit diesem Fleisch.

Gibt es noch eine Möglichkeit?, fragt er sich. Kann er nicht zum Amt gehen? Das Sozialamt wird die Kosten übernehmen, ja, so könnte es gehen. Aber dann fällt ihm dieser andere Brief ein. Kein Einschreiben, ein einfacher harmloser Brief, den er letzte Woche bekommen hat, den er ungeöffnet im Wohnzimmer auf den Schrank gelegt hat, weil er ihn ein andermal lesen wollte, und dann hat er ihn vergessen. Nein, er hat ihn nicht vergessen, er hat nur versucht, nicht an ihn zu denken.

Während Kurbjuweit ins Wohnzimmer geht, wächst in ihm eine Gewissheit, dass es so weitergehen wird mit ihm, immer weiter bergab, immer langsam schräg hinunter. Er weiß, wer diesen ersten Brief gesandt hat und was darin steht. Er muss ihn jetzt öffnen, eine Faust hat seinen Nacken gepackt, sie drückt ihn in den Teller mit dem ausgekotzten Porree, er muss Gewissheit haben, denn der schöne Glaube an die Hämorrhoiden hilft nicht mehr, wenn du Blut im Stuhl hast.

Kurbjuweit nimmt den Brief vom Schrank, in dem hinter einer Glasscheibe die Pokale stehen, die er gewonnen hat, aber sie bedeuten nichts mehr, sie zeugen von einem anderen Leben, aus dem er wegen Rathjens herausgeflogen ist. Er fragt sich nicht, ob das so sein musste, ob er dem Rathjens nicht hätte widerstehen können, mit Widerstand kennt er sich nicht aus, er kennt sich nur mit Niederlagen aus, mit

Gehorchen und Abwarten und Ausweichen und nichts Abkriegen, er trägt den Brief in die Küche und legt ihn auf den Tisch. Er starrt ihn an, und wenn man jetzt vom Laubengang her an das Fenster schleichen und in den Spiegel blicken könnte, dann würde man sehen, wie ein dicker Mann mit vorstehenden Augen, die Fäuste aufgestemmt, sich sinken lässt auf seinen einsamen Stuhl, am Tisch sitzt, auf dem drei sorgfältig geschichtete Stöße Papier liegen, links die Reklamezeitungen der letzten beiden Monate, rechts die Reklamezettel, die mit der Zeitung geliefert wurden, in der Mitte die Zettel, die Kurbjuweit selbst beschrieben hat, die Buchstaben sind das Treibholz, das er aus dem Strom seiner Gedanken fischt. Man könnte sehen, wie er den Brief zwischen seinen dicken Fingern hält, zögert, tief einatmet, dann zum Kartoffelmesser greift, das Kuvert aufschlitzt, das Papier herauszieht, mit der irrsinnigen Hoffnung, dass er sich irrt, wie er sein Urteil liest, wie seine Lippen beben, wie seine bleiche, weiche Faust das Papier zum Zittern bringt, wie sie langsam zurücksinkt auf den Tisch, wie sein Kopf absackt, das Doppelkinn Falten wirft, wie er aufstöhnt, wie Tränen aus seinen schiefen Augen rollen und auf seinen dicken Bauch tropfen, wie ein Schluchzen seinen mächtigen Körper aufbeben lässt, und immer wieder, wie er nach Luft schnappt.

Wie ein paar Blätter dünnes Papier einen Menschen zerbrechen, der hundertzwanzig Kilo wiegt.

Und endlich: wie er bewegungslos wird wie eingefroren, wie er steif sitzen bleibt im bleifarbenen Halblicht seiner Küche, die starken Hände so untätig auf dem Tisch, den Blick ins Nirgendwo.

Der kleine Horschi, der so dick und groß geworden ist.

11. Kapitel

In dem es Schlüter auch nicht besser geht, jedenfalls bildet er sich das ein

Erster Advent, die besinnliche Zeit hatte begonnen, die so hektisch ist wie keine andere im Jahr. Die Christenheit hat den armen Jesus in Frührente geschickt und an seiner Stelle den dicken roten Mann engagiert, der für bessere Umsätze sorgt. Ab morgen die ungeduldigen Leute, die unbedingt ihr Problem noch in diesem Jahr gelöst haben wollten. »Schaffen Sie das noch dieses Jahr, Herr Schlüter?« Als gebe es kein nächstes. Und heute das Vorgrausen. Schlüter legte das Buch beiseite und ging im Wohnzimmer auf und ab, die Hände auf dem Rücken, blieb vor der Terrassentür stehen. Es war bewölkt und nieselte, bald würde es dunkel werden, noch bevor es richtig hell geworden war. Es war ungemütlich draußen, weshalb Kater Gustav die Jagd ausfallen ließ und auf dem Sessel schnurrte.

Christa kam aus dem Garten, wischte sich schwungvoll die nassen Hände an der Hose ab. Sie hatte Möhren und Rote Bete mit Laub bedeckt, um sie vor eventuellem Frost zu schützen. »Ich mach mir einen Tee, du auch einen?«

»Mhh.«

»Willst du einen oder nicht?«

»Joa, von mir aus.«

»Was ist mit dir los?«, fragte Christa. »Du machst einen unzufriedenen Eindruck.«

In der Tat. Unzufrieden. Aber womit?

»Ich komme mir vor, als sei ich auf der Suche nach der verlorenen Zeit und würde wie Proust nichts selbst, sondern alles nur aus zweiter Hand erleben«, begann Schlüter. Ein Gefühl, das nicht neu war, sondern ihn auch schon in vergangenen Jahren immer wieder heimgesucht hatte. Während er an seinem abgewetzten Schreibtisch hockte, tagaus, tagein, fand das bunte Leben da draußen ohne ihn statt.

Christa goss den Tee auf und schüttelte den Kopf. Das, was an seinem Schreibtisch stattfinde, sei doch auch das bunte Leben. »Willst du etwa die Ehescheidungen selbst erleben?«

Nein, das nicht.

»Oder die Verkehrsunfälle?«

Nee, die auch nicht. Der Mann mit den Gedärmen im Juli hatte gereicht. Dessen Hände, verkrampft in den eigenen Eingeweiden: Dieses Bild überfiel ihn immer noch bei der Arbeit, im Auto auf dem Weg ins Büro blendete es ihn, einmal war er deshalb schon fast in den Graben gefahren, und er fürchtete sich davor in der Nacht, wenn er erwachte und zum Klo ging. Wie es nach Schlüters Kollaps am Straßenrand weitergegangen war, hatte er von Christa erfahren. Sie hatte ihren ohnmächtigen Mann an den Straßenrand gezerrt und war zum Haus gerannt, um Krankenwagen und Polizei zu alarmieren, dann zur Unfallstelle zurück, wo sie ihren Mann immer noch an der Grabenböschung vorgefunden hatte, neben vier weiteren Gestalten, die offensichtlich aus dem Unfallwagen gekrochen waren. Die vier zischten in einer fremden Zunge. Als der Krankenwagen eintraf, setzte Christa den Notarzt auf die Fremden an und zog Schlüter mit sich fort, die dunkle Auffahrt zurück zum Haus, wo sie ihn ins Bett schaffte, in dem er langsam wieder zu sich kam.

Im *Hemmstedter Tageblatt*, das sie nach dem Umzug wieder abonniert hatten, hatten sie die Sterbeanzeigen studiert, aber nichts gefunden. Auch keinen Unfallbericht. Als hätte das Ereignis nie stattgefunden.

Christa strich Schlüter mit nasser Hand über den Kopf. Oder die Mietstreitigkeiten, ob er die selbst erleben wolle? Die Streitereien um Werkmängel und Zinssätze, Vertragsklauseln und Verjährungsfristen? Die Zänkereien zwischen Nachbarn, Kompagnons und Verwandten? Die Kündigungen?

Nein, nein, bestimmt nicht, das alles nicht. Schlüter hob beide Arme und wedelte mit den Fingern.

»Also, was willst du dann?«

Leben wollte er. Einfach nur leben. Etwas erleben. Etwas Schönes vor allem.

»Und wieso liest du dann so viel? Das ist doch auch Leben aus zweiter Hand.«

Allerdings. Das hatte er in letzter Zeit auch so empfunden.

»Und wieso hast du nie Lust zum Verreisen? Wir könnten doch mal ein verlängertes Wochenende wegfahren, zum Beispiel nach Helgoland. Wie oft habe ich dir das schon vorgeschlagen? Aber du bist ja immer unentbehrlich.«

Den spöttischen Ton, unter dem sie ihre Anklage verbarg, hatte er gehört. »Ich bin nicht unentbehrlich«, widersprach Schlüter schlapp. »Aber ...« Wie oft hatte er seiner Frau schon die logistischen Komplikationen erklärt, die ein freier Tag verursachte, zu schweigen von den Katastrophen, die er auslösen konnte?

»Du kannst mir helfen, Reisig über die Möhren und die Rote Bete zu legen, und Laub, damit sie nicht erfrieren. Das ist Leben!«

Ach diese praktischen Frauen! Auch dazu habe er keine Lust.

»Und wozu hast du dann Lust?«

Schlüter schüttelte den Kopf und zuckte hilflos die Schultern.

»Irgendwas stimmt mit dir nicht. In letzter Zeit bist du anders.«

War er anders geworden? Und wenn ja, wie?

»Ich möchte mal was Positives erleben. Nicht immer diese elenden Streitereien. Da muss man ja depressiv werden.«

Christa goss den Tee ein und stellte ihm die Tasse hin. »Hier«, sagte sie. »Machen sie dir zu schaffen, deine Mandanten?«

»Und wie. Ich hasse diese Litaneien, diese Beschuldigungstiraden, diese Wutreden, diese Enttäuschungsarien, diese Hassopern, diese Kleinlichkeitsirrgärten! Kein Wunder, dass es so viele Säufer im Kollegenkreis gibt.«

»Ich weiß«, sagte Christa sanft. »Aber zähl sie mir nicht alle auf. Erzähl lieber.«

»Bardenhagen hat sich erschossen letztes Jahr ...«

»Ich weiß«, sagte Christa. »Und Gausewein säuft sich allmählich zu Tode. Passt zu seinem Namen.«

Das sind Geschichten, dachte Schlüter und nickte, die reichen für einen Abend.

»Kurbjuweit heißt er«, begann er müde. »Freitag war er wieder da und ich kriege ihn nicht aus dem Kopf. So eine hoffnungslose Gestalt.«

Schlüter war der Mann aufgedunsen und noch grauer im Gesicht erschienen als bei dessen erstem Besuch, vielleicht sogar eine Spur gelb. Kurbjuweit steckte in der gleichen riesigen Jeans und er roch, als habe er sie seit dem letzten

Besuch auch nicht verlassen. Er saß vor dem Schreibtisch mit gesenktem Doppelkinn, die Unterarme gekreuzt über dem mächtigen Bauch.

»Als ich ihn so sah, da dachte ich, man müsste mal raus, fort von diesen sinnlosen Gesprächen. Aber das habe ich natürlich nicht gesagt.«

Nein, er hatte seine Berufspflichten nicht vergessen. »Was führt Sie zu mir?«, hatte er routinemäßig gefragt und ein mäßig interessiertes Gesicht aufgesetzt.

Schlüter hatte einen Trostblick auf das Landschaftsbild des lokalen Meisters geworfen, das neben seinem Schreibtisch an der Wand hing; eine ländliche Szene aus vergangenen Zeiten: ein zerfahrener Hohlweg, nostalgisch von Eichen besäumt, auf dem ein Ochsenkarren fortrumpelte, im Vordergrund ein halb zerfallenes Fachwerkhaus. Und dann fiel sein Blick zurück auf den dicken Mann, der vor seinem Schreibtisch saß und zwei Briefumschläge in der Hand hielt, einen gelben und einen weißen.

»Entschuldigen Sie«, sagte Schlüter mit belegter Stimme und langte über den Schreibtisch. »Zeigen Sie her.«

Der gelbe Brief enthielt eine Klage von Kurbjuweits Vermieter auf Zahlung von 412,10 DM Nebenkosten für das vergangene Kalenderjahr. Ein dicker Brief, zugestellt vor zehn Tagen, mit vielen Seiten Anlagen: Heizkostenabrechnungen und Belegen. Der Mietvertrag aber fehlte. Der Absender des zweite Briefes war das Sozialamt der Gemeinde Hollenfleth. Es rechnete Kurbjuweit vor, dass er als alleinstehende Person künftig keinen Anspruch auf volle Übernahme von Kaltmiete und Nebenkosten mehr habe. Maximal 50 qm groß dürfe die Wohnung sein, sie sei jedoch 64 qm groß. Die Kosten für seine Wohnung lägen 143,20 DM zu hoch. Herr Kurbjuweit werde aufgefordert, bis spätestens zum 1. März 1999 für diesen Betrag entweder selbst aufzukommen oder sich bis dahin eine Wohnung zu suchen, die um den entsprechenden Betrag günstiger sei. Falls er weiter in der bisherigen Wohnung wohnen wolle, werde die Zahlung des Sozialamtes an den Vermieter entsprechend reduziert. Herr Kurbjuweit könne innerhalb eines Monats Widerspruch einlegen.

»Und?«, fragte Schlüter.

»Das kann ich nicht bezahlen«, murmelte Kurbjuweit.

»Die Nebenkosten?«

»Die auch nicht.«

»Haben Sie den Mietvertrag dabei? Der fehlt.«

Kurbjuweit schüttelte den Kopf.

»Den brauche ich aber. Sonst kann ich die Abrechnung nicht prüfen.«

»Ob das Zweck hat?«

Der Mann machte die gleichen Sprüche wie bei der Kündigungssache gegen die Walther OHG. Das war ein Rohrkrepierer geworden. Kurbjuweit hatte nicht zur Güteverhandlung erscheinen wollen, zu der er persönlich geladen war, und die Rücknahme der Klage verlangt. Und das, bevor über den Prozesskostenhilfeantrag entschieden war. Schlüter hatte Kurbjuweit keine Rechnung geschickt, der würde sie ohnehin nicht bezahlen. Ein Vorfall, der die Arbeitsfreude nicht steigerte.

»Ich sage doch, ich brauche den Mietvertrag, um das zu prüfen. Am besten auch noch die Abrechnungen der letzten drei Jahre. Vorher kann ich nichts dazu sagen. Aber machen Sie sich keine Sorgen – die Nachzahlung wird wahrscheinlich das Sozialamt übernehmen müssen.«

Kurbjuweit schüttelte den Kopf. »Das machen die garantiert nicht.« Er zeigte auf den zweiten Brief. »Das sehen Sie doch daran. Außerdem habe ich letztes Jahr noch keine Sozialhilfe gekriegt.«

Schlüter las den anderen Brief noch einmal; ihm fiel das Datum auf. »Wieso kommen Sie so spät damit, der Brief ist ja vier Monate alt! Der Bescheid ist rechtskräftig! Da können wir nichts machen.«

»Aber die können doch nicht so einfach ...«

»Rechtskräftig ist rechtskräftig«, unterbrach Schlüter und hielt einen Kurzvortrag über Fristen und Rechtssicherheit.

»Sie wollen mir nicht helfen?«

»In der Sache kann ich Ihnen nicht helfen.«

Kurbjuweit zog die Schultern hoch. »Ich gehe da nicht raus.« Sein Gesicht war steif und etwas gelblich. Es war kein Gefühl darin zu lesen, nur eine dumpfe tierische Entschlossenheit.

»Aber wenn ...«

»Ich gehe da nicht raus«, wiederholte Kurbjuweit.

»Und ...«

»Da wohnen wir seit über fünfzehn Jahren drin!«

»Ja, aber ...«

»Da können die uns, ich meine, da können die mich nicht einfach so rausschmeißen!«

»Ich meine, der Bescheid ist ...«

»Fangen Sie etwa an, das zu rechtfertigen!«, rief der Mann und stützte eine Hand auf das Knie, als wollte er aufstehen.

»Herr Kurbjuweit, der Bescheid ist ...«

»Muss ich ausziehen oder nicht?«

»Bringen Sie mir erst mal den Mietvertrag, und dann sehen wir weiter«, wiegelte Schlüter ab. »Möglichst gleich

Montag. Vielleicht kann man noch verhandeln, obwohl … Und in der Klagesache läuft die Frist nächsten Mittwoch ab. Bis dahin muss ich dem Gericht geschrieben haben.«

Und dann war Kurbjuweit aufgestanden und hatte zum zweiten Mal sein Büro verlassen.

»Du glaubst es nicht, wie der Mann gestunken hat«, schloss Schlüter seinen Bericht. »Ich musste mein Zimmer eine halbe Stunde lüften, bevor ich es wieder darin aushalten konnte.«

»Und – kannst du ihm helfen?«, fragte Christa.

Schlüter schüttelte den Kopf. »Was würde das für einen Sinn machen?«

»Du musst mal raus aus deinem Trott«, schlug sie vor. »Und wir müssen mal weg. Und wenn wir bloß nach Helgoland fahren.«

Was sollte er auf Helgoland? Im Kreis laufen? Im Winter? Ich sollte aufhören, dachte Schlüter und überlegte, ob er es aussprechen sollte. Aber was man ausgesprochen hat, kann man nicht mehr zurücknehmen, ein Wort steht in der Welt wie ein Stuhl im Zimmer, man kann ihn nicht mehr wegzaubern.

»Vielleicht solltest du aufhören«, sagte Christa leise und stand auf. »Findest du nicht, dass wir einen Adventskranz haben sollten? Heute ist doch erster Advent.«

»Hast du einen gebunden?«

Christa nickte.

»Schön«, sagte Schlüter. »Schön.«

12. Kapitel

In dem Horst Kurbjuweit sich selbst erkennt und wir einen heiligen Nachmittag erleben

Nachmittag am Heiligabend. Noch zwei Stunden.

Was Zukunft ist, hat er vergessen. Seit dem ersten Advent rast die Zukunft auf Kurbjuweit zu. Wie ein Meteorit, die Wissenschaftler haben seine Flugbahn berechnet, er wird dich treffen.

Er hatte es sich abgewöhnt, Beschlüsse zu fassen, Künftiges zu planen. Die Gegenwart ist ein schwerer zäher Brei, der aus den Zutaten der Vergangenheit gekocht ist. Schlechte Zutaten sind es, aber man frisst ihn auf, man kotzt ihn aus, man frisst ihn wieder, wie damals den Porree. Nur mit dem Unterschied, dass man die Vergangenheit niemals verdaut und niemals ausscheißt. Sie bleibt in einem drin.

Wenn man aber etwas geplant hat, ist das anders. Das wichtige Ereignis rückt immer näher. Es nimmt Besitz von deinen Gedanken. Du hast keine Zeit mehr, dich mit der Vergangenheit zu befassen. Die Vergangenheit schrumpft zu einem kleinen Steinchen zusammen, du kannst sie einsperren in der dunklen Hosentasche, mit dir herumtragen und nicht mehr an sie denken, ja, vielleicht kannst du sie sogar wegwerfen, dann hast du nur noch die Zukunft – und die Gegenwart, um sie zu gestalten. Du malst es dir aus, das Ereignis. Und dabei rückt die Zukunft immer näher an dich ran, Woche für Woche, Tag für Tag.

Es war am ersten Advent, als Kurbjuweit seine Wohnung plötzlich mit den Augen eines Fremden gesehen hat. Oder: einer Fremden. Das konnte er vorher nicht.

Die Küche sah fürchterlich aus. Vor allem der Tisch, es lagen zwei große Stapel mit dem Wochenblatt und mit Reklame darauf, dazwischen der Haufen mit den Zetteln, die Kurbjuweit mit seinen Vorsätzen beschreibt, die er nie ausführt. Obenauf ein Zettel mit lauter Unterschriften, er hat ausprobiert, wie die Unterschrift eines erfolgreichen Mannes aussehen muss: Unleserlich muss sie sein, lässig hingeworfen, aber nicht angeberisch groß, jedenfalls nicht so brav wie seine ordentliche Schuljungenschrift, die nimmt keiner ernst. Eigentlich kann er alles wegwerfen, hatte er gedacht, aber wohin mit dem Zeug? Und die Zettel sollte kein Fremder lesen, der später darüber lacht. Kurbjuweit hatte schon Mühe, die Zettel vor Kevin zu verstecken, wenn er den Einkauf bringt und einen Kakao trinkt. Also hat er sich überwunden und das ganze Papier vom Küchentisch in Mutters Zimmer geschafft, wo schon die Dosen auf dem Fensterbrett gestapelt sind, bis ganz oben. Dort hat er es unter das Bett geschoben, hinein in den Staub. Etwas lag unter dem Bett, etwas, gegen das der Stapel mit den Zeitungen gestoßen ist, etwas Fremdes im Schlafzimmer seiner Eltern. Obwohl er so ein Gefühl hatte, dass es etwas Wichtiges ist, hat er sich nicht gebückt. Er ist nicht auf die Knie gegangen, um nachzusehen, was es war, um ordentlich Platz für die Zeitungen zu machen, er hat nur die Zeitungen mit dem Fuß unter das Bett gestoßen, gegen das, was dort schon lag, schob es weiter unter das Bett, bis auch die Zeitungen nicht mehr zu sehen waren. Er hat auch alles andere, was er nicht gebrauchen konnte, aber nicht mehr losgeworden ist, in

Mutters Zimmer gestellt, vor allem die vielen Kartons aus dem Flur, in denen Kevin immer die Lebensmittel bringt, mit denen hat er Vaters Betthälfte vollgestapelt, sie sind wie eine Wand vor Mutters Bett und versperren die Sicht darauf.

Die Küche: Wer hat schon auf der Anrichte in der Küche einen Fernseher stehen? Gegenüber das lächerliche Radio, ein großer Kasten aus den Fünfzigerjahren, mit einem großen Rad, an dem man die Sender einstellt.

Der Abfalleimer war voll, es standen Plastiktüten mit Müll mitten in der Küche, seit Wochen, er hatte es nicht geschafft, sie nach unten zu bringen, weil er sich nichts mehr vornehmen konnte; er hat immer nur gewartet, bis aus der Gegenwart der Brei der Vergangenheit geworden ist.

Und er roch, dass es in der Küche stank, nach vergammeltem Essen, nach Schimmel, nach schlechter Luft, nach Tatenlosigkeit, nach Angst, nach dem dicken einsamen Kurbjuweit. Die Essigfliegen flirrten um den Abfall. Es war nicht gelüftet, auf dem Fußboden Staubnester, die Spüle voll mit schmutzigem Geschirr, die Fliesen klebten, sie schrien nach Wasser und Feudel.

Und das Schlafzimmer! Wer hat schon ein Schlafzimmer, dessen Fenster niemals geöffnet wird, dessen Jalousien immer geschlossen sind? Wie sollte er das erklären? Und sein Bett, es musste neu bezogen werden, die alte Bettwäsche war grau und roch nach den Ausdünstungen seines Körpers, nach Schweiß, nach Albträumen, nach schlaflosen Nächten und Selbstbefriedigung.

Am besten sah noch das Wohnzimmer aus, weil er es am wenigsten benutzte und weil die Sachen, die im Schrank stehen, hinter der Glasscheibe, auch bei anderen Leuten stehen könnten, auch wenn sie zu nichts nutze sind, auch wenn es zufällige Sachen sind, die zufällig in sein Leben geraten sind.

Alles das sah Horschi Kurbjuweit am ersten Advent, denn schließlich hat er Augen im Kopf wie andere. Seine Wohnung war zugewachsen, als wenn Unkraut nacktes Land überwuchert, nur langsamer, jeden Tag ein bisschen, seit Mutter nicht mehr ist, er konnte nichts dagegen tun. Am ersten Advent hat er angefangen aufzuräumen und sauber zu machen, denn ein Beschluss kann nur leben, wenn er Kinder zeugt, sonst stirbt er. Der Staubsauger funktionierte noch, es waren auch noch genug Staubbeutel da. Unter der Spüle, wo er lange nicht hingesehen hatte, fand er Scheuermittel und einen brettharten Feudel.

Und jetzt, am heiligen Nachmittag, sieht es so in seiner Wohnung aus wie schon lange nicht mehr, wenn man von Mutters Schlafzimmer absieht. Sogar Kevin hat gestern, als er den Einkauf gebracht hat, gefragt, ob einer aufgeräumt habe. Und Kurbjuweit hat geantwortet, so normal wie möglich: »Na, das muss auch mal sein.« So wie einer, der eine Zeit nicht dazu gekommen ist.

Noch eine Stunde. Draußen wird es dunkel, obwohl es erst drei Uhr nachmittags ist. Eine verfrühte Silvesterrakete wird abgefeuert, es blitzt rot zwischen den Lamellen der Küchenjalousie auf.

Horschi Kurbjuweit stopft sein Hemd in die Hose und wischt sich den Schweiß. Er überprüft die Temperatur, in der Küche hängt ein Thermometer am Fenster, einundzwanzig Grad. Ist das zu warm oder zu kalt? Soll er die Heizkörper aufdrehen oder nicht? Wenn man das nur wüsste. Er überlegt, ob er noch einmal duschen soll, aber dann findet er, dass es dafür zu spät ist, er wäscht sich das Gesicht mit kaltem Wasser ab. Und dann stellt er den Kuchen, den Kevin ihm geholt hat, auf den Wohnzimmertisch, er hat sechs Mark gekostet, bei dem neuen Bäcker. »Kriegst du etwa Besuch?«, hat der Junge wissen wollen, aber keine Antwort bekommen.

Kurbjuweit kocht Kaffee, so wie er sich das vorgenommen hat. Während der Kaffee durchläuft, kontrolliert er die Zimmer. Er geht auf und ab, mit steinernem Gesicht. Auf und ab.

Noch eine halbe Stunde.

Er zündet die vier Kerzen an, die Kevin besorgt hat. Auf einen Tannenbaum hat Kurbjuweit verzichtet, den kann er sich nicht leisten. Das wäre übertrieben.

Endlich sitzt er nur noch da, hört auf das Ticken der Uhr und das Klopfen seines Herzens.

Es klingelt.

Kurbjuweit steht auf, geht mit leisen Schritten zur Tür und wirft einen Blick durch den Spion. Vor der Tür steht eine Schwarzhaarige. Sie steckt in einem Mantel, trägt einen Koffer in der Hand und hat ein bleiches Gesicht.

Kurbjuweit öffnet.

Die Frau tritt ein, mustert ihn mit einem geschäftlichen Blick, stellt ihren Koffer ab.

»Tach«, sagt sie.

»Tach«, sagt Kurbjuweit.

»Der Mantel«, sagt sie, knöpft ihn auf, beginnt sich auszuschälen.

»Natürlich«, sagt Kurbjuweit und greift nach dem Kragen des Mantels.

Und nun sieht er es. Die Frau hat einen schmalen Hintern, er ist nicht breiter als der Speckring auf ihren Hüften.

Dafür hat sie kräftige Schultern. Ein Bauch wölbt sich unter den Brüsten.

»Wo gehen wir hin?«, fragt sie.

Kurbjuweit zeigt in das Wohnzimmer, wo er den Kaffeetisch gedeckt hat. »Kaffee?«, fragt er.

»Warum nicht«, antwortet sie. Sie hat ein Doppelkinn und ein fleckiges Gesicht, geschwärzte Haare, die ihr auf die Schultern fallen. Eine Zigarettenschachtel in der Hand, nimmt sie den Koffer und geht voraus. Genau genommen ist der Speckring sogar breiter als ihr Hintern. Sie hat die Figur eines Ringers, der außer Form geraten ist.

»Was ist in dem Koffer?«, fragt Kurbjuweit.

»Mein Werkzeug«, sagt die Frau und grinst. Sie stellt den Koffer neben den Einsitzer und lässt sich sinken. Ihre Brüste sind über dem vorstehenden Bauch nicht mehr zu sehen.

»Was für ’n Werkzeug denn?«

»Wirst ja sehen, Süßer.«

Kurbjuweit legt Kuchen auf die Teller. Noch läuft alles, wie geplant. Nur – sie hat keinen Hintern.

»Wo ist das Geld?«

Kurbjuweit steht auf und holt die Kaffeedose aus der Küche, in der er seine Ersparnisse für diesen Tag aufbewahrt hat. Er schüttet den Inhalt auf den Wohnzimmertisch. Die Frau zählt nach und lässt das Geld in einer Seitentasche des Koffers verschwinden.

»Hier müsste mal gelüftet werden«, sagt sie dann, als sei sie zu Hause. Sie steht auf und öffnet die Balkontür. Ihr Hintern ist wirklich sehr schmal. Schmal wie ein Jungenhintern.

13. Kapitel

In dem Horst Kurbjuweit ein Neujahrskonzert hört, das ihn Nerven kostet

Es geschieht am Neujahrsmorgen, in der Zeit, die keine Wochentage kennt. Stell dir vor: Es kommt eine Hexe und du kannst nicht fortlaufen.

Man erwartet niemanden. Man wünscht keinen Besuch mehr. Man will allein sein. Man will nachdenken über das, was geschehen ist. Aber dann klingelt es und man muss öffnen. Mutter hat immer geöffnet, obwohl auch ihr plötzliche Besuche verhasst waren, Besucher hatten sich anzukündigen, Tage vorher, damit Zeit zum Aufräumen und Saubermachen war, man Kuchen backen oder notfalls besorgen, Kaffee kochen konnte.

Kurbjuweit gehorcht. Er stemmt sich vom Küchentisch, verharrt, bis die Schlieren vor seinen Augen schwinden, schließt die Tür sorgfältig hinter sich – auch die Wohnzimmertür, die klemmt, muss fest geschlossen sein – schiebt den neuen Karton mit Kevins letztem Einkauf mit dem Fuß beiseite, schlurft die wenigen Schritte zur Eingangstür und öffnet.

Blinzelnd steht er unter der Tür, wie in einem überbelichteten Bild, geblendet von den Strahlen der flachen Wintersonne. Die Neujahrsluft treibt ihre Eiskristalle in seine Lunge, er sieht drüben die Balkons, an denen das tote Gestrüpp der Sommerblumen hängt, auf denen die schimmelbezogenen Plastikstühle der Bewohner auf den Frühling warten, die

Satellitenschüsseln, mit denen die Arbeitslosen die Programme empfangen.

Vor ihm steht die Stachowiak von oben, in ihren schwarzen Röcken, in ihrem schwarzen Kopftuch, in ihren lehmbesudelten schwarzen Stiefeln, und aus den Falten ihrer Röcke – weiß der Teufel, wie viele es sind, die sich wölben über ihrem Altweiberbauch – zieht sie ihre Hände hervor; an diese behände Bewegung, die nicht passt zu einer Greisin, erinnert er sich später genau, nachdem es vorbei ist und er gebannt hinter zwei verschlossenen Türen im Wohnzimmer verharrt, ihren Verwünschungen und Zaubersprüchen nachhört, gewispert durch das Schlüsselloch, mit einer plötzlich so tiefen Stimme, einer Männerstimme, die nicht ihre sein kann, die doch sonst so hoch und brüchig ist. Wer hat ihr diese Stimme gegeben?

Die verschränkten Knochen ihrer Hände vor dem eingefallenen Mund steht sie nun vor Kurbjuweit im Laubengang, alles ist schwarz an ihr, schwarz ist sie vom mageren Schädel bis zu den Füßen, schwarz ist sie wie eine alte Krähe, schwarz wie eine Witwe, ›die schwarze Hexe‹ hat Mutter sie genannt. Die Hexe wippt auf ihren Stiefeln, die so schmutzig sind, als käme sie von weit her über die Felder, sie beugt sich vor, genau wie damals, als sie vor Mutters Grab stand, um besser den Lehmklumpen nachsehen zu können, den drei vorgeschriebenen Schaufeln Erde, die sie der Toten, einen unverständlichen Spruch murmelnd, mehr nachwarf als fallen ließ auf den Sarg. Die Stachowiak hatte sich durch die Reihe der Wartenden gedrängt, vorbei auch an ihm, Kurbjuweit, dem Sohn der Toten, dem einzigen Verwandten überhaupt, der doch die dunkle Reihe am Grab hätte anführen müssen, er hätte zuerst die Erde hinabschaufeln und dann die Kondolenzen abnehmen sollen, aber er war noch nie als Erster gegangen, er war immer andern gefolgt.

Zwischen ihre bläulichen Lippen drückt sie eine Mundharmonika, denn Kurbjuweit hört plötzlich Scherben einer zerbrochenen Melodie, zu der sie sich hölzern wiegt, sie tut wie eine, deren Schoß nach Männern verlangt, sie riecht nach Knoblauch, Zwiebeln und den selbst gestopften Würsten, die sie Mutter immer geschenkt hat, die Mutter stets fortgeworfen hat, abends im Dunkeln vom Balkon, hinunter zu den streunenden Katzen. »Riech die mal, Horschi, die sind doch vergammelt, die will uns wohl vergiften.« Die Katzen aber zankten sich um die Ketten mit verfallenem Fleisch gefüllter Därme, zerrten sie fauchend fort ins Gebüsch und mästeten sich daran.

Schwächliche Töne leiert die Alte aus dem Instrument, bis sie die Hände auf den Rücken wirft und einen Schritt näher tritt, Speichel klebt wie Leim an ihrem spitzen Kinn, Kurbjuweit weicht in seinen Flur zurück, aber sie folgt ihm, öffnet die dunkle Höhle ihres Mundes, singt ein Lied mit hoher Fistelstimme, eine Strophe nur, die Worte versteht er zwar, aber er kann sie sich nicht merken, ein Lied zum neuen Jahr, Glück und Segen, Gesundheit für alle Zeit oder so etwas. Dann klappt sie ihre Hände wieder vors Gesicht und bläst den Refrain in ihre Harmonika und ihre Backen zu kleinen Ballons, wirft die Arme wie eine aufgezogene Spieluhr wieder nach hinten und rührt ihren Schoß.

»Glück und Gottes Segen zum neuen Jahr«, krächzt sie wieder, und aus einer anderen Falte ihrer Röcke zieht sie ein Körbchen und streckt es Kurbjuweit unter die Nase. »Zum Dank bitten wir um eine Gabe, eine kleine Gabe für eine, die dir Jutes wünscht.«

Kurbjuweit steht stumm und rührt sich nicht.

»Bitta sähr«, sagt die Alte. Ihre schwarzen Augen glimmen ihn an.

Er rührt sich nicht.

»Bitta sähr«, wiederholt sie.

Er rührt sich nicht.

»Wolln Se nix jeben nicht 'ner armen Frau?« Ihre Hand zittert und riecht nach Verwesung wie das Fleisch ihrer Würste.

Er rührt sich nicht.

Und dann flüstert sie, ihre Augen nur noch ein Schlitz: »Keen jutes Jahr sollste nich haben nich, wenn de nich teilen willst nich, und drei Mal verflucht soll sein dein neues Jahr, der Daifi soll enn schlächtes Jahr machen für dich, wenn de nix jeben willst nich 'ner armen Frau.«

Er rührt sich nicht. Er kann nicht.

Was sie weiter sagt, versteht er nicht. Kurbjuweit weicht zurück, sie aber verfolgt ihn Schritt um Schritt hinein in den Flur, den Bettelkorb drückt sie ihm fast ins Gesicht, während ihre gierige Hand nach dem Zipfel seiner Strickjacke greift. »So kommste mir nich fort nich, Jungchen, so nich.« Er reißt sich los, verhakt sich im Griff der Tür, seine fuchtelnden Hände treffen auf schlaffes Fleisch und dann auf etwas Hartes, Spitzes, ja Metallenes, er schreit auf, wirft sich herum.

Keuchend steht er hinter der verschlossenen Tür, hält den Atem an, horcht. Er muss sie fortgestoßen haben. Er ist gerettet. Er traut sich nicht, das Lid des Spions beiseitezuschieben. Er hat Angst vor dem schwarzen Blick der Alten. Immerhin wagt er es, ein Ohr an die Tür zu legen. Es rauscht nur, er saugt tief den Atem ein, hält ihn an, presst sich fest an die Tür. Und da! – Da hört er das Flüstern, eine einförmige leise Litanei, die langsam lauter wird, anschwillt, aufbraust, tiefer wird, umschlägt in ein Brummen, zur dunkel knisternden Stimme eines Mannes, zornig zischt es in fremder Sprache, Flüche müssen es sein, Verwünschungen, Bann- und Zaubersprüche, Hexereien jedenfalls, die Kurbjuweit von der Tür vertreiben, und trotzdem wird die Stimme mit jedem Schritt, den er weicht, lauter, vernehmlicher, bis sie in tiefem Bass ertönt und er den Spruch hört, ohne ihn zu begreifen: »Idsch do diabwa, idsch do diabwa!«

Kurbjuweit flieht aus dem Flur, stolpert rückwärts ins Wohnzimmer, zwingt die schiefe Tür knisternd in die Füllung, den Schlüssel ins Schloss, aber immer noch hört er ihn, den dunklen Spruch, er wirft sich aufs Sofa, presst sich die Fäuste vor die Ohren. Und hört ihn: »Idsch do diabwa, idsch do diabwa!«

Jetzt erst fühlt er den Schmerz, der wie ein Spieß seinen Rücken durchbohrt, und jetzt erst begreift er, dass dies der Fluch war, den die schwarze Hexe der Mutter auf den Sarg hingemurmelt hat.

14. Kapitel

In dem Horst Kurbjuweit etwas hört, was sein schiefes Leben ganz aus der Bahn bringt

Es hat es vor drei Wochen angefangen, in den ersten Tagen des Januar, wenige Tage, nachdem die Hexe da war.

Es ist die Zeit, in der sich die Menschen, obwohl es noch lange Winter sein wird, schon auf den Frühling freuen, weil sie merken, dass die Sonne wieder steigt und es heller wird. Kurbjuweit spürt davon nichts, er ist des Lebens müde. Ein Stein liegt auf seinem Rücken, der will, dass er sich hinlegt auf das Bett. Aber Kurbjuweit hat Angst vor seinem Schlafzimmer, seit die Hexe da war, es ist zu nahe am Laubengang, von wo sie sich angeschlichen hat. Aus dem gleichen Grund mag er nicht mehr in der Küche sein, aber doch sitzt er jetzt dort, vor neuen Notizen und über einem Brief, den er vielleicht an Magda schickt.

Auch das Wohnzimmer ist ihm verleidet, wenn er da hineingeht, sieht er die Hure mit dem schmalen Hintern auf dem Einsitzer hocken. Wie sie sich zu ihrem Koffer beugt und die Peitschen und die Handschellen auf den Tisch legt. Und wie er sagt: »Was soll denn das?«, und wie sie antwortet, schließlich habe er sie bestellt, da wisse er wohl, zu was die Werkzeuge zu gebrauchen seien. Und wie er aufsteht, schneller als sonst, sodass ihn der Schwindel packt, und wie er laut sagt, das stimme nicht, und wie sie auch aufsteht und wieder zur Balkontür geht und dort stehen bleibt und ihren mickrigen Jungenhintern zeigt, und wie sie sich umdreht und ein Grinsen ihr Gesicht zerschneidet und sie fragt, welchen Service er wünsche, und wie er sagt: »Gar keinen«, und wie sie auf ihn zukommt und sich bückt und ihren Koffer schnappt und in den Flur geht und ihren Mantel anzieht und einfach verschwindet. Und wie ihm erst, nachdem die Wohnungstür ins Schloss gefallen ist, klar wird, dass sie sein Geld genommen hat, das er sich so mühsam erspart hat, indem er monatelang Katzenfutter gefressen hat, und wie alles, was er geplant hat, zu einem Haufen Dreck zerfällt.

Und in Mutters Schlafzimmer mag er am allerwenigsten.

Es hat vor drei Wochen angefangen.

Da lag er im Bett, schon zu später Stunde, aber der Schlaf befreite ihn nicht aus dem Verlies der Gedanken, denn er hörte ein Scharren und Schurren über sich. Immer wieder. Als wenn dort etwas Schweres schleifte. Davon fortgetrieben legte er sich auf das Sofa im Wohnzimmer. Da war das Geräusch leiser. Jedoch auch dort kein Schlaf. Der Rücken rebellierte gegen das ungewohnte Polster und immerzu musste er horchen, schließlich aufstehen und Schritte tun, aber wohin? Seine Welt war eng, sie zwängte ihn zwischen Wand und Wand. Er ging die drei Schritte in den Flur bis zur Küche. Ihre seltsame Fremde starrte ihn atemlos an. Alles Normale war aus ihr entwichen, die ruhige Routine des langsamen Tages, die noch von der vergangenen Gegenwart der Mutter lebte. Der Topf auf dem Herd, sein Stiel zeigte wie ein plumper Finger aus dem Dunkel, der Kartoffeltopf schimmerte gespenstisch, das Radio schwieg auf der Anrichte. Der tote Fernseher mit seiner mattgrünen Scheibe, hinter der die fremde Welt steckte. Der unnütze Stapel Zeitungen auf dem Tisch, die Zettel mit seinen Notizen. Die Nachtküche war eine Küchenleiche, die mit der Tagesküche so wenig zu tun hatte wie Mutters Leiche mit Mutter.

Kurbjuweit machte kehrt. Und während er sich drehte, nahm er aus den Augenwinkeln ein winziges Rühren wahr, eine Bewegung, etwas verschob sich in dem Raum. Drüben unter dem Fenster, dort lebte etwas oder war es nur der Schwindel? Einbildung. Natürlich. Die Küche taugte nur für den Tag, nachts war sie bewohnt von bösem Zauber.

Zurück im Wohnzimmer schob Kurbjuweit entschlossen die Tür zu Mutters Schlafzimmer auf, sie kratzte über den Teppichboden, er stand im Kegel des gelben Wohnzimmerlichts, es warf seinen unförmigen Schatten auf die Kartons auf Vaters Hälfte des Ehebettes. Kurbjuweits riesige Schattenhand griff nach dem Bettgestell des Vaters. Er trat ganz ein. Der Widerschein des Lichts auf dem Weißblech der Dosen, die er auf dem Fensterbrett gestapelt hatte. Er horchte. Nichts zu hören. Kein Schurren und Scharren. Ob er hier schlafen sollte? Vaters Matratze muss weg, dachte er, ich muss sie loswerden, morgen will ich sie fortschaffen. Und dann sehen wir weiter.

Als er auf dem Bett in seinem eigenen Schlafzimmer saß, war wieder das Schurren über ihm, lauter als zuvor. Sollte er, der über zwei Schlafzimmer verfügte, genötigt sein, schlaflos im Wohnzimmer zu liegen, nur weil die Leute über ihm Lärm machten?

Es musste etwas geschehen!

So hat es angefangen.

Am nächsten Tag wachte er im Treppenhaus, bis der alte Stachowiak seinen Gang in den Keller machte.

»Was haben Sie da heute Nacht für einen Lärm gemacht?«, rief Kurbjuweit dem knotigen Alten entgegen, der langsam abstieg, jede Stufe tastete, die linke Faust am Geländer und ein papierenes Päckchen unter dem Arm.

»Wir haben umgeräumt«, antwortete der Pole und blieb drei Stufen oberhalb stehen, ein kleiner Mann, der sich groß machte. »Wir haben den Schrank in der kleinen Stube von der einen auf die andere Seite gestellt.«

»Und warum haben Sie die ganze Nacht dafür gebraucht?«

»Nicht die ganze Nacht. Bestimmt nicht, junger Mann. Eine Zeit schon, aber nicht die ganze Nacht.«

»Und immer hin und her! Warum haben Sie den Schrank immer hin und her geschoben?«

»Nicht hin und her, nur hin. Den Tisch noch ein bisschen und die Sessel auch, das schon. Haben wir Sie gestört?«

»Ich habe nicht schlafen können!«

»Das wollten wir nicht, junger Mann, das wollten wir nicht. Ganz bestimmt nicht. Das tut mir leid.«

»Und wozu haben Sie geräumt?«

»Die Frau braucht mehr Platz. Eine große Platte haben wir aufgestellt, auf zwei Böcke. Zum Würstemachen braucht sie die.«

»Würstemachen?«

»No ja«, lächelte der Pole. »Die Rente ist noch nicht durch, wir haben nichts als die Sozialhilfe, und da hat man nicht viel zu beißen, wissen Sie doch wohl. Und die Kinder, die Familie, man will gern was zum Geben haben und es gibt auch viele, die polnische Wurst vermissen. Hier sind viele aus Polen jetzt, nicht nur wir.«

»Ich konnte nicht schlafen!«, wiederholte Kurbjuweit.

Der Alte sah auf ihn herab, mit einem langen Blick aus granitgrauen Augen. »Am besten kann man schlafen, wenn man müde ist. Und müde ist man nach der Arbeit«, stellte der Pole fest. »Ich bin jetzt immer müde. Fünfzig Jahre habe ich gearbeitet. Fünfundvierzig davon unter Tage.« Mit diesen Worten setzte er sich wieder in Bewegung, strich an Kurbjuweit vorbei, nahm dabei jede Stufe mit Bedacht. »Aber die Frau«, sagte er noch, sich halb umwendend, »die hat noch Kraft, die ist zäh.« Und setzte seinen Abstieg fort.

Kurbjuweit hörte das Schurren der schwarzen Bergmannsstiefel. Ja, zäh war sie, die Alte. Sie würde hundert werden und ihr Kinn war jetzt schon spitz wie das einer Hexe. Eine unheimliche Alte.

So war das.

Am nächsten Abend hörte er wieder das Schurren, sie räumten schon wieder um, die Stachowiaks, aber welchen Schrank, welche Sessel, welche Platte jetzt? Etwas schleifte da oben, man hörte es nicht nur, man fühlte es auch, bis in die Fingerspitzen, bis in die Nägel, als kratze man an einer steinernen Wand. Eine Gänsehaut machte es, dieses Schurren.

Auch am dritten Tag räumten sie um, wann zum Teufel waren sie fertig? Am vierten Tag beschloss Kurbjuweit, sich zu wehren. Einen Beschwerdebrief schrieb er an die Hausverwaltung, er hat ihn fortgeschickt und eine Abschrift behalten, zum Beweis. Sie liegt auf dem Küchentisch.

Sehr geehrte Frau Sieber,

bitte sorgen Sie für Ordnung im Haus, die Stachowiaks im dritten Stock direkt über mir machen Lärm, der Mann hat gesagt, sie haben umgeräumt, aber das kann nicht stimmen, weil es jetzt schon drei Nächte so geht! Unmöglich zu schlafen! Unternehmen Sie etwas!

Hochachtungsvoll
Horst Kurbjuweit

Danach war Ruhe. Jeden Abend hat er sich hingelegt und gewartet, dass es wieder schurren würde. Eine trügerische Ruhe.

Jetzt liegt Kurbjuweit auf seinem Bett, die Hände hinter dem Kopf verschränkt, im Dämmerlicht. Er hasst die Nacht und ihre Dunkelheit, aber damit der Schein der Deckenlampe nicht durch die Jalousie nach draußen dringt, lässt er die Tür zum Flur offen und dort die Lampe an. Nachts mag er keine geschlossenen Türen, die Wände drücken ihn zusammen. Er denkt an den alten Polen, wie er ihm im Treppenhaus begegnet ist, wie er Kurbjuweit mit seinem steingrauen Blick angesehen hat. Jahrzehntelang war die ewige Nacht und Finsternis der Felsen die Heimat dieses Mannes gewesen, sicher war es sein Heimweh, das ihn in die Tiefe des Wohnblocks, in den Keller trieb, und wer weiß, welche Geheimnisse er dort hütete.

Und jetzt fängt es wieder an. Das Schurren und Scharren ist wieder da, als krieche ein Tier dort oben, von der Tür zur Wand, zum Fenster und zur Tür. Hin und her, Kurbjuweit schließt die Augen, ballt die Hände, damit die Nägel nicht auf Steinen kratzen müssen. Es rauscht in seinem Kopf, so müde ist er, doch muss er aufstehen und fort.

Er wälzt sich und stöhnt, stellt die Füße auf den Boden, hält den Kopf in den Händen, zerquetscht den Schwindel, steht und schwankt und nimmt seine Wanderung auf. Sie wird kurz, es sind die drei Schritte in den Flur, in die Küche, auch dort hört er es noch, aber leiser, viel leiser, man könnte es fast überhören, aber hier kann er nur sitzen, nicht schlafen. Soll er umziehen? Vaters Matratze liegt immer noch neben Mutters, es ekelt ihn vor gelben Flecken, er wollte sie doch fortschaffen, neulich schon.

Kurbjuweit wendet sich ab. Das Gesicht muss ich kühlen, denkt er, einen klaren Kopf will ich haben, sonst werde ich verrückt. Er öffnet die Tür zum fensterlosen Badezimmer und flutet entschlossen das Neonlicht gegen die Schwärze des Raumes, kann dem Gesicht im Spiegel nicht ausweichen, die graugelbe Haut, die aus dem Speck hervorquellenden Augen, Kurbjuhu bin ich, der Regenwurmesser, der Flüchtling mit den Froschaugen, auf der Flucht bin ich, in meiner eigenen Wohnung, wo soll ich hin? Er öffnet den Wasserhahn und lässt kaltes Wasser über seine Hände laufen, zwischen den Fingern durchrieseln, bis sie zittern, er formt sie zu einer Schale und beugt sich hinab.

Plötzlich hört er es wieder, noch lauter als zuvor, von oben natürlich. Kurbjuweit hebt sein nasses Gesicht. Das Lüftungsgitter! Aus dem Lüftungsgitter schwillt es an zu einem rhythmischen Brummen wie die Stimme der Hexe am Neujahrsmorgen, unterbrochen von unregelmäßigem Knistern. Und jetzt sieht er die fette Schmeißfliege, wie sie mit grün oszillierenden Flügeln aus dem Gitter kriecht, sich träge tastet von Strebe zu Strebe. Als sie sich niederfallen lässt zu einem torkelnden Flug, schreit Kurbjuweit laut auf, schlägt das Licht aus und stürzt in den rettenden Flur, die Tür hinter sich zuwerfend.

Dort steht er jetzt, nach Luft schnappend wie ein Ertrinkender, an die Füllung der Küchentür gelehnt und stößt winselnde Laute aus wie ein kleiner Hund.

15. Kapitel

In dem Horst Kurbjuweit einen Beschluss mit weitreichenden Folgen fasst

Kurbjuweit denkt nach. So kann er nicht weiterleben. Auf Strümpfen tappt er leise umher, von der Küche ins Wohnzimmer und zurück.

Zuerst das Badezimmer. Wie sollte er den Schmeißfliegen den Zugang zu seinem Badezimmer verwehren? Das Lüftungsgitter liegt gleich unter der Decke, über der Dusche in zwei Meter dreißig Höhe. Kurbjuweit nimmt seinen ganzen Mut zusammen, er holt den Stuhl aus der Küche, stellt ihn in die Duschwanne, klettert hinauf, er zittert, er kann es nicht unterdrücken, er fürchtet sich – wenn ihm jetzt eines von den Tieren entgegenkommt! Er schafft es, das Gitter mit Zeitungspapier und Klebestreifen abzudichten. Danach tun ihm alle Knochen von der Anspannung weh, aber es geht ihm etwas besser, er hat etwas unternommen, er wehrt sich. Trotzdem ist es besser, sich künftig in der Küche zu waschen, er wird das Badezimmer nur noch betreten, wenn er auf Klo muss.

Beflügelt von dieser Tat, beginnt er noch am gleichen Tag, an seinem Schlafzimmerfenster die Ritzen zwischen den Lamellen der Jalousie mit den Blättern der ausgelesenen Wochenzeitung zu verschließen, bis die Klebestreifen aufgebraucht sind und Kevin ihm neue beschaffen muss. Nach und nach hat Kurbjuweit die Jalousie und eine breite Fläche um das Fenster herum dicht mit Zeitungspapier beklebt. Eine Notmaßnahme, vielleicht nicht von großer Wirkung, aber jedenfalls ohne Schaden.

Zwar lässt die Milchglasscheibe des Schlafzimmerfensters, das auf den Laubengang hinausgeht, keine Blicke durch. Aber entscheidend ist die Akustik. Wenn er die Stimme des alten Weibes, obwohl nur ein Flüstern, bis in das Wohnzimmer auf der südwestlichen Seite des Blocks gehört hat, kann man umgekehrt auch ihn von draußen, vom Laubengang her, hören. Das ist logisch gedacht und an dieser Erkenntnis kommt er nicht vorbei. Wie oft mochte er wohl belauscht worden sein?

Aber Kurbjuweit ist nicht zufrieden. Er kann nicht schlafen. Nachts rumpelt und schurrt es über ihm, und es ist, als würde es mit jeder Nacht schlimmer. Er wird sich nicht verrückt machen lassen. Er muss Ruhe bewahren. Er ist Herr seiner Sinne, weiß, was er tut und kann wohlüberlegte Entscheidungen treffen.

Zunächst: Man muss schweigsam sein, jedes Geräusch, das das Leben erzeugte, abdämpfen, auf ein absolutes Minimum beschränken, man muss vorsichtig sein in allen Bewegungen und mit Bedacht handeln, langsam, ohne Überstürzung oder Spontaneität. Aber kann man wissen, welche Geräusche man im Schlaf erzeugt, ob man spricht, gar Schreie ausstößt?

Immer, wenn er auf seinem Bett liegt und auf Geräusche horcht, während er sich doch nach Schlaf sehnt, nach einer Position sucht, in der er die Schmerzen in seinem kalten Rücken erträgt, wird er in der Strömung seiner Angst zu jenem Neujahrsmorgen getrieben, als ihn die Hexe beschlich.

Er muss fort aus diesem Zimmer. Aber wohin? Es gibt nur eine andere Möglichkeit: Mutters Schlafzimmer. Aber wie soll er dort schlafen können? Schon wenn er es betritt, fürchtet er sich vor dem Anblick ihrer Leiche, und auch wenn sein klarer Verstand ihm sagt, dass sie auf dem Hollenflether Friedhof in ihrem Kiefernholzsarg liegt, den das Sozialamt schließlich bezahlt hat. Er sieht sie wie damals: seltsam verkrümmt im Schatten zwischen Bett und Heizkörper, die nackten blau geäderten Unterschenkel, bleich die pergamentene Haut, den süßlichen Leichengeruch ausströmend, die Fliege, die aus dem Krater des zahnlosen Mundes kroch.

Aber man muss sich entscheiden. Vielleicht wird er Mutters Schlafzimmer nutzen können, wenn er es umräumt. Kurbjuweit sammelt sich, stößt die Tür auf. Links sieht er im Halbdunkel hinter der geschlossenen Jalousie das mit Dosen verstapelte Fenster, unter dem Mutter gelegen hat.

Es ist zu dunkel, um unter das Bett zu sehen, dessen Konstruktion zu prüfen. Kurbjuweit erhebt sich wieder, hält sich an der Türfüllung fest, schaltet das Licht ein. Er ist erleichtert. Der grelle Schein der Deckenlampe hat den Schatten zu hellem Braun zerschmolzen. Mutter ist fort, das kann er sehen. Seit fast einem Jahr ist sie fort und er muss allein durchs Leben kommen.

Kurbjuweit versucht, sich das Gesicht des Vaters vorzustellen, und freut sich, dass es ihm nicht mehr gelingt. Nur seine Stimme hört er: *Du Missgeburt, ich bereue es, dich gezeugt zu haben, wir wollten dich wegmachen, aber unter Adolf ging das ja nicht, und dann hat der Krieg zu lange gedauert.* Vater war jähzornig, und je älter, desto lauter wurde er, hat sich aufgeregt bei jeder Kleinigkeit, herumgeschrien, bis ihn der Schlag endlich zum Schweigen zwang. Zwei Jahre lag er stumm und starrte mit seinem silbrigmilchigen Blick; zwei Monate in der Wohnung und dann im Altenheim, wohin sie ihn schafften, nachdem Kurbjuweits morscher Rücken den Alten nicht mehr aus dem Rollstuhl hochbrachte. Jeden Tag ging Mutter hin, niemand sollte ihr nachsagen können, sie lasse ihren Mann allein. Als sie feststellte, dass auch die anderen Frauen ihre Männer nicht jeden Tag besuchten, fand sie Vorwände und Ausreden, nur noch jeden zweiten Tag zu ihm zu gehen, doch auch das franste aus, denn schließlich hat man Verpflichtungen, muss einkaufen, sauber machen, für den Sohn sorgen. Die Gesundheit ließ nach und wer weiß, Vater bekam wohl doch nichts mehr mit, und wozu dann noch. Das letzte Jahr ging sie nur noch einmal in der Woche, am Sonntagnachmittag, denn erstens gehörte sich das so und zweitens besuchten zu diesen Stunden auch die anderen Alten ihre Angehörigen, man traf sich in der Sitzecke im Flur, trank den mitgebrachten Kaffee und konnte Neuigkeiten hören, während der Fröscheesser mit dem Silberblick zusammengesunken in seinem Rollstuhl saß und schwieg.

Kurbjuweit ist nur in der ersten Zeit ein paarmal mitgegangen und hat sich fortan geweigert. Schließlich arbeitete er damals im Reifenlager und an den Wochenenden war er bei Anita. »Er kennt mich ja doch nicht mehr«, hat er sich vor Mutter gerechtfertigt.

Gegenüber an der Wand der Kleiderschrank, den würde er stehen lassen. Aber Vaters Betthälfte muss fort, vor allem die Matratze, neben dieser Betthälfte wird er nicht schlafen können, der Tote würde in den Träumen auferstehen, seinem Sohn Vorhaltungen machen. Ob er es nach drüben bringen kann? Kurbjuweit bückt sich, stützt sich an der Bettkante ab, und obwohl er sich nur langsam auf die Knie sinken lässt, wird ihm schwarz vor Augen, er spürt den schweren Schwall seines Blutes und sein Bewusstsein sinkt auf den modrigen Grund seiner Seele.

Kurbjuweit schwitzt. Er hat Durst. Er hat viel Durst in der letzten Zeit. Woran mag das liegen? Daran, dass er nicht mehr so viel Milch trinkt? Oder dieses Fleisch gegessen hat? Oder daran, dass er immer so stark schwitzt? Seit wann schwitzt er so stark? Dinge treten in dein Leben, du bemerkst sie nicht, und nach einiger Zeit stellst du fest, sie sind Bestandteil deines Lebens wie die zerschlissene Sitzgruppe im Wohnzimmer.

Während Kurbjuweit leise, die Zehen zuerst aufsetzend, zurück in das Wohnzimmer, in den Flur und von dort in die Küche schleicht, überlegt er, seit wann es ihm zur Gewohnheit geworden ist, den großen Bierkrug, den Vater vor Jahren als Pokal vom Schützenfest mitgebracht hat, aus dem Schrank über der Spüle zu nehmen, ihn unter dem Wasserhahn zwei Mal zu füllen und leer zu trinken, vormittags das erste Mal und noch einmal nachmittags. Und oft auch abends. Er versucht, aus dem Brei der einförmigen Zeit Erinnerung zu ziehen, stellt sich seine Gänge in die Küche vor, sieht sich wie einen Fremden vor der Spüle stehen, ein um das andere Mal, rückwärts durch Tage und Wochen. Einmal, während er trank, hat er im Spiegel beobachtet, wie die Nachbarin, die Thielpapesche, ihren Weihnachtsbaum auf den Laubengang schaffte, wo er drei Wochen liegen blieb, bevor ihn jemand hinabgeworfen hat, auf den Rasen vor dem Block. Also hat er im Januar mit Wassertrinken begonnen. Im Januar muss es gewesen sein, nicht lange, nachdem die

Hexe ihr Neujahrskonzert gegeben hat. Kurbjuweit fröstelt, während er in gierigen Schlucken den Krug lehrt. Das Wasser ist kalt. Er füllt den Krug ein zweites Mal, mischt warmes Wasser dazu, trinkt es aus. Und während er gebeugt über der Spüle steht und das Wasser ihm von den Mundwinkeln tropft und wieder Schlieren vor seinen Augen tanzen, steigt die Angst in ihm auf: Was hat die Hexe mit ihm gemacht?

Er muss sein eigenes Schlafzimmer aufgeben und in Mutters Schlafzimmer umziehen.

Kurbjuweits Blick schwenkt hinüber zum Spiegel. Die Angst steigert sich zur Panik. Wenn er hinaussehen kann, können andere hineinsehen! Keuchend legt er die drei Schritte zum Fenster zurück und dreht den Spiegel aus seiner Verschraubung vom Fensterrahmen, drückt die auseinandergebogenen Lamellen der Jalousie zusammen und flüchtet aus der Küche ins Wohnzimmer. Dass er daran nie gedacht hat!

Als er in Mutters Schlafzimmer zurückkehrt, erkennt er, dass das Doppelbett kein Doppelbett ist, sondern zwei zusammengestellte Betten aus dunkel gebeizter Eiche. Das hatte der Tischler angefertigt, *unser erstes Möbel.* Deutlich sieht er die schmalen Seitenbretter, zwei Stück nebeneinander, zwei eichene Holzkanten, die die Eheleute über vierzig Jahre getrennt haben. Im hinteren Bett schlief Mutter, im vorderen, der Tür zugewandten der Vater. Als wenn er sie hätte beschützen wollen. Oder einsperren, je nachdem. Kurbjuweit stellt sich genau auf den Fleck, wo Mutter gelegen hat, am Fußende von Vaters Bett, es muss sein, und lässt sich noch einmal langsam auf die Knie. Er packt den unteren Rand des Bettes und schiebt es zur Seite, bis ein keilförmiger Spalt zwischen den Betten entstanden ist.

Und dort steht er, der Karton, der sein Leben verändern wird, hinter Stapeln alter Zeitungen, zwischen Staub und Spinnenweben. Ein grauer Karton, nicht viel größer als ein Schuhkarton, mit angerissenen Deckelteilen, er muss früher oft geöffnet und wieder verschlossen worden sein, verschnürt mit einem verdrehten Paketband, obenauf eine große Schleife über mehreren Knoten. Es sind drei festgezogene Knoten. Daran kann er sich später genau erinnern.

16. Kapitel

In dem Rechtsanwalt Schlüter einen merkwürdigen Brief bekommt

Warum mache ich mir das Leben schwer?, fragte sich Rechtsanwalt Schlüter und ließ den Brief in seiner Hand sinken, den Angela in der Akte Kurbjuweit gegen WGV GmbH vorgelegt hatte. Sollte er eine neue Akte anlegen? Nur für diesen blöden Brief? Schließlich war nicht nur aus der Arbeitsrechtssache gegen die Walther OHG nichts geworden, auch den Mietvertrag im Zusammenhang mit der Nebenkostenabrechnung und dem Schreiben des Sozialamts hatte Kurbjuweit nicht geschickt, sodass in der Mietsache ebenfalls Stillstand herrschte. Die Zeit aber schritt voran; ein neues Jahr hatte angefangen, der Januar war schon verstrichen und bald würde Kurbjuweit entscheiden müssen, ob er auszog oder einen Teil der Miete irgendwie selbst aufbrachte.

Das Telefon klingelte.

Christa, ihre schöne dunkle Stimme, in deren Klang die vielen gemeinsamen Jahre schwangen. Die ersten Krokusse steckten ihre Köpfe aus der Erde, bald würden sie blühen, bald stehe der Frühling vor der Tür und bringe Sonne und schöne Tage. Das wollte sie ihm sagen. Und dass Henry vorbeigekommen sei, Schlichtmann junior. Zum Wochenende komme sein Vater aus der Klinik zurück. Auf die Reha habe er verzichtet, der Hof sei seine Reha, er habe keine Lust auf Anwendungen und Gequatsche in Stuhlkreisen mit schlauen Weißkitteln und Aquarellmalselbstfindungssitzungen und Physioplastikentenwassertraining und überhaupt auf Kontakt mit Leuten, die nichts von der Landwirtschaft verstünden und glaubten, das Essen käme von Dr. Oetker. Mit wem man sich da unterhalten könne? Seine Laune habe sich übrigens nicht gebessert, im Gegenteil, sie sei umso düsterer geworden, je näher die Entlassung kam. Henry mache sich große Sorgen um seinen Vater, wegen der Rathjens-Geschichte.

Würde Schlichtmann seine Drohungen wahr machen? Das gute alte Faustrecht war mächtiger als alle gelehrte Jurisprudenz, der Rechtsstaat mitsamt seiner Gewaltenteilung nur eine schöne, aber dünne und durchsichtige Haut, unter der das Magma der steinzeitlichen Triebe wütend weiterkochte und wie die Hekla auf Island von Zeit zu Zeit durchbrach, um das Land unter Glut und Asche zu begraben. Als Rechtsanwalt hatte man dann nichts mehr zu melden. Was rege ich mich auf über die Schattenseiten meines Berufes, jetzt, wo ich fast sechzig bin, dachte Schlüter. Man war eben nur Handwerker, sonst nichts.

Her mit dem Brief. Er las:

Hollenfleth, den 29. Januar 1999

Sehr geehrter Herr Rechtsanwalt,

möchte Sie darüber informieren, dass die Hausverwaltung das kaputte Licht auf dem Laubengang vor meiner Wohnung immer noch nicht repariert hat, obwohl ich es dem Hausmeister schon mehrmals gesagt habe. Ich habe mich auch bei der Hausverwaltung beschwert, aber es ist natürlich nichts geschehen. Und oben aus der Polenwohnung kommt Tag und Nacht Lärm und im dritten Stock sind Zigeuner eingezogen, die auch dauernd Lärm machen. Das alles, um mich hier aus der Wohnung zu vertreiben. Bitte Sie, tätig zu werden, bevor ich selbst etwas unternehmen muss, was den Leuten nicht gefallen wird.

Hochachtungsvoll
Horst Kurbjuweit

Was sollte Schlüter mit so einem Brief anfangen? Er konnte nicht allen Ernstes wegen einer Glühbirne einen Anwaltsbrief schreiben. Die Anwaltsschwemme und die damit gestiegene Konkurrenz reduzierte die Selbstachtung, man nahm sich auch kleinlichster Dinge mit niedrigsten Streitwerten noch an, bauschte sie auf, machte sie zu einem Weltenproblem. Doch irgendwann war die Grenze unterschritten. Irgendetwas musste es noch geben, um das die Leute sich selbst kümmern konnten. Merkwürdig, wie ein Mann, der bis vor kurzer Zeit noch selbst Ausländer gewesen war, auf Ausländer herabsehen konnte. Dass Kurbjuweit selbst ein Zugereister war, verriet der Name.

Schlüter drehte das Papier in seinen weichen Händen. *Bevor ich selbst etwas unternehmen muss, was den Leuten nicht gefallen wird …* Was sollte das bedeuten? Wieder eine kryptische Formulierung, wie im ersten Gespräch, damals, als Kurbjuweit mit dem Kündigungsschreiben der Walther OHG ankam. *Man sollte mit denen mal was machen.* Konnten die Leute sich nicht klarer ausdrücken? Schlüters Blick fiel auf die Unfallakte Horeis gegen Hagenah, die immer noch auf dem Sorgenstapel lag. Zu allem Unglück hatte Horeis keine Rechtsschutzversicherung und musste auf eigenes Risiko klagen. Und er, Schlüter, traf die Entscheidung, seiner Empfehlung würde Horeis folgen. Diese verfluchte Verantwortung!

Schlüter schob Kurbjuweits Brief hinten in die Lasche seiner Akte gegen die Walther OHG und beschloss, das Schreiben zu ignorieren. Sonst verzettelte er sich. Zuerst die Hauptsachen. Und wenn anschließend noch Zeit war, die Nebensachen. Horeis hatte ein Problem, Kurbjuweit nur ein eingebildetes.

Schlüter zupfte die Fristenreiter von Kurbjuweits Akte und warf sie neben seinem Schreibtisch auf den Fußboden zu den andern, die er nachher mit ins Schreibzimmer nehmen würde, damit Angela sie ins Archiv zur Ablage brachte. Dort würden sie fünf Jahre liegen und dann vernichtet werden.

Und dann klappte er die Horeis-Akte auf, legte sich den *Jagusch* zurecht und begann, eine Strategie zu entwerfen.

17. Kapitel

In dem Horst Kurbjuweit gefährlich gute Laune hat

Mittag. Kurbjuweit sitzt am Küchentisch. Es ist ein guter Tag, obwohl es in der Nacht viel geschurrt hat über ihm, so laut wie selten, und auch jetzt zerrt und knarrt es. Er starrt nicht vor sich hin, er faltet und reißt auch keine Zettel und beschreibt sie mit seinen Gedanken.

Seit er die Pistole hat, ist der Küchentisch wieder sein Lieblingsplatz geworden. Er hat die verbogene Halterung des Spiegels gerade geklopft und ihn erneut am Fensterrahmen angebracht. Den damit verbundenen Lärm hat er in Kauf genommen. Schließlich soll man sich nicht verrückt machen lassen. Nur mit dem Spiegel kann er den Laubengang unter Kontrolle halten. Er ist umgezogen in Mutters Zimmer, seitdem schläft er besser. Sogar das Badezimmer benutzt er wieder. Er war wieder der Herr seines Lebens. Man duldete nicht nur. Man lag nicht geknebelt unter Deck, im dunklen Laderaum, nein, man stand auf der Brücke, hielt das Ruder und bestimmte den Kurs durch die Stürme und Strömungen des Schicksals, das Gesicht in der frischen Brise, den Blick am Horizont. Grübelei verdirbt die Moral, man muss Beschlüsse fassen und sie durchführen, das gibt Selbstbewusstsein.

Jeden Tag macht Kurbjuweit Schießtraining. Er schießt auf die Plastiktüten, die in den Büschen auf dem Brachgelände hinter dem Haus hängen und bunt heraufleuchten, oder auf einen markanten Ast. Und vorher reinigt er die Pistole. Ein zufriedenes Lächeln glänzt auf Kurbjuweits Gesicht, während er seine Red Nine bedächtig zerlegt, die Teile auf ein ausrangiertes Unterhemd vor sich auf dem Tisch platziert, jedes einzeln zärtlich putzt, obwohl es schon lange nichts mehr zu putzen gibt, sie wieder zusammensetzt. Wie man ein Baby auszieht, ihm die schmutzige Windel wechselt, es eincremt, wieder anzieht. Er spricht mit seinem Baby, Red Nine nennt er es nur; »Red Nine«, murmelt er zärtlich, streichelt den Verschluss und zieht ihn ab. »Red Nine«, ein wunderbares Baby ist das, eine wunderbare Pistole, eine bewährte Pistole, eine millionenfach eingesetzte Pistole, diese Mauser C 96 mit der Neun, die in die Griffschale eingefräst und mit roter Farbe ausgelegt ist, eine schöne Pistole, mit ihren achthundert Gramm schmiegt sie sich ruhig, kühl und zuverlässig in die Hand. Rot ist der Tod, rot ist die Liebe, das passt. Kurbjuweit fährt mit dem Zeigefinger die rote Neun nach. Ein Mann muss verwachsen mit seiner Waffe, eins werden mit ihr, nicht umsonst lehrte das Militär den blinden Umgang mit der Waffe, bis man sie im Dunkeln zerlegen und wieder zusammensetzen konnte. Im Dunkeln! Das will er als Nächstes trainieren, sich ein neues Ziel setzen, perfekt werden, unangreifbar. Im Fahrradladen hat er sich feinstes Öl besorgt, er ist selbst hingegangen, dafür hat er Kevin nicht gebraucht, sogar das hat er geschafft!

Das Schießtraining gibt dem Tag Struktur, es zwingt zum rechtzeitigen Aufstehen, damit man die Übungszeiten am Vormittag zwischen zehn und elf einhält, und jedes Mal, wenn Kurbjuweit es geschafft hat, ist er ein wenig stolz auf sich, mit jedem Tag mehr, die gelungenen Trainingstage stehen wie Ehrentafeln hinter ihm, sie stehen in Reih und Glied wie die Pokale im Wohnzimmerschrank, sie glänzen und beleuchten sein Leben. Er liegt nicht mehr bis in den späten Vormittag im Bett und versucht, sich fortzuträumen mit einem Lottogewinn und den Frauen mit dickem Hintern. Zwar ist nie ein Ende mit dem Geschurre und Gescharre über ihm, doch hält er es aus, denn er ist gewappnet, er kann sich verteidigen im Notfall. Der hoffentlich nicht eintritt. Es ist wie damals, 1964, als er seinen Wehrdienst abgeleistet hat. Man schoss auf Pappkameraden, aber nicht, weil man zum Mörder werden wollte – niemand will ein Mörder sein, im Gegenteil, jeder anständige Mensch ist doch friedlich gesinnt –, sondern damit man seine Familie und sich selbst verteidigen konnte, man trainierte für den Verteidigungsfall. Ja, man trainierte das Töten für den Frieden, so ist das.

Kurbjuweit fühlt sich so fit wie damals als aktiver Schütze im Verein. Sie haben sich jede Woche in der Schützenhalle getroffen, abends nach der Arbeit, als er noch als Betonwerker bei Steffens gearbeitet hat, diesem Verbrecher. Mit vier Mannschaften zu je fünf Leuten haben sie Luftgewehrschießen trainiert für die Meisterschaften im Winter zwischen November und Februar, Spiegelschießen aus zehn Meter Distanz. Ein Bier und zwei Korn, und dann ran an den Stand, zwanzig Schuss in maximal fünfunddreißig Minuten. Er war ein guter Schütze.

Man brauchte eine ruhige Hand. Und dafür einen ruhigen Puls. Und dafür einen ruhigen Atem. Man musste den Atem unter Kontrolle bringen. Tief einatmen, langsam ausatmen, mit dem Atem alle schlechten Gedanken ausströmen lassen, immer langsamer werden. Dann das Gewehr anlegen. Übertrug sich der Puls in der Brust noch durch Hemd, Pullover, Jacke auf den Kolben, dann pulste auch das Gewehr, das Korn schwankte hinter der Kimme auf und nieder, unmöglich zu treffen. Atem anhalten, zuerst die Vertikale einpendeln bis auf die schwarze Zehn, dann die Horizontale. Und Schuss!

Die Spiegel, wie man die Scheiben nannte, waren nicht größer als ein Kreis zwischen Daumen und Zeigefinger, hatten neun Ringe und einen schwarzen Punkt in der Mitte, das war die Zehn, zehn Spiegel je Streifen. Jeder schoss zwei Streifen, also zwanzig Schuss, und das in höchstens fünfunddreißig Minuten. Er, Kurbjuweit, schaffte das meistens in zwanzig Minuten, je Minute ein Schuss. Die meisten anderen brauchten länger, und manche hatten sogar Mühe, die Höchstzeit einzuhalten. Weil sie nicht ruhig waren. Weil sie ihren Atem nicht unter Kontrolle hatten. Weil sie vielleicht Stress hatten und an etwas anderes denken mussten. An ihre Frau, die fremdgegangen war. An die heimliche Freundin, die sie hatten, an die Regel, die bei ihr ausgeblieben war. An das Jugendamt, das Alimente forderte. An den Arbeitgeber, der ihnen Übles wollte. An das neue Auto, das sie sich kaufen wollten. An das Geld, das nie reichte. Es gab so vieles, mit dem man seine Gedanken verseuchen konnte, mit dem man seinen Puls auf hundertachtzig bringen konnte. Dann nützte auch das Bier und der Korn nichts, die brachten ihn nur noch höher. Nein, du musst tief atmen, langsam ausatmen, dein Denken ausschalten, bis dein Kopf ganz leer ist, du nur noch den Spiegel siehst hinter Kimme und Korn und sonst nichts. Kurbjuweit war es mit der Zeit gelungen, schon beim Gang zur Schützenhalle ruhig zu werden, und schon beim Öffnen des Gewehrschrankes, dem Herausnehmen des Gewehrs ging sein Atem so ruhig wie in traumlosem Schlaf.

Er war der Beste in seiner Fünfermannschaft und oft sogar der Beste im Verein, hat von 200 möglichen Punkten nie unter 176 geschossen, sein Rekord waren 193. Er hätte Schützenkönig werden können, wenn er gewollt hätte, aber dafür hat das Geld nie gereicht, denn früher gab es die Königsversicherung noch nicht, den Umlagetopf, der dem König gehörte, aus dem er die Gelage, notwendige Folge der Würde, bezahlen konnte.

Nachdem sie Hans-Herrmann Rathjens in die Mannschaft aufgenommen hatten, ist Kurbjuweit ausgetreten. Der war wieder mit den alten Sachen angefangen, hatte »Kurbjuhu« gesagt und: »Na, wie haben die Regenwürmer geschmeckt?« Die anderen hatten gelacht, Kameraden, die Kurbjuweit von früher gar nicht kannten, die erst nach den Siebzigern nach Hollenfleth gekommen waren, nichts von seiner Vergangenheit wussten, sich nichts bei seinem Namen dachten, weil inzwischen viele in Hollenfleth wohnten, die auch komische Namen hatten, Bächler, Biebricher, Slej oder Geiser. Trotzdem: Rathjens hatte stets die Lacher auf seiner Seite, er verdarb jedes Mannschaftsschießen, er amüsierte sich auf Kurbjuweits Kosten, indem er all die alten Geschichten erzählte, bis jeder sie kannte. Kurbjuweit hört Rathjens schadenfrohes Gelächter, das wie das Meckern einer Ziege klingt. Niemand ergriff für ihn, Kurbjuweit, Partei, niemand hat Rathjens gesagt, er solle endlich die Fresse halten und aufhören. Und deswegen ist Kurbjuweit aus dem Verein ausgetreten, vor fünf Jahren. Seitdem hat er nicht mehr geschossen. Die Zeiten, dass er Regenwürmer aß, um zu zeigen, wie hart er im Nehmen war und niemand ihn erniedrigen konnte, weil er sich selbst erniedrigte, waren vorbei. Er will sich nichts mehr bieten lassen. Und seit er die Waffe hat, ist das auch nicht mehr nötig. Hätte er die Waffe doch nur früher gefunden! Er malt sich aus, wie sein Leben verlaufen wäre, wenn er früher gewusst hätte, dass er sich wehren kann, wenn Vater ihn zu seinen Lebzeiten eingeweiht hätte.

Kurbjuweit hat die Pistole wieder zusammengesetzt, sogar mit dem Anschlagkolben. Waffe sichern, Verschluss ganz bis zur Arretierung zurückziehen, Ladestreifen ansetzen, Patronen ins Magazin abstreifen, Ladestreifen entnehmen, Verschluss zurückziehen und nach vorne gleiten lassen. Jetzt ist die Pistole fertig geladen und gesichert. Er hält die Pistole nach oben zur Decke gerichtet, von wo er das Geschiebe und Geschurre hört, das ihm von der Küche gefolgt ist. »Wartet!«, murmelt er und lächelt, so kalt er kann. »Ihr macht mich nicht fertig!«

Er geht ins Wohnzimmer, hält zwei Meter Abstand von der Balkontür, damit ihn niemand sieht. Beine leicht spreizen, entsichern, Arm heben, langsam atmen, Gedankenleere herbeiführen. Er zielt auf eine Astgabel in dem Weidengestrüpp und stellt sich den Kopf von Hans-Herrmann Rathjens vor, zielt auf die Nasenwurzel, in die Mitte über den Augen. Feuer! Krach! Der Kopf hat ein Loch. Hätte ein Loch, wenn Rathjens dort gestanden hätte. Wenn Kurbjuweit Patronen eingelegt hätte. Dann hätte es gekracht und Rathjens wäre tot gewesen. Oder irgendein anderer, der ihn angreifen wollte. Oder auch mehrere. Schließlich kann er mit seiner Red Nine auch Dauerfeuer schießen.

Es klingelt. Kurbjuweit fährt herum. Starrt die Tür zum Flur an, die er hinter sich zugedrückt hat. Wer kann das sein?

Er knurrt. Darauf hat er gewartet. Die Anspannung kriecht wie eine Schnecke über seinen Rücken und überzieht ihn langsam mit ihrem kalten Schleim. Die sollen nur nicht denken, man könne ihn überraschen. Kurbjuweit schraubt den Anschlagkolben ab, um die Pistole handlicher zu machen für den Nahkampf, schiebt den Kolben mit dem Fuß unter den Zweisitzer, verbirgt die Pistole in einer Plastiktüte, die griffbereit auf dem Sessel liegt. Oho, sollen sie kommen, er, Kurbjuweit, ist auf der Hut, auf alles vorbereitet. Er nähert sich der Wohnungstür, die Tüte in der linken Hand. Blickt durch den Spion. Nichts zu sehen. Also will man ihn wohl nur ärgern, seine Bereitschaft abstumpfen. Aber er, Kurbjuweit, würde wachsam bleiben, auf alles vorbereitet sein.

Zum Spiegel in der Küche! Er dreht sich um. Jetzt klingelt es wieder, länger, ungeduldig. Kurbjuweit stoppt, schleicht zurück zum Spion. Schiebt die rechte Hand in die Tüte, versichert sich des schnellen Griffs an seine Red Nine, zwingt seinen Atem zur Ruhe, leert seinen Kopf von fremden Gedanken. Späht durch den Spion.

Kevin. Es ist nur Kevin Thielpape, Kurbjuweit erkennt ihn an dem Büschel blonder Haare, das in sein Sichtfeld ragt. Doch ein Fehlalarm.

Kurbjuweit dreht erleichtert den Schlüssel um, schiebt den Riegel zurück und lugt durch den Spalt.

Kevin steht bleich vor ihm.

»Um diese Zeit? Ich denk, du bist in der Schule!«

»Die letzte Stunde ist ausgefallen.«

»Und wieso machst du keine Hausarbeiten? Esst ihr nicht zu Mittag?«

Kevin schüttelt den Kopf.

»Ist Onkel Volli wieder da?«

Kevin nickt. »Der Schlüssel steckt von innen.«

»Moment«, sagt Kurbjuweit, drückt die Tür zu, um die Red Nine in der Schublade des Küchentisches verschwinden zu lassen.

Dann erst entfernt er die Kette und zieht die Tür auf. »Komm rein. Wir trinken einen Kakao.«

Er trinkt gern Kakao mit Kevin. Wenn Kevin da ist, schweigen die Geräusche von oben. Es ist still. Kurbjuweit geht ins Wohnzimmer und horcht. Auch da ist es still. Sie wissen genau, wann er nicht allein ist. Sie wollen keine Zeugen, noch nicht einmal Kinderzeugen. Wie wissen sie das? Sind das Zauberer?

»Ich kenne Zaubersprüche«, sagt Kurbjuweit, als sie am Tisch sitzen, jeder vor seinem Becher.

»Ich auch«, sagt Kevin. »Sogar mehrere. Sesam öffne dich. Abrakadabra.«

»Ich kenne aber einen, mit dem man wirklich Leute verzaubern kann.«

»Und wie geht der?«

Kurbjuweit trinkt einen Schluck.

»Na sag schon!«

»Man darf ihn nicht aussprechen«, flüstert Kurbjuweit rau und beugt sich vor. »Wenn man es tut, passiert etwas Schlimmes.«

»Mit wem?«

»Mit dem, dem man es sagt.«

»Und was passiert dem?«

»Der kriegt Angst, ganz furchtbare Angst.«

»O ja«, sagt Kevin. »Den brauche ich. Wenn Onkel Volli mal wieder ... Bitte, bitte sag ihn mir!«

»Das geht nicht«, sagt Kurbjuweit düster. »Dann kriegst du ja die Angst ...« Er nimmt wieder einen Schluck.

»Das glaub ich nicht«, sagt Kevin. »Mama sagt auch immer, wenn ich nicht artig bin, kommt der schwarze Mann und holt mich, dabei gibt's den gar nicht. Du spinnst ...«

Kurbjuweits Arm fährt über den Tisch und packt Kevins dünnes Handgelenk.

»Aua, das tut weh!!«

»Schrei nicht so«, flüstert Kurbjuweit und zieht Kevin heran, bis ihre beiden Gesichter sich über dem Tisch fast berühren. »Sag das nicht noch mal, ja? Niemals!!«

»Nein, ich ...« Kevin kämpft, sich zu befreien. »Lass mich los, ich ...«

»Versprich es mir!«

»Ja, ja, aua, ich verspreche es, bestimmt!«

Kurbjuweit lockert seinen Griff. »Ich schreib ihn dir auf, wenn du schwörst, dass du ihn nur benutzt, wenn du in großer Gefahr bist, okay?«

18. Kapitel

In dem wir mit Kurbjuweit auf Streife gehen und erleben, wie Angst Ordnung macht

Diesen Montagabend im Februar hat Kurbjuweit seit Wochen geplant. Er beherrscht sie jetzt perfekt, seine Red Nine. Er ist mit ihr verwachsen. Er und sie – sie sind eins. Er kann sie im Dunkeln auseinandernehmen und wieder zusammensetzen. Er kann den Kolben im Nu an- und wieder abschrauben. Er ist für den Nah- und für den Fernkampf gewappnet.

Heute wird er den ersten Patrouillengang machen. Er wird sein Schicksal in die Hand nehmen. Er wird hinausgehen. Er wird seinen Bunker verlassen. Er wird dafür sorgen, dass die Türen abgeschlossen sind. Wie soll man in diesem Haus sicher und ruhig wohnen können, wenn niemand darauf achtet, ob Haus- und Laubengangtür in der Nacht abgeschlossen sind und sich Gesindel im Haus herumtreiben kann? Der Lärm aus der Polackenwohnung war schlimm genug. Seitdem aber die Gemeindeverwaltung die Familie aus dem Kosovo im dritten Stock einquartiert hat, ist es unerträglich geworden. Getrappel im Treppenhaus, Türenschlagen, fremdländisches Geschrei, von früh bis spät. Dunkle unbekannte Gesichter tauchen auf Kurbjuweits Laubengang auf, schleichen herum, horchen. Die Gemeindeverwaltung bedient sich sogar dieser Flüchtlinge, um ihn aus der Wohnung zu vertreiben. Aber er wird widerstehen

Horst Kurbjuweit zieht sich seine Jacke an, eine fleckige Windjacke, die an der Garderobe im Flur hängt. Entschlossen stößt er seine Arme in die Ärmel. Er hat eine passende Plastiktüte für seine Red Nine. Kevin hat sie mitgebracht. Auf Kevin kann er vertrauen. Ob es richtig war, ihm den Spruch der schwarzen Hexe zu geben? Die Plastiktüte hat einen Griff, den man blitzschnell öffnen kann, um die Waffe herauszuziehen. Kurbjuweit hat alte Lappen in die Plastiktüte gesteckt, ein zerrissenes Hemd, das er nicht mehr braucht, und den Lauf der Waffe hineingeschoben.

Kurbjuweit steht vor dem Spiegel im Flur an der Garderobe und sieht sich an. Er sieht einen dicken Mann mit nikotinfarbenem Gesicht, die vorstehenden Augen blicken trübe. Er grinst, aber seine Zähne stehen auseinander, sie sind gelb und hässlich, er macht den Mund schnell wieder zu. Er sieht nicht schön aus. Er sieht nicht wie ein Held aus. Aber Helden erkennt man nicht. Sie tragen keinen Heldenstempel auf der Stirn. Helden müssen nicht gut aussehen, schlank sein, erfolgreich, Freunde haben, eine Familie, eine schöne Frau. Einen Helden erkennt man erst an seinen Taten.

Er ist nicht groß, doch viele Männer sind kleiner als er. Er ist dick, aber es gibt noch dickere. Rathjens ist dicker. Er war früher schon dick und ist noch dicker geworden. Kurbjuweit hat ihn gesehen, am Mittwochnachmittag vor zwei Wochen, um fünf Uhr sechsundzwanzig. Als er auf dem Laubengang gestanden und Kevin den Karton mit dem Einkauf abgenommen hat, hörte Kurbjuweit ein Auto, das unten vorfuhr und eine Stimme, die er kannte. Er beugte sich über das Geländer und sah Rathjens dickes Gesicht, wie es aus dem Fenster eines Geländewagens hing wie eine rosa Laterne. Rathjens unterhielt sich mit einem Halbwüchsigen, der neben seinem Fahrrad stand. Der Halbwüchsige sagte ein paar Worte und zeigte mit ausgestrecktem Arm auf etwas, das oberhalb von Kurbjuweit im zweiten Stock sein musste.

»He, Kurbjuhu, hier steckst du also! Lange nicht gesehen!«

Kurbjuweit war zurückgewichen, als habe er einen Stoß vor die Brust bekommen.

»Wie hat er dich genannt?«, fragte Kevin.

»Halt die Klappe und gib her!«

Rathjens weiß also, wo Kurbjuweit wohnt. Und er hat etwas gesucht, was oben im Haus ist. Oben sind die aus dem Kosovo und die Stachowiaks. Rathjens ist ein gerissener Hund. Er würde öfter kommen, sicher, er hat es auf ihn, Kurbjuweit, abgesehen. Schon immer. Genau wie die Stachowiaks. Es gibt keinen Zweifel: Rathjens hat sich mit den Polacken zusammengetan. Er ist nicht damit zufrieden, Kurbjuweit aus dem Schützenverein vertrieben zu haben. Eine schlimme Erkenntnis.

Aber Kurbjuweit hat beschlossen, nicht noch einmal vor diesem Mann zurückzuweichen. Er wird überhaupt nicht mehr zurückweichen. Er will sein Leben so führen, wie er es will. Darauf hat er ein Recht. Und er hat sich vorgenommen, für Ordnung im Haus zu sorgen. Zuerst muss man für Ordnung sorgen und Ordnung beginnt mit abgeschlossenen Türen.

Kurbjuweit richtet sich auf, sein Rücken ist heute gar nicht so schlecht. Ihm fällt auf, dass der Rücken in letzter Zeit besser geworden ist. Als sei er dankbar dafür, dass Beschlüsse gefasst worden sind. Kurbjuweit öffnet die Haustür, bleibt eine Weile stehen, um sich an die Dunkelheit und die schnellen Bewegungen zu gewöhnen. Das Außenlicht auf dem Laubengang funktioniert immer noch nicht, die Straßenlampe stanzt einen Lichtkegel aus der Finsternis, in der er steht. Wahrscheinlich brauchte man nur eine neue Birne einzusetzen. Doch die Hausverwaltung kümmert sich nicht, auch der neue Eigentümer will nur Geld aus dem Haus, ein kleines Licht interessiert ihn nicht, und er, Kurbjuweit, soll ausziehen. Die Gemeinde will auch, dass er auszieht. Alles kommt zusammen. Kurbjuweit hat Schlüter einen Brief geschrieben, schon vor drei Wochen. Aber nichts war passiert! Man muss doch etwas hören! Ein Rechtsanwalt muss seine Mandanten ernst nehmen! Und jetzt fällt Kurbjuweit der Satz ein, den der Stachowiak einmal gesagt hat, vor langen Monaten: dass man sich einen Rechtsanwalt genommen habe, wegen der Rente, die immer noch nicht durch sei. Kurbjuweit stößt einen Pfiff aus und einen leisen Fluch, er flüstert, nur er selbst kann es hören. Steckte dieser Rechtsanwalt mit denen unter einer Decke? Konnte es anders sein?

Man ist allein, wenn es darauf ankommt. Man kann nicht auf Hilfe vertrauen. Man muss die Dinge allein in die Hand nehmen. Und man muss den Leuten zeigen, dass man ernst zu nehmen ist!

Die Plastiktüte mit der Red Nine in der linken Hand, steht Kurbjuweit am Geländer und schnuppert in den nassen Spätwinter. Es liegt der Geruch von altem Laub und Matsch in der Luft, von Moder und Tod. Ein Nieselregen weht im Licht der Straßenlaterne wie ein gelber Schleier.

Kurbjuweit legt die Strecke zur Laubengangtür zurück. Es sind genau elf Schritte, er hat sie oft gezählt. Er geht an der Wohnungstür des Holzbearbeiters vorbei. Darin scheint kein Licht, das Oberlicht ist dunkel, der Nachbar ist unterwegs, er hat eine Freundin und tagsüber ist er auf Arbeitssuche. Er will eine Stelle im Sicherheitsgewerbe. Darauf ist er bestens vorbereitet, denn er hat sich schon eine *Umiform* zugelegt, einen schwarzen gebügelten Anzug, dessen Brusttaschen er herunterklappen kann, und dann steht *security* zwischen zwei reflektierenden Streifen auf seiner Brust. Auf dem Rücken hat der Anzug auch so eine Klappe, sie ist viel größer, über den ganzen Rücken, und auch die Buchstaben sind dort größer. Die Verwandlung vom Bürger zum Sicherheitsfachmann dauert nur eine halbe Minute. »Das wär auch was für dich«, hat der Holzbearbeiter zu Kurbjuweit gesagt bei ihrer letzten Begegnung. »Nur müsstest du etwas abnehmen, sonst bist du nicht fit genug. Das ist der Knusus Kaktus.« Der Holzbearbeiter lebt auch allein. Er trainiert jeden Tag, auch er, nur anders. Sechzig Liegestütze und hundert *Sitzapps.* Das kann Kurbjuweit nicht, wegen seines Rückens, deshalb kann er nicht abnehmen und deshalb ist das Sicherheitsgewerbe auch nichts für ihn.

Vor ein paar Wochen hätte der Holzbearbeiter es fast geschafft. Er sollte ein Schiff bewachen im Industriehafen im Hemmstedter Außendeich, wo die vielen Lichter die Sterne auslöschen. Man hatte ihm befohlen, die ganze Nacht in einem Häuschen zu stehen, das nicht größer als eine Telefonzelle war. Nach drei Stunden war der Holzbearbeiter eingeschlafen und umgefallen und man hatte ihm fristlos gekündigt. Wegen Unzuverlässigkeit. Er sei ja noch in der Probezeit gewesen, hatte er berichtet, streng genommen war es sein erster Arbeitstag. Doch der Holzbearbeiter gibt nicht auf. »Ich habe noch ein paar andere Aktien im Feuer«, sagt er. Mit der Sprache hat er es nicht so. Da ist Kurbjuweit mit seiner mittleren Reife besser dran. Er ist Lagerfacharbeiter.

Aber der Holzbearbeiter ist kein Schlechter, obwohl er dumm ist. Kurbjuweit hat ihn einmal gefragt, was ein Holzbearbeiter sei. Da hat der Holzbearbeiter gesagt, das sei das gleiche wie Tischler, bloß nicht mit so viel Theorie.

Der Holzbearbeiter ist auch für Ordnung im Haus, das ist die Hauptsache. Kurbjuweit hat verlangt, die Tür müsse immer verschlossen sein, schon wegen des Gesindels im Haus, das ziehe anderes nach sich. Der Holzbearbeiter hat zugestimmt. Er macht zwischen Beruf und Privatleben keinen Unterschied.

Und doch ist die Tür zum Treppenhaus offen. Der Holzbearbeiter hat sie bestimmt abgeschlossen. Er hat es versprochen. Kurbjuweit schiebt die Aluminiumtür auf, dreht sich ins Treppenhaus und lässt die Tür geräuschlos zurück in die Füllung gleiten. Er horcht nach oben. Er überlegt, ob er die Türen zum zweiten und dritten Stock kontrollieren soll. Im dritten Stock wohnen die Berishas aus dem Kosovo, gleich in zwei Wohnungen nebeneinander, weil sie so viele sind. Kevin sagt, sie seien zu acht. Kurbjuweit beschließt, die Kontrolle der oberen Türen aufzuschieben. Er muss noch üben, sich an die Gefahr gewöhnen.

Langsam steigt er die Treppe hinab. Ein Licht scheint durch die Glasbausteine in der Wand zur Straße. Ein Auto kommt. Es fährt langsam. Vor dem Block bleibt es stehen. Der Motor läuft. Aus dem Fenster am Treppenabsatz erkennt Kurbjuweit einen Geländewagen wie der von Rathjens. Kurbjuweit stößt ein Grunzen aus. Er verharrt auf der Stufe. Seine linke Hand öffnet die Plastiktüte, seine rechte Hand fährt hinein und umschließt den Griff der Red Nine. Er atmet tief ein, langsam wieder aus. Er ist jetzt ganz ruhig. Sie können kommen. Er ist einsatzbereit.

Die Scheinwerfer fressen sich gelb in die Schwärze der Nacht. Das Auto wird langsam. Durch das Riffelglas in der Haustür kann Kurbjuweit nichts erkennen. Das Auto fährt am Haus vorbei. Kurbjuweit schiebt die Haustür einen Spalt auf. *HEM R* liest er, die Zahl kann er nicht mehr erkennen. Rathjens, der Höllenhund! Der Wagen bleibt stehen. Die Heckscheinwerfer leuchten auf, das Fahrzeug rollt rückwärts auf den Parkplatz vor dem Nachbarblock und wendet, fährt zurück. Nähert sich, stoppt. Der Motor stirbt. Kurbjuweit hält den Atem an. In seinem Kopf fängt es an zu rauschen, er kneift die Augen zusammen. Seine Hand fährt in die Plastiktüte, umklammert den Griff der Red Nine und zieht sie hervor. Jetzt hört er zwei Türen, die sich öffnen, Männer, die sich unterhalten. Kurbjuweit nimmt allen Mut zusammen, schiebt die Tür mit dem Ellbogen auf und späht durch den Spalt. Zwei Personen machen sich an der geöffneten Heckklappe des Geländewagens zu schaffen. Sie holen etwas heraus, etwas großes Schweres, denn er hört die Männer ächzen. Kurbjuweit lässt die Haustür ins Schloss gleiten, zieht den Schlüssel aus der Hosentasche und schließt ab. Jetzt kann er nicht mehr sehen, was draußen vor sich geht. Es ist dunkel. Er kann nicht erkennen, ob die Leute auf das Haus zukommen. Sicher tun sie das, denn warum sonst parken sie auf diesem Parkplatz, der zu Kurbjuweits Wohnblock gehört?

Kurbjuweit geht rückwärts zur Treppe, die Pistole im Anschlag. Er stößt mit den Hacken an die unterste Stufe, es geht nur nach oben, es sind nur zwei Mal zwölf Stufen bis zur Tür in den Laubengang, das muss er schaffen.

Der Schmerz schlägt ihm eine Pranke in den Rücken, er raubt Kurbjuweit den Atem, er keucht und zieht sich mit der Linken am Geländer hoch. Unten im Schloss knirscht es, ihm wird schwindlig, und doch muss er rückwärtsgehen, sonst kann er sich nicht verteidigen; seine Rechte umklammert den Griff der Pistole, richtet den Lauf treppabwärts, er hat das Podest erreicht, während er von unten Stimmen hört, gedämpfte Stimmen, flüsternde Stimmen, er hört seinen Namen. Kurbjuweit, sagen sie, er hat noch vier Stufen bis zum ersten Stock, bis zu seiner Tür, eine von den Stimmen klingt wie die von Rathjens, aber er hat ihn noch nie flüstern gehört. Rathjens schreit sonst immer, die andere ist auch eine Männerstimme, die genauso klingt, wie wenn die Stachowiaks reden, eine polnische Stimme also, Kurbjuweit ist jetzt an der Laubengangtür, er schiebt sie auf und im Treppenhaus ist es immer noch dunkel, sie machen das Licht nicht an, sie schleichen und flüstern, sie wollen etwas Verbotenes tun, wozu sonst schleichen sie im Dunkel hinter ihm her?

Jetzt hat er es zu seinem Laubengang geschafft, drückt die Tür in die Füllung, mit einer Hand, er kann sie nicht abschließen, denn dazu muss er die Pistole ablegen, weil er den anderen Schlüssel in die Plastiktüte gelegt hat, und er darf ihn nicht mit dem für die Hauseingangstür verwechseln, das war ein Fehler, ein fürchterlicher Fehler, denn er findet den Schlüssel nicht mit einer Hand, er braucht beide Hände, um nach ihm zu tasten, das darf ihm nie wieder passieren, er muss doch schneller sein, schneller als die anderen, das darf nie wieder, ich muss den Schlüssel immer ..., denkt er, während er neben der Laubengangtür steht, die Pistole am ausgestreckten Arm. Zwei fette Schatten auf der anderen Seite passieren die Tür, die Männer lachen jetzt, gerade jetzt, wo sie an ihm vorbeigehen, sie steigen nach oben, er hört sie schlurfen und schleifen, das ist doch das Geräusch, das er nachts immer hört. Sie entfernen sich langsam, wie unter schwerer Last, während ihre Stimmen sich verlieren.

Kurbjuweit hängt die Plastiktüte an den Daumen, findet endlich den richtigen Schlüssel und schließt ab. Zieht den Schlüssel wieder aus dem Schloss.

Fehlalarm. Wieder nur ein Fehlalarm. Oder nicht? Sie wollen ihn testen. Aber er wird sich nicht einlullen lassen. Er wird auf der Hut bleiben.

Kurz darauf sitzt er in der Küche am Tisch. Er hat ein Blatt Papier zerteilt und schreibt:

Im Unglück und der Gefahr zeigt sich der wahre Charakter!! Kämpf, Horst, kämpf, denn es lohnt sich weiterzuleben!! Tu diesen tausendmal verfluchten Arschlöchern nicht den Gefallen und gib auf!! Das wollen die doch bloß!! Schlag sie tot!! Hau sie zusammen!! Vernichte sie!! Denn sie wollen das Gleiche mit Dir machen!! Denn der Tod liegt auf der Lauer wie ein hungriger Tiger und sein Angriff erfolgt blitzschnell und tödlich!!

Während er schreibt, schurrt es über ihm, laut und deutlich ist es zu hören, auch ein Murmeln glaubt er zu vernehmen, obwohl er in der Küche sitzt. Kurbjuweit legt seine Red Nine vor sich auf den Tisch und lacht, so laut er kann.

»Ihr werdet mich nicht kriegen!«, ruft er gegen die Küchendecke. »Wenn ihr mich fertigmachen wollt, mache ich euch fertig. Ihr könnt mir gar nichts!«

Er zieht einen dicken Strich unter den Satz: *Tu diesen tausendmal verfluchten Arschlöchern nicht den Gefallen und gib auf!!* Und setzt noch ein Ausrufungszeichen dazu.

19. Kapitel

In dem Schlüter vom Alten Testament erzählt und Kevin Thielpape eine komische Mitteilung macht

»Kevin kann doch mit reinkomm, näch? Komm, Kevin, tu dich da ma hinsetzn.«

Und schon hatte Melitta Thielpape, nach einem laschen Händedruck, auf der anderen Seite des Schreibtisches Platz genommen, und zwar reichlich. Als sie sich vorbeugte, um ihre rot lackierte Handtasche abzulegen, stürzte Schlüters Blick in ein tiefes Dekolleté auf ein mächtiges Gewölbe. Da half auch die breite Tischplatte nichts.

Er gab dem Jungen die Hand: »Moin, Kevin.« Kevin sah älter aus, als man nach seiner Größe annahm, ein schmaler blasser Kerl, der nur die kalten Fingerspitzen zur Verfügung stellte. Er setzte sich still neben seine Mutter.

»Worum geht's?«, fragte Schlüter, jetzt sicher hinter seinem Schreibtisch. Melitta Thielpape war an diesem Montag, den 22. März, ohne Termin gekommen; ob der Herr Rechtsanwalt einen Augenblick Zeit habe? Schlüter hatte zugesagt in der Hoffnung, dadurch den montäglichen Mandantenanrufen zu entgehen.

»Wissen Sie was?«, begann die neue Mandantin und holte Luft.

Nein, er wusste nichts. Aber er würde es erfahren.

Scheiden lassen wolle sie sich, klärte Melitta Thielpape auf, es reiche ihr, sie habe sich das lange genug überlegt, und vorgestern habe sie sich mit ihrer besten Freundin unterhalten, die habe sich auch schon von Schlüter scheiden lassen. »Äh, ich meine, dass Sie …«, da könne sie hingehen, habe die Freundin gesagt, und nun sei sie hier, denn mit ihrem sogenannten Ehemann wolle sie nicht verheiratet bleiben, mit diesem Versager, nicht eine Minute länger als unbedingt nötig, dieser Gatte ginge ihr so was von auf den Senkel, der könne ihr mal kreuzweise und sonstwo.

Der Sohn des Versagers hielt die Hände unter die Oberschenkel geklemmt und ließ die Beine schaukeln. Er sah Schlüter aus seinem bleichen Gesicht unbewegt und ernst an. Unter den gegebenen Umständen gab es wahrscheinlich nichts zu lachen, und er hatte gelernt, die Gefühle in einer Kiste zu verschließen. Den Schlüssel hatte er vermutlich schon fortgeworfen.

»Wissen Sie was? Der ist nämlich das letzte Arschloch.«

Wie sollte man auf solche Situationen reagieren? Schlüter war allergisch gegen Beschimpfungen geworden, und einer der Vorsätze hieß, sich an nichts zu beteiligen, das ihm gegen den Strich ging. Man musste zeigen, auf welcher Seite man stand, auch in den kleinen Dingen, mit denen alles anfing, denn wenn die Großen erst drankamen, war es zu spät. Die diplomatische Methode würde nicht fruchten. Schlüter mied den Blick auf den Sohn des Arschlochs, fixierte die neue Mandantin und hob beide Arme, um sie an weiterem Reden zu hindern.

»Ehefrauen von Arschlöchern kenne ich nicht, Frau Thielpape, und auch nicht Söhne von Versagern. Aber Ehestreit, den kenne ich. Also Streit unter Eheleuten. Meinen Sie nicht, dass wir das Weitere unter vier Augen besprechen sollten?«

Die Frau schüttelte überzeugt den Kopf. »Wissen Sie

was?«, sagte sie, »Kevin weiß doch über alles Bescheid. Der kennt sein Vaddä doch besser als ich, oder nich, Kevin?«

Kevin schwieg diplomatisch. Er lebte zwischen den Fronten, im verminten Gelände, in Pulverdampf und Kugelhagel, er war in Deckung gegangen und hatte die Maske aufgesetzt, für alle Fälle.

»Natürlich ist mein sogenannter Gatte ein Arschloch, wissen Sie was, was denken Sie denn? Das muss ich doch wissen, oder? Und wieso nehmen Sie den Doofkopp eigentlich in Schutz? Sie kennen den doch gar nicht, oder?«, empörte sich Melitta Thielpape, den Hintern lüpfend.

Schlüter stand langsam auf. Es war einmal die gute alte Zeit, dachte er, als die Menschen noch das dornige Joch von Herkunft, Armut und Kirchenmoral trugen, Weltkriege führten, ihre Kinder verprügelten, damit sie genug Wut für den nächsten Weltkrieg bekamen, und sich zwischendurch anständig benahmen und ihre Sekundärtugenden pflegten. Als die Frauen noch in Kopftuch und Rock liefen und schwiegen, wenn der Mann sprach. Und jetzt? Jetzt musste jeder allein zurechtkommen. Er umrundete den Schreibtisch.

»Komm mal mit«, sagte er zu dem Sohn des Versagers und Arschlochs und streckte seine Hand aus. »Ich zeig dir was.«

Die Mutter war sprachlos, Kevin stand gehorsam auf, ergriff die Hand des Advokaten, eine Spur zutraulicher als für Kinder seines Alters schicklich, und ließ sich von der Front zur Etappe verlegen, nämlich zu Angela ins Schreibzimmer.

Er werde jetzt eine Zeit lang allein mit der Mutter sprechen, flüsterte Schlüter, während er die Tür öffnete, und er, Kevin, könne sich so lange mit Angela unterhalten. »Die ist nett. Und wieso bist du eigentlich nicht in der Schule?«

»Krank«, antwortete der Junge.

»O Mann«, seufzte Schlüter. »Das wär ich auch an deiner Stelle.« Er schob ihn in das Schreibzimmer. Angela kannte sich aus mit Jungen, sie hatte selbst einen Vorschulburschen zu Hause.

Im Flur atmete Schlüter ein letztes Mal durch, um sich gegen die Tiraden zu wappnen, die nun auf ihn niedergehen würden wie der norddeutsche Hagel, der den Obstbauern die Ernte verdarb. Ihm fiel ein, wo er diese Frau schon gesehen hatte. Im Supermarkt vorletzten Samstag, als er Christa zum Einkauf begleitet hatte. Die Thielpape hatte vor einem Regal gestanden und nach einer Spritzflasche mit einer braunen Masse darin gegriffen, als sie sich plötzlich nach einem kleinen Mädchen umgedreht hatte, das gerade laufen konnte, und geschrien: »Mattleen, du Aasch, geh wech von die Regale!« Und der Junge, der danebenstand, das musste wohl Kevin gewesen sein, hatte gefragt: »Gibt es heute schon wieder Nudeln mit Schokoladensoße?«

Schlüter verschanzte sich wieder hinter seinem Schreibtisch und eröffnete den zweiten Teil des Gesprächs mit einem Schnellkurs zum Thema Scheidungsrecht, wie er ihn schon hundert Mal gegeben hatte: dass eine Ehe geschieden werde, wenn sie gescheitert sei, und gescheitert sei sie dann, wenn die Eheleute ein Jahr lang getrennt lebten und beide erklärten, geschieden werden zu wollen. Auf Scheidungsgründe komme es nicht an, das Gesetz frage nicht nach Schuld, deshalb habe der Scheidungsrichter an derlei kein Interesse, und er, Schlüter, wolle ebenso wenig davon wissen, das sei Privatsache und nur eine Belastung für ihn. Er wolle nur wissen: Scheidung ja oder Scheidung nein.

Das sei ihr bekannt, nickte Melitta Thielpape und rückte ihren Steiß zurecht, Scheidung ja, was sonst? Aber Schlüter solle nicht denken, sie lasse sich nur aus Mirnichtsdirnichts und Jux und Dollerei scheiden, sie habe triftige Gründe, sie sei nicht leichtfertig, sie sei keine Auf-und-davon, sie habe sich das lange genug überlegt und …

»Ich weiß, ich weiß«, unterbrach Schlüter müde. »Fünf Jahre.«

»Jetzt bin ich aber platt, woher wissen Sie das denn?«

»Weil es immer fünf Jahre dauert.« Vom ersten Gedanken bis zum Beschluss. Das sei ein biblisches Zeitmaß. »Wissen Sie das nicht?« Schon Kain habe fünf Jahre überlegt, ob er Abel umbringen wolle, und schließlich habe er es wegen einer Nebensächlichkeit getan. Angeblich weil der liebe Gott, der damals noch unter den Menschen umherspaziert sei – es gab ja erst vier –, die Opfergabe des Bauern Kain, Mais, Flachs und Rüben, keines Blickes gewürdigt habe, um kurz darauf des Hirten Abel Opfer, Fett, Fleisch, Persianerfelle und einen Hammelrücken, was ja, arbeitsmäßig betrachtet, nicht besser sei, begeistert zu belobigen. Bis heute könne man das Motiv dieses Mordes nicht nachvollziehen, denn Mord aus Neid gebe es nicht, sonst müsse ja halb Hollenfleth, denn da wohne sie doch, tot sein, umgebracht aus Neid über das bessere Auto, das größere Haus, die schönere Frau, den tolleren Mann, das fettere Bankkonto … Nein, absolut unplausibel, dieses Motiv, aber er, Schlüter, kenne den wahren Grund dieses alttestamentarischen Mordes: Kain habe Abels schmutzige Fingernägel, seinen Mundgeruch und sein fieses Grinsen nicht mehr ertragen, das sei es gewesen, was Kain zum Mörder gemacht habe, die mickrigen Widerwärtigkeiten des Alltags hätten Kain zermürbt, jahrelanges täglich mehrfaches Zusammenreißen habe er sattgehabt, und anlässlich der Opferarie sei ihm der Kragen geplatzt, so wie einem heute vom Schmatzen, dem Fußpilz, den Schuppen, dem Bauchfett, den verklumpten Socken, gelben Unterhosen und nicht fortgeräumten Zeitungen des Partners der Kragen platzen würde. Der kleine Alltagsärger brächte die Leute zum Scheidungsanwalt.

Während Schlüter seine ausufernde Bibelexegese betrieb, in der Hoffnung, nicht schon wieder Intimes aus Hollenfleth zu hören, starrte Melitta Thielpape ihn mit großen Augen an.

»Und danach«, fuhr der Anwalt fort, »geht's im Fünfjahresrhythmus weiter.« In fünf Jahren werde sie ihren zukünftigen Exmann nicht mehr als Arschloch bezeichnen – »Pö, na und ob!« – und nach nochmals fünf Jahren, wenn sie wieder seit ein paar Jahren verheiratet sei – »Nie! Das schwör ich Ihnen, nich noch mal!« –, werde sie vergessen haben, weshalb sie sich von ihrem ersten Mann habe scheiden lassen. Und nach weiteren fünf Jahren ...

»Was? Das glauben Sie doch wohl selbst nicht. Und Fußpilz hat er gar nicht!« Melitta Thiepape nahm Anlauf und sprang über die Barrikaden.

Schlüter ließ sich zurücksinken. Wer voller Sorgen, Wut und Ärger war, musste sich aussprechen, einmal wenigstens den Mist abladen, auf Schlüters Karren. Da half kein Bibelkurs, natürlich nicht.

»Manfred Thielpape«, erklärte die Mandantin und hieb bei jedem Wort die Faust in die Luft, sei ein Versager auf ganzer Linie. Seit über zwei Jahren sei er arbeitslos, hocke zu Hause »und guckt mich mit'm Aasch nich mehr an.« Das Saufen habe er angefangen, und das könne sie ja überhaupt nicht ab, ihr Vater sei Alkoholiker gewesen, der habe die Mutter versohlt, jeden Samstag, wenn er voll war, gegen Alkohol sei sie allergisch, alles könne sie ab, nur keinen Alkohol, allein der Dunst nach Bier würde sie *aggressiiiev* machen, ganz abgesehen davon, was das für *Geeeld* koste, allein das reiche für eine Scheidung aus. Noch schlimmer sei aber, dass der Gatte, wenn er nüchtern war, nicht könne, und wenn er besoffen war, sie nicht wolle, das habe mittlerweile *fataale* Folgen. Jetzt rückte die Thielpape auf die Stuhlkante, legte den Kopf schräg und eine vertrauliche Hand kroch auf die Kante des Schreibtisches, sie senkte die Stimme bis zum Alt, »hier unten«, flüsterte sie rau, »hier unten rum«, sie zog einen Bogen mit der Rechten um ihre üppige Hüfte, habe sie immer so Schmerzen, so *ziiiiehende* Schmerzen, besonders im *Liiiegen*, und manchmal mitten in der *Naaacht,* sie habe deswegen den Hausarzt aufsuchen müssen, den Dr. Dewald, »der immer so im Gesicht zuckt, wissen Sie?« – Ach Gott, der Arme, dachte Schlüter, dem geht's nicht anders, der hat noch größere Mülleimer. – und »Wissen Sie was?«, der habe sie untersucht und gesagt, er finde keine organischen Ursachen, aber nachdem sie ihm berichtet habe, dass der werte Gatte seine Pflichten vernachlässige, habe Dr. Dewald gesagt, jaha, oho, die Beschwerden seien Folge der Enthaltsamkeit, der Verspannung, die sich einstelle, sich nicht mehr löse, wenn, ja, wenn man es eben nicht, na ja, wenn die Frau eben nicht oft genug zu …, Schlüter wisse schon, jedenfalls komme das »von die Enthaltsamkeit. Und nun sein Se mal ehrlich, Herr Rechtsanwalt, das müssen Sie doch zugeben, dass das kein Zustand ist für 'ne normale Frau, oder? Was würde Ihre Frau denn sagen, wenn Sie …«

Schlüter machte ein neutrales Mhh. Was war schon normal? Dass man sein Triebleben vor fremden Leuten auf der Zunge führte? Oder das seiner Mitmenschen verbal befingerte? Er machte den Mund auf, wollte sich aus dem Sumpf, in den ihn diese übergewichtige Frau zerrte, aufs Trockene retten, zu den Generalia von Unterhalt, Sorgerecht, Hausratsteilung, Zugewinnausgleich und Versorgungsausgleich.

Aber es war zu spät. Frau Melitta Thielpape war schneller. Sie habe keine Lust mehr auf Enthaltsamkeitsschmerzen, setzte sie ihre Scheidungsrechtfertigungslitanei fort, wenn sie nicht mindestens, »na also, allerallermindestens« zwei Mal die Woche zu ihrem Recht komme, wenn sie nicht also ..., sie klimperte mit den Augen, »na, Sie wissen schon«, kriege sie eben *Enthaaaltsamkeitsschmerzen* in der Beckengegend und das sei ja wohl ein verdammter Scheidungsgrund, das grenze an Körperverletzung, »oder was sagen Sie?«

»Körperverletzung durch Unterlassen ist nur strafbar bei Vorhandensein einer Garantenpflicht«, parierte Schlüter trocken. »Es gibt eine Garantenpflicht aus Gesetz und eine aus Vertrag. Eine gesetzliche Beischlafpflicht existiert nicht, das ist nicht kodifiziert. Und eine vertragliche kann ich auch nicht erkennen. Einen Ehevertrag, der solche Einzelheiten festlegt, haben Sie ja wohl nicht.«

Frau Thielpape spitzte die Ohren.

»Oder?«

»Ga-ga-garantenpflicht? Was das denn?«

Schlüter winkte ab: »Zu kompliziert. Außerdem heißen Sie nicht Kennedy und Ihr zukünftiger Exmann nicht Onassis, oder?«

Melitta Thielpape zögerte. »Das trau ich ihm auch zu!«, flüsterte sie dann und nickte entschlossen.

»Und was?«

Sie druckste, gab sich plötzlich schamhaft, hob schließlich den Kopf und trötete: »Onan – ähh – Onassis!!«

Schlüter hüstelte. Onassis sei ein griechischer Reeder gewesen, klärte er auf, der eine Witwe namens Kennedy geheiratet habe, und die beiden hätten einen Ehevertrag geschlossen, in dem die Häufigkeit des Beischlafs geregelt gewesen sei. Mit Vertragsstrafen und allem Drum und Dran.

Damit hatte er die Mandantin außer Gefecht gesetzt. Endlich war er dran. Ob man schon getrennt lebe?

Ja, der Versager sei ausgezogen. Sie wohne jetzt mit ihrem Lebensgefährten zusammen. Und seitdem habe sie keine Schmerzen in der Beckengegend mehr. Der Lebensgefährte wüsste nämlich viel besser, was bei ihr zün...

Ob der Ehemann Unterhalt zahle, fragte Schlüter hastig, während er darüber nachdachte, warum jeder herbeigelaufene Beschäler Lebensgefährte genannt wurde.

Natürlich nicht. Nicht für Kevin und auch nicht für Mattleen. Geschrieben Madeleine. Versager eben. Auf allen Ebenen.

Schlüter hielt seinen Vortrag zum Unterhaltsanspruch nach der Düsseldorfer Tabelle, zur Erwerbsobliegenheit des Unterhaltspflichtigen, zum Umgangsrecht, und während er redete, schweiften seine Gedanken ab, denn er hatte diese Dinge schon so oft zum Besten gegeben, dass er getrost, während er redete, auf einer zweiten Ebene seines Bewusstseins an anderes denken konnte, zum Beispiel daran, wie schön es wäre, jetzt in der Sonne auf der Terrasse zu sitzen, mit einer anständigen Tasse Tee, und Christa würde begeistert ihre Gartenpläne vor ihm ausbreiten, sie hatte schon einen Beetplan gezeichnet, auf dem sie eingetragen hatte, wo welches Gemüse wachsen sollte. Sie wollte in diesem Gartenjahr, nach den Erfahrungen der beiden vergangenen, eine Vierfelderwirtschaft begründen, nach der jede Art nur alle vier Jahre auf demselben Beet wachsen durfte, sie würde von Stark-, Mittel- und Schwachzehrern sprechen, von Leguminosen, Nachtschatten- und Kohlgewächsen und Wurzelgemüsen – eine Wissenschaft war das, über der man sich gut gelaunt und tagelang den Kopf zerbrechen konnte. Es war doch richtig gewesen, aufs Land zu ziehen, Schlüter verabscheute die Menge, die Menschen, die ihm in der Stadt begegneten, die er womöglich zu grüßen hatte, weil es seine Mandanten waren, oder Gegner, deren Blick er standhalten musste, weil sie ihn wegen eines Prozesses hassten. So verbrachte er den ganzen Tag im Büro, verzehrte mittags ein mitgebrachtes Brot und arbeitete, bis ihm die Konzentration abhanden kam. Christa hatte vorgestern, am Tag des Frühlingsbeginns, die Zwiebeln gesetzt. Nicht lange, und er würde auch zum Gärtner werden.

»Und vor allem, machen Sie Ihren Mann nicht schlecht vor dem Kind«, beendete er seinen Vortrag. »So was will ich hier nicht hören.«

»Das tut nicht nötig, Kevin will ihn sowieso nicht sehen.«

Und wann höre ich auf, Lebensberatung zu machen, die niemand will, und Fragen zu beantworten, die mir niemand stellt?

Nachdem er die Formalien mit Melitta Thielpape geregelt hatte, beendete er das Gespräch. Sie beugte sich wieder vor, griff nach der Handtasche. Schlüter fixierte die Deckenlampe und wünschte sich ein Vermummungsgebot. Wieso stellten die Frauen ihre Brüste zur Schau und behaupteten gleichzeitig, es sei unzüchtig, sie zu beglotzen?

Als er der Mandantin die Hand gab, bedankte sie sich, dass er so früh am Tag Zeit für sie gehabt habe, denn – »Wissen Sie was?« – am Nachmittag habe sie keine Zeit, da sei sie bei den Nachbarn von oben eingeladen, bei einem polnischen Rentnerpaar, das ein Stockwerk höher wohne, die machten Wurst aus Fleisch vom Bauern, die hätten zum Probieren eingeladen, und danach komme ihr Lebensgefährte, und dann ... »Wissen Sie was?« Endlich wusste Schlüter was, jedenfalls konnte er sich was denken, obwohl Melitta Thielpape ihn nicht aufklärte, sondern in den Flur stürzte und nach Kevin brüllte, der von Angela aus der Schreibstubentür geschoben wurde, und fort waren sie.

»Was hat die Ihnen denn alles erzählt?«, fragte Angela, nachdem es wieder ruhig geworden war.

Schlüter winkte ab. »Den üblichen Mist«, seufzte er. »Und noch ein bisschen mehr. Und – wie fanden Sie den Jungen?«

»Armes Würstchen«, antwortete Angela. »Was aus dem wohl noch mal wird.«

Er folgte ihr in die Teeküche und setzte sich auf einen der Klappstühle. Seit er zum ersten Mal Pfefferminztee getrunken hatte bei der Lektüre des Urteils in der Asylsache Gül, hatten sie sich angewöhnt, manchmal am Vormittag, wenn es gerade passte, gemeinsam einen Kräutertee zu trinken, obwohl Schlüter ansonsten schwarzen Ostfriesentee vorzog.

»Wissen Sie, was der Bursche mir gesagt hat?«, fragte Angela, während der Wasserkocher zu summen begann.

»Fangen Sie auch noch so an! Jeder dritte Satz dieser Dame Thielpape war ›Wissen Sie was?‹«

Angela hängte zwei Teebeutel in die Glaskanne.

»Kevin hat gesagt, dass Horschi eine Pistole hat, 'ne echte, mit der man richtig schießen kann.«

»Und wer ist Horschi?«

»Keine Ahnung. Der wohnt wohl auch im Block, im ersten Stock. Er würde öfters einkaufen für Horschi. ›Der hat eine Pistole, eine richtige alte‹, hat der Junge gesagt. Wörtlich. ›Die habe ich in der Küche auf der Anrichte gesehen, in einer Plastiktüte. Horschi darf das aber nicht wissen, er versteckt die Pistole immer, wenn ich bei ihm in der Wohnung bin.‹«

»Und wieso ist der bei dem Horschi, oder wie der heißt, in der Wohnung?«

»Er hat gesagt, da ist er meistens, wenn er rausfliegt, und er fliegt raus, wenn Onkel Volli da sei und der seine Mutter fi...« Angela drehte sich plötzlich um und goss den Tee auf.

Schlüter wartete.

»Was der mir alles erzählt hat«, fügte sie kopfschüttelnd hinzu. »Merkwürdig distanzlos ist er, der Bursche.«

»Wie alle heimatlosen Kinder, die auf der Suche nach Freundschaft sind. Die werden leicht klebrig und machen sich das Leben dadurch noch schwerer. Und wehe, sie werden erwachsen. Aber was wollten Sie noch sagen?«

Angela wollte eingießen.

»Halt!«, rief Schlüter. »Der hat doch gar nicht richtig gezogen!«

»Ach ja, natürlich ..., wie dumm von mir.«

Schlüter stand auf und machte die Schranktür über der Spüle auf. »Was haben wir eigentlich für Kaffeefilter«, murmelte er und machte einen langen Hals. »Nächstes Mal kaufen Sie bitte andere. Die werden mich sonst dauernd an diese Schokoladennudel von vorhin erinnern.«

»›Horschi geht auf Streife‹, hat der Junge noch gesagt. ›Jeden Abend um zehn. Mit der Pistole.‹ Was das zu bedeuten hat?«

Schlüter zuckte die Schultern. »Hört sich reichlich ungemütlich an«, sagte er.

»Ja«, nickte Angela. »Das war aber nicht alles. Er, der Junge, würde jetzt immer Kartons holen für Horschi, der würde ganz viele Kartons brauchen.«

»Wozu braucht man ganz viele Kartons?«

»Keine Ahnung. Und dann hat er mir einen Zettel gegeben und gesagt, er schenkt ihn mir. Es stünde ein Zauberspruch darauf, den man nur aussprechen dürfe, wenn man in höchster Not sei. Falls ich angegriffen werde und mich nicht mehr verteidigen könne.«

»Hä?«

Angela verschwand und kehrte mit einem Zettel in der Hand zurück.

»Idsch do diabwa«, las Schlüter. »Verstehen Sie das?«

Angela schüttelte den Kopf.

Alles musste man schließlich nicht verstehen. Es gab auch so genug Probleme, die man nicht lösen konnte.

20. Kapitel

In dem Horst Kurbjuweit den vorletzten Schritt in die Einsamkeit geht

Kurbjuweit steckt den Karton in die letzte Lücke und klebt ihn fest. Jetzt ist es fertig. Mehr kann er nicht tun. Er ist erschöpft von der Arbeit und durstig, er will Wasser trinken.

Es ist schwer, allein zu sein, niemanden zu haben, der einem hilft, außer einem unmündigen Kind. Aber solange er die Red Nine hat, ist noch nicht alles aus. Er kann sich wehren. Wenn er seinen Feinden einen Schritt voraus ist. Wenn er weiß, was sie tun werden.

Hätte er die Briefe nicht schreiben sollen? War es ein Fehler, dass er sich an Schlüter gewandt hat? Egal. Jedenfalls würde er niemals die Nebenkosten nachzahlen, solange das Licht im Laubengang nicht funktionierte und der Hausbesitzer nicht für Ruhe im Block sorgte. Und ausziehen würde er erst recht nicht.

Es war am 20. März, nicht lange nach seinem ersten Kontrollgang, als es geschah.

Er war in der Küche und knipste zum ersten Mal seit Wochen das Radio an. Mutter hörte immer gern Radio bei der Hausarbeit. Damit gehe die Zeit besser hin, sagte sie.

Vielleicht kann man diesen Lärm von oben damit übertönen, dachte Kurbjuweit. Wär doch gelacht, wenn er, der Mann mit der Red Nine, mit dem bisschen nächtlichen Lärm nicht fertig werden könnte!

Es war kein Sender eingestellt. Es ist ein altes Radio,

Kurbjuweit drehte das Rad, mit dem man den Sender sucht. Es knackte und knirschte, es knatterte und tschirpte. Was war das?

Was dann geschah, wird Kurbjuweit nie vergessen, es ist, als sei es gerade geschehen, ja, als geschehe es jeden Augenblick neu. Ein Rhythmus ist zu hören, ein auf- und abschwellendes Rauschen, oder ist es eine Stimme? Kurbjuweit beugt sich zum Lautsprecher herab, um besser verstehen zu können, dreht eine Winzigkeit an dem Rad. Eine langsame tiefe Stimme brummt unter dem Ätherrauschen, eine dunkle Stimme, aber Kurbjuweit kann immer noch nichts verstehen, obwohl er dicht an das Radio rückt, sogar sein Ohr an den Lautsprecher drückt, er dreht noch eine Winzigkeit, das Rauschen schwillt in Wellen auf und ab und dazwischen hört er immer wieder die Stimme, er hält den Atem an, presst das Ohr an das Gerät.

»Kurbjuweit, Kurbjuweit, Kurbjuweit …«

Der Schweiß bricht ihm aus, wie kann es sein, dass er seinen eigenen Namen im Radio hört? Kurbjuweit rückt ab, dreht die Lautstärke auf, es knistert und kracht in dem Gehäuse, aber immer noch diese dunkle Stimme, so dunkel wie die der Hexe Stachowiak. Eine krokodilkalte Hand streicht ihm den Rücken hinunter.

»Kurbjuweit, Kurbjuweit, Kurbjuweit …«

Kurbjuweit dreht den Sender weg. »Das kann nicht sein«, murmelt er. »Das ist unmöglich!«

Er schaltet auf lange Welle, es faucht und knistert aus dem kleinen Lautsprecher, im Hintergrund ein Piepen, einzelne Töne, er dreht ein winziges Wenig am Rad, es piept wieder, lang, Pause, drei Mal lang, Pause, lang und zwei Mal kurz. Kurbjuweit zittert am ganzen Leib, denn er kann das Morsealphabet, sein Vater hat es ihm beigebracht, einmal lang ist das T, drei Mal lang ist das O, und lang und zwei Mal kurz das D. Tod, kein Zweifel, Tod. Kurbjuweit und Tod!

Genau so hat er es erlebt.

Er riss den Stecker aus der Wand und starrte das Radio an, die Hände auf die Anrichte gestemmt, schnaufend und zitternd, denn er war randvoll von Angst. Dann packte er das Radio und schaffte es in sein altes Schlafzimmer, warf es auf das Bettgestell seines Vaters. Mochte es kaputtgehen, solch ein Radio brauchte er nicht mehr.

Zurück in der Küche wollte er sich wieder setzen, auf den Stuhl hinter den Tisch, auf dem sich die Reklamezeitungen vieler Wochen häuften. Er griff zu einem Zettel und zu seinem Stift, er musste seine Gedanken ordnen, aber sein Blick blieb am Fernseher hängen. Und während das Geschurre und Geschiebe über ihm immer lauter wurde, zog Kurbjuweit die Tischlade auf, in der er seine Red Nine verwahrte, und während er sie aufzog, bestürzte ihn die Erkenntnis, dass der Fernseher genau gegenüber stand, der Bildschirm blickte auf die Lade, aus der er jetzt seine Red Nine zog. Mit einem Hieb warf er die Lade zu. Er sprang auf, fort von der verräterischen Mattscheibe des Fernsehers, keuchend stand er im Flur und presste sich die Hände an den Kopf, damit er das Knirschen und Reiben nicht hörte, das ihm folgte und über ihm kreiste, er wollte hinaus aus der Wohnung, fortlaufen, so weit weg wie möglich. Aber dann kehrte die Vernunft zurück. Er nahm die Hände von seinem Kopf, wischte sich den Schweiß von der Stirn, ging so normal wie möglich in die Küche, ohne den Fernseher zu fixieren, packte das Kabel, riss es aus der Steckdose und schaffte den Fernseher hinüber zum Radio.

Mit einem wütenden Knurren nahm er die veränderte Atmosphäre der Küche wahr, die jetzt keine Verbindung mehr zur Außenwelt hatte. »Ich habe es gewusst«, murmelte er. »Eines Tages würde es so weit kommen.«

Inzwischen hat Kurbjuweit sich an die neue Lage gewöhnt. Vor allem hat er Konsequenzen gezogen. Denn ab jetzt muss er mit allem rechnen. Deshalb hat er sich eine Burg gebaut.

Wieder steht er in der Küche und trinkt Wasser. Er ist durstiger denn je. Er setzt den Krug ab. Er ist erschöpft, er sehnt sich nach Schlaf, sein Kopf summt und die Augen brennen. Wann hat er das letzte Mal richtig geschlafen?

Er geht in seine Burg. Bananenkartons, Umzugskartons, Katzenfutterkartons, alle möglichen Kartons hat Kevin beschafft. Wo früher Vaters Betthälfte war, quer vor der Tür, ist jetzt eine breite Wand aus Kartons, nach und nach ist sie dicker und höher geworden, geduldig hat er sie Wabe um Wabe ergänzt, die Konstruktion verstärkt, verfeinert, verbessert, und jetzt reicht sie hinauf bis zur Decke und füllt den ganzen Raum aus. Man kann gerade noch die Tür öffnen. Kurbjuweit hat ein kompliziertes Bauwerk errichtet und viel Klebestreifen verbraucht. Ein schmaler Gang führt nach links zum Fenster. Dort gibt es einen niedrigen Durchlass, er muss sich bücken und schlüpft durch und ist in seiner Burg. Die Jalousie hat er zugeklebt, wie drüben in seinem alten Schlafzimmer, und so ist das neue Schlafzimmer eine dunkle Höhle geworden, in der nur noch Kartons sind, nur nicht dort, wo Mutters Bett ist. Aber auch darüber, an der Decke, hat er Kartons befestigt, und die Wand zur Nachbarwohnung ist mit Kartons verbaut. Nur eine kleine Höhle ist vom Zimmer übrig geblieben, die sich über Mutters Bett wölbt. Kurbjuweit tappt durch die Kartonwände hin, er krabbelt vom Fußende her auf das Bett, lässt sich auf die Matratze sinken, die Red Nine hat er bei sich. Er legt sie nur noch aus der Hand, wenn Kevin kommt und neue Kartons bringt.

Kurbjuweit liegt auf der Seite und zieht seine Knie an. Es ist dunkel hier, er fühlt sich fast so sicher wie ein Embryo im Leib seiner Mutter. Aber er ist ein Embryo, der sich wehren kann, denn welcher Embryo hätte eine Red Nine? Und endlich fällt Kurbjuweit in den tiefen Schlaf, nach dem er sich gesehnt hat.

21. Kapitel

In dem ein merkwürdiges Strafgericht tagt und der Zufall, dieser Bruder Leichtfuß, mächtig springt

Sigismund Kaczek ging nervös vor dem Gerichtssaal auf und ab und rauchte. Bei jedem Schritt wippten seine langen Locken. Schlüter trat auf ihn zu, die Eingangstreppe hinter sich lassend, und gab ihm die Hand zur Begrüßung. Der Mann war bleich, vom Rauchen natürlich und weil er doch Angst hatte, er, der schon ganz andere Sachen durchgestanden hatte als dieses kleine Verfahren, in dem es nur um seinen Führerschein und eine Geldstrafe ging.

Auch Schlüter war nervös. Selten war er auf eine Verhandlung so schlecht vorbereitet gewesen. Kaczek war erst gestern, am heiligen Sonntag, im Moor vorgefahren und hatte Schlüter gebeten, ihn zu vertreten. Ein Wiedersehen nach zehn Jahren; das Schicksal hatte sie damals zusammengeführt, als Kaczek für seinen Vater, einen ehemaligen polnischen Zwangsarbeiter, sein Recht gegen den deutschen Herrn und Sklavenhalter durchsetzen wollte.

Noch nie hatte Schlüter wegen eines Geschehens verteidigt, das er, jedenfalls teilweise, miterlebt hatte.

Auf zehn Uhr war die Verhandlung terminiert. Es war schon zwanzig Minuten über die Zeit, Richter Vollmann war selten pünktlich, weil jede Planung seiner ausufernden Geschwätzigkeit zum Opfer fiel. Dennoch: Angeklagter und Verteidiger mussten zur festgesetzten Zeit zur Stelle sein.

Denn war der Richter wider Erwarten doch einmal pünktlich, aber der Angeklagte und sein Verteidiger nicht, dann wurde Vollmann *ungemütlich*, sein Lieblingswort, mit dem er entsprechende Entscheidungen ankündigte. Vollmann litt, wie fast alle seiner Kollegen, an einer gefährlichen Wahrnehmungstrübung: Er glaubte, unvoreingenommen und vollkommen zu sein. Ein Verteidiger war bei einem unvoreingenommenen und vollkommenen Richter natürlich überflüssig. Ein Verteidiger störte den ordnungsgemäßen gemütlichen Ablauf einer Hauptverhandlung. Leider ließ der Staat diese Art von Berufskrankheit zu, anstatt das Strafrichteramt auf Zeit einzuführen, was der Qualität der Rechtsprechung aufhelfen würde.

Bei Vollmann musste man sich also darauf einstellen, ein Stündchen auf dem staubigen Gerichtsflur zu verbringen. Anwalt und Angeklagter setzten sich schließlich auf die lange Sünderbank vor der Tür zum Gerichtssaal. Schlüter hatte keine Gelegenheit gehabt, die Gerichtsakte einzusehen, Kaczek hatte ihm gestern nur die zerknitterte Anklageschrift in die Hand gedrückt; ihm wurde vorgeworfen, im Straßenverkehr ein Fahrzeug geführt zu haben, obwohl er infolge des Genusses alkoholischer Getränke nicht in der Lage gewesen sei, das Fahrzeug sicher zu führen, und dadurch Leib und Leben anderer Menschen oder fremde Sachen von bedeutendem Wert gefährdet zu haben, indem er am 14. Juli 1998 mit einer Blutalkoholkonzentration von 1,58 Promille das Fahrzeug Skoda mit dem polnischen Kennzeichen DLU 81 TL in der Ortschaft Hollenfleth-Engelsmoor – als Schlüter das gelesen hatte, war ihm schwummerig geworden – gefahren, aufgrund seiner alkoholbedingten Fahruntüchtigkeit die Kontrolle über sein Fahrzeug verloren habe, welches im Graben der Landstraße K 42 auf Kilometer 6,7 zu stehen gekommen sei, wobei seine Landsleute Grzegosz Szczepański, Włodzimierz Wojciechowski und Władisław Przybyszewski erheblich verletzt worden seien. Damit nicht genug, wurde Kaczek der gemeinschaftlichen Schwarzschlachterei und des gemeinschaftlichen ungesetzlichen Inverkehrbringens von Schweinefleisch angeklagt, weil er, wie es in trockenstem Anklageschriftendeutsch hieß, gemeinsam mit den oben angegebenen, in Polen aufhältigen und daher nicht als Zeugen zur Verfügung stehenden Beteiligten Schweinefleisch unbekannter Herkunft und nicht mit dem Stempel der vorgeschriebenen Schlachttieruntersuchung und somit entgegen dem Fleischhygienegesetz transportiert habe, um es dem gewerblichen Verkauf, jedenfalls aber dem privaten Verzehr zuzuführen.

»Das waren gar nicht Ihre Gedärme?«, hatte Schlüter gefragt, einer Ohnmacht nahe.

Kaczek hatte den Kopf geschüttelt und erklärt: »Njä, nicht Gedärrme von mir, nur Gedärrme von Schwain.«

Damit war alles klar, ein Rätsel war gelöst.

Schlüter hatte Kaczek eingeschärft, sich auf keinen Fall zur Sache zu äußern, sondern eisern zu schweigen. Ohne Aktenkenntnis sei dies die einzig vertretbare Strategie.

Über der Rückenlehne der Bank hing der Glaskasten, in dem die Zwangsversteigerungstermine angeschlagen waren, man musste mit gebeugtem Kopf sitzen, eine gute Vorbereitung für den Sünder und seinen Verteidiger. Dazu der Lärm vom altersschwachen Colaautomaten, der am Niedergang zum wilhelminisch riechenden Klo stand – das Kühlaggregat röterte, schepperte und gurgelte ohrenbetäubend, der Lärm zerstörte jeden vernünftigen Gedanken –, der schmutzige

Linoleumboden zwischen den Füßen, hellgrüne Wände und der Luftzug, den die neu eingebauten Feuerschutztüren erzeugten, wenn jemand sie öffnete, auf dem Weg zum Grundbuchamt oder zur Wachtmeisterei und wieder zurück. Man müsste diesen Flur mal *Amnesty* zeigen, dachte Schlüter.

Er stand auf, weil er kein Sünder war, der sein Haupt zu beugen hatte, und füllte die leere Zeit mit Nachrichten vom Unglück anderer, indem er die Anschläge im Glaskasten las. So, so, Rathjens war wieder fällig, Zwangsversteigerung angeordnet! Die Bullen hatten ihn zwar leider nicht umgebracht, aber seiner Gesundheit schwer zugesetzt, er hatte über zwei Wochen im künstlichen Koma im Krankenhaus Hemmstedt gelegen und konnte wohl seither keine Extraschichten als Klauenschneider mehr einlegen, eine kraftzehrende Tätigkeit, mit der er bisher seine Prozesse finanziert hatte. Termin am 13. Mai, also in knapp vier Wochen. Der ganze Hof sollte unter den Hammer kommen. Na! Und das, obwohl Rathjens kein Baraltenteil mehr zahlen musste. Schlüter ging langsame Kreise. Vielleicht würde sich Schlichtmanns Nachbarschaftsproblem doch noch ohne Gewaltanwendung lösen. Ob Schlichtmann davon nichts mitbekommen hatte? Bald war die Zeit des Viehaustriebs; Gelegenheit für Rathjens zu neuen Übergriffen. Schlichtmann war wieder ziemlich fit, hatte Christa berichtet. Ich sollte Schlichtmann anrufen, dachte Schlüter. Gute Nachrichten sollte man dem Nachbarn nicht vorenthalten. Und dann gingen Schlüters Gedanken unter dem Lärm des Colaautomaten zu Bruch.

Kaczek rauchte schon wieder. Drüben kreuzte eine stark geschminkte Schwarzhaarige auf imposanten Stöckeln den Flur, und auf der Bank neben der Tür zum Anwaltszimmer saß ein uniformierter Polizist, den Schlüter als POM Schäfer von der Zweimannstation in Großenborstel identifizierte. Er hatte ihn vor langen Jahren geschieden, dabei aber dessen Frau vertreten. Vermutlich war Schäfer als Erster am Unfallort eingetroffen und deshalb als Zeuge geladen. Grau war er geworden, der Mann, aber seine Erscheinung war deswegen nicht weniger beeindruckend: die breiten Schultern, das markige Stoppelgesicht, der strenge Gerechtigkeitsblick.

Die Zeit schlich, während die Justiz hin und her wogte, in Gestalt von hastigen Rechtsanwälten mit wehenden Roben, mit und ohne Akten, übergewichtigen Wachtmeistern, in sich versunkenen Richtern, die an die nächste Verhandlung dachten oder daran, wie man ein voreilig gesprochenes Urteil wasserdicht begründen konnte, glatzköpfigen Rechtspflegern auf dem Weg zur Kaffeepause, den Becher in Brusthöhe vor dem *Sternum,* mit dem rechtwinklig geknickten Daumen den Löffel fixierend, und watschelnden Bezirksrevisoren; alle lautlos wie im Stummfilm, denn der Colaautomat keuchte laut und begrub jedes andere Geräusch.

Kuhn, der stets gesprächseifrige Justizamtmann von der Hauptwachtmeisterei, entstieg dem Fahrstuhl, ein Wägelchen voller Akten vor sich, das er an Schlüter vorbei Richtung Poststelle bugsierte. Als er sich an der Glastür, die in den Seitenflügel führte, drehte, um sie zu öffnen, gewahrte er Schlüter.

»Na, wieder Kampf heute, was??!«, rief er, den Wagen ungeduldig hin- und herschiebend, mit einem inquisitorischen Blick auf Sigismund Kaczek, der immer noch auf der Bank saß und rauchte, mit gebeugtem Kopf.

»Was sagen Sie?«, schrie Schlüter zurück.

»Kampf heute!?«, brüllte Kuhn.

»Nur 'n bisschen, Herr Kuhn, nur 'n bisschen.«

»Was sagen Sie?«, brüllte Kuhn.

Schlüter ging über zur Zeichensprache, indem er die flache Hand mehrfach waagerecht gegen das Linoleum senkte, um Deeskalation anzudeuten. Warum ging er nicht zu dem Automaten und zog den Stecker raus? Wie neulich, als er hier einmal allein gesessen hat. Plötzlich wurde der ungemütliche Gerichtsflur, der gleichzeitig Treppenhaus war, zum Meditationsraum – die Leute grüßten freundlicher und wussten nicht, warum.

Kuhn ließ seinen Wagen stehen und stellte sich vor Schlüter, die Glastür, die er gehalten hatte, fiel zu.

»Wir kämpfen nicht, Herr Kuhn«, sagte Schlüter. »Wir arbeiten mit der Wahrheit, das reicht.«

»Zu weich, der Vollmann, zu weich! Wehret den Anfängen!«, rief Kuhn Sigismund Kaczek ins Gesicht, den Zeigefinger zur Pistole erhoben.

»Welchen?«, fragte Schlüter.

»Welchen, was?«

»Anfängen!«

»Ich will Ihnen was sagen, Herr Schlüter«, erklärte Kuhn mit erhobener Stimme, Kaczek fixierend wie ein Staatsanwalt den Angeklagten beim Plädoyer. »Ich weiß ja nicht, was der Kerl verbrochen hat ...«

»Nichts!«, rief Kaczek, stand wütend auf und erwürgte seine Zigarette im Gitter des Aschenbechers, der an der Wand neben der Tür unter der Terminsrolle hing. Kaczek war athletisch gebaut und einen halben Kopf größer als Kuhn, was Schlüter beruhigte.

»Nichts? Wer hier rein muss, hat was auf'm Kerbholz, so viel ist gewiss, aber wie ich den Vollmann kenn, der wird womöglich ...« Kuhn machte einen langen Hals, um auf

Zehenspitzen die Terminsrolle zu lesen. Langsam ließ er die Zeigefingerpistole sinken. Man konnte nie wissen, ob es nicht gut war, sich die Namen böser Buben zu merken, man begegnete sich immer zweimal im Leben.

»Alles Russen, Polen und Türken, Albaner!«, schimpfte Kuhn, drehte sich um, einen schnellen Blick auf Kaczek und seinen Lockenkopf werfend, und studierte erneut die Terminsrolle.

Schlüter stellte sich widerwillig hinter den Beamten und las. Man konnte Kuhn nicht widersprechen. Ein wesentlicher Teil der Strafgerichtsbarkeit wurde vom Nachwuchs der Kriegs-, Unterdrückungs- und Wirtschaftsflüchtlinge aus dem Osten, aus dem großrussischen Reich, der Türkei, dem Libanon und dem ehemaligen Jugoslawien in Anspruch genommen, die einen heimgerufen, viele erst nach achthundert Jahren, die anderen geflüchtet und geduldet. Sie hießen Krieger, Olenburger, Wisnagel, Abu-Shameh, Grigorenko, Al-Zein und Gürisik. Kein einziger einheimischer Name auf der Liste.

»Wehret den Anfängen!«, wiederholte Kuhn.

»Welchen?«, fragte Schlüter noch mal.

»Denen«, antwortete Kuhn mit gesenkter Stimme und wies rückwärts mit dem Daumen auf die Terminsrolle.

»So? Und wie?«, fragte Schlüter.

»Rausschmeißen. Wegschicken! Nicht reinlassen!«

»Wen?«

»Die Türken. Die machen hier nur alles kaputt. Die ...«

»Die Aussiedler auch? Alle rausschmeißen?«

»Die Russen? Ja!« Kuhn nickte heftig.

»Mein Gott, was für ein Lärm!«, wechselte Schlüter das unerfreuliche Thema.

»Lärm, was für 'n Lärm?«, schrie Kuhn gegen den Lärm an.

»Hören Sie den Kasten da etwa nicht mehr?«

Kuhn folgte Schlüters Blick. »Ach der …«

Kopfschüttelnd machte sich der Justizamtmann auf den Rückweg, schob sein Aktenwägelchen den ordentlichen Dienstweg und die Leute von der Poststelle würden frische Arbeit bekommen.

Die Tür des Gerichtssaals öffnete sich und der Verurteilte aus der Neun-Uhr-Sache trat heraus, ein junger dunkelhäutiger Mann mit pomadisiertem Haar; er lebte noch, und das offenbar nicht schlecht, denn er grinste frech, eine Schar feixender Zeugen mit Händen in den tiefer gelegten Hosentaschen hinter sich herziehend. Man hatte gemeinsame Sache gemacht, das war deutlich, und das Ergebnis war ein Freispruch gewesen. Oder eine Gefängnisstrafe auf Bewährung, was auf das Gleiche herauskam.

Schlüter und sein Mandant traten gemeinsam in den Gerichtssaal Nr. 10 ein, hinter ihnen die schwarzhaarige Dame und POM Schäfer. Saal war übertrieben, denn der Raum, in dem Amtsrichter Vollmann Recht sprach, war eigentlich nicht größer als ein bescheidenes Wohnzimmer, trotzdem hatte die Justiz auf ihr imposantes Interieur nicht verzichtet: Es fehlte nicht der hohe Tresen für Richter, Staatsanwalt und Protokollantin, damit das Objekt der Rechtspflege, der Angeklagte, sogleich spüren konnte, wer Herr und wer Knecht war. Der Hohe Tisch füllte die linke Seite des Raumes aus. Unterhalb des Tisches das Zeugenstühlchen, links davor die Angeklagtenbank und rechts davor der Tisch für den Vertreter des Jugendamtes oder den Sachverständigen, falls nötig. Immerhin konnte man hier als Verteidiger neben seinem Mandanten sitzen und ordentlich mit ihm reden, denn Haftsachen wurden hier nicht verhandelt.

Die Möbel waren zu groß für den Raum, sie wirkten so lächerlich wie die Kaiserkrone auf dem Haupt eines Bürgermeisters. Der Staatsanwalt saß mit dem Rücken zum Fenster, das helle Licht der Aprilsonne reduzierte ihn zum Schemen und Vertreter des Staates. Zwei Zuschauer hockten auf der hinteren der drei Stuhlreihen und repräsentierten die Öffentlichkeit.

Strafrichter Vollmann sortierte seine Akten um und legte die aktuelle zuoberst. Er war ein Mann um die fünfzig mit einem sonnenbraunen Jungengesicht, Lachfalten um die Augen und schütterem, nach hinten gekämmtem Haar. Wie immer begrüßte er die Eintretenden mit einem lebensfrohen guten Tag, er sprach mit sanfter, gleitender Stimme und empathischem Timbre. Er galt als freundlicher und fleißiger Richter, und das war richtig, solange man als Verteidiger keine abweichenden Meinungen vertrat und nicht merkte, mit welchen Tricks Vollmann aus den Diebstahlserien der Libanesen im Ostpreußenviertel gerichtsstatistisches Kapital schlug.

Vollmann hob seine Augenbrauen, als er Schlüters ansichtig wurde. »Sie …, hier?!«, fragte er. Natürlich hatte er in der Ermittlungsakte Schlüters Namen gefunden.

»Ich kann Sie beruhigen, Herr Vorsitzender, Herr Kaczek hat mir gestern erst das Mandat erteilt, und selbstverständlich weiß ich, dass ich nach dem Unfall am Ort war, aber aufgrund eines Schocks kann ich mich an nichts erinnern. Posttraumatisches Belastungssyndrom.« Er stockte. Wie sollte Vollmann begreifen, dass Kaczeks Unfall ein Déjà-vu der Schießerei in der Türkei vor fünf Jahren war?

»Schon gut«, beruhigte Vollmann friedfertig, »ich bin überzeugt, dass Sie ...«

Er raschelte in seiner Akte und nahm die Routine auf. Er stellte fest, dass der Angeklagte Sigismund Kaczek mit seinem Verteidiger Peter Schlüter aus Hemmstedt erschienen war, dem – aufmunterndes Nicken – der Angeklagte hiermit Vollmacht erteile, Seitenblick zur Protokollführerin, die es aufnahm. Jetzt erwies sich, dass die Schwarzhaarige Dolmetscherin war, denn Vollmann machte sie als solche bekannt und erinnerte sie mit Bezug auf die bereits erfolgte Vereidigung an ihre Pflicht zur wahrheitsgemäßen Übersetzung. Schäfer, der Polizist, erhielt nur den müden Hinweis, er wisse ja, dass er zur Wahrheit verpflichtet sei. Den Rest der Belehrung murmelte Vollmann in die Akte hinein, denn Polizisten sagten immer die Wahrheit, sie waren Berufswahrsager, man musste sie nicht langwierig aufklären.

Schäfer wurde hinausgeschickt und dann konnte es losgehen.

Der Staatsanwalt stand auf und aus dem Gegenlicht heraus, endlich konnte Schlüter sein Gesicht erkennen, es war der kleine rundliche Könke, der als Hardliner verschrien war. Während er die polnischen Namen in der Anklageschrift radebrechte, umspielte ein überlegenes Lächeln die Lippen Kaczeks, aber auch der Dolmetscherin: ein gutes Zeichen. Schlüter las die Namen mit, er hatte noch nie so viele so schlecht aussprechbare Konsonanten auf einem Haufen gesehen. Und das sollte eine indogermanische Sprache sein? Es gab viele Polen, die gutes Deutsch sprachen, aber keinen Deutschen, der Polnisch konnte; Deutschland kehrte Polen fast zehn Jahre nach der Wende noch immer den kalten Rücken zu.

Schlüter erklärte für Kaczek, dieser verstehe ausreichend Deutsch, es müsse nicht alles übersetzt werden, und im Übrigen werde sein Mandant sich zur Sache nicht äußern. Damit erntete er ein ernstes Stirnrunzeln des Richters.

»Wirklich nicht? Sie vergeben sich die Chance zur aktiven Verteidigung!«

»Gleichwohl, Herr Vorsitzender.«

Vollmann küsste das Mikrofon und orderte Schäfer herein. Der Polizist berichtete, wann er den Einsatzbefehl bekommen habe, wann er von Großenborstel aus am Unfallort eingetroffen sei. Dort habe sich ihm eine unglaubliche Schweinerei, »im wahrsten Sinn, Herr Vorsitzender«, dargeboten, alles sei voller Blut, Fleisch und Eingeweide gewesen, er sei – der Polizist hüstelte und eine zarte Röte überzog sein Gesicht – kurz ohnmächtig geworden bei dem Anblick, denn – tiefes Durchatmen – er habe glauben müssen, die Insassen seien schwer verletzt, zumal ihnen die »Eingeweide um den Hals hingen«. Auch wenn es ihnen an situationsangemessenem Ernst gefehlt habe. So habe einer eine frische Leber grinsend aus der Jackentasche gezogen, »so groß, Herr Vorsitzender«, und erst nach und nach sei klar geworden, dass es sich nicht um Eigen- und Menschen-, sondern um Fremd- und Schlachtfleisch gehandelt habe, zumal der Mensch nur existieren könne, wenn die Leber im Bauch stecke, nicht aber, wenn sie in der Jackentasche …, allein die Vorstellung, ein Mensch, der seine eigene Leber …

Der Polizist verstummte, sein Gesicht war weiß wie das Mehl, aus dem Christa die Sonntagsbrötchen backte.

»Ist Ihnen nicht gut?«, fragte Vollmann und beugte sich über seinen Tresen.

Er bekam keine Antwort. Der Polizist starrte auf die Platte des Zeugentischchens, sein Adamsapfel ruckte, Schweiß perlte auf seiner Stirn. Er holte tief Luft.

»Wenn man sich das wieder vorstellt«, sagte er. Nur einer der Beteiligten sei ansprechbar gewesen, nämlich der Angeklagte, die anderen hätten sich nicht auf den Beinen halten können, während sie in den Därmen gewirtschaftet hätten, aber der Angeklagte habe die Frage, ob er gefahren sei – »selbstverständlich nach ordnungsgemäßer Belehrung, Herr Vorsitzender« –, eindeutig mit Ja beantwortet.

Bevor Schlüter Kaczek zum Schweigen verdonnern und den Polizisten fragen konnte, wie unter Schlachthausbedingungen und bei Ohnmacht eine ordnungsgemäße Belehrung habe stattfinden können, fuhr Kaczek hoch und rief: »Gefahren ja. Bin gefahren. Aber nicht so!«, wobei er beidhändig ein imaginäres Steuerrad drehte.

»Aber wenn Sie gefragt werden, ob Sie gefahren sind«, beugte sich Vollmann vor, »und Sie sagen Ja, dann sind Sie doch auch gefahren! Wie soll man das denn sonst verstehen?«

»Njä, nicht so gefahren«, beharrte Kaczek und wiederholte seine Pantomime. »Nur so!«, rief er, beide Arme stramm am Leib.

»Wenn ich einwerfen darf«, meldete sich die bislang arbeitslose Dolmetscherin von der Sachverständigenbank. »Wir haben im Polnischen keine verschiedenen Worte für das aktive Fahren und das als Beifahrer Fahren. Dafür benutzen wir ein und dasselbe Wort. Und wenn Herr Kaczek geantwortet hat, er sei gefahren, dann ist nicht klar, ob er damit gemeint hat, er sei selbst gefahren oder nur Beifahrer gewesen.«

»Schließlich übersetzt man von der eigenen in die fremde Sprache!«, setzte Schlüter nach.

»So …«, äußerte Vollmann gedehnt und sichtlich enttäuscht. »Na, das ist mir noch nicht untergekommen, dann …«

»Dann kann«, warf Schlüter ein, »der Vorwurf der Anklage nicht aufrechterhalten werden – wenn ich das Plädoyer an dieser Stelle kurz vorwegnehmen darf.«

Vollmann dachte nach. »So, hm, so. Tja. Was sagen Sie, Herr Staatsanwalt?«

Könke zuckte die Schultern. »Ich glaube …«

Vollmann machte einen schwachen Versuch. »Aber wer saß denn dann am Steuer? Das können Sie doch jetzt sagen, nachdem …«

Schlüter schüttelte den Kopf. Kaczek tat es ihm nach.

»Kommen wir zu den anderen Vorwürfen«, resignierte Vollmann. »Wollen Sie sich dazu äußern, Herr Kaczek?«

Schlüter schüttelte den Kopf. Kaczek tat es ihm nach.

»Es wäre aber besser, wenn Sie sich äußern, zur Aufklärung des Sachverhalts beitragen würden, Herr Kaczek.« Das Fleisch, das im Wagen gewesen sei, müsse ja nun einmal irgendwo hergekommen sein und es müsse irgendwo ein Schwein – oder eine ganze Herde, wenn er den Zeugen richtig verstanden habe – geschlachtet worden sein, denn das Fleisch habe ja zu einstmals lebendigen Tieren gehört, zu lustigen quiekenden Schweinchen, wenn er das so formulieren dürfe. Diese Geschöpfe seien vermutlich nicht eines natürlichen Todes gestorben, denn solches Fleisch sei schließlich nicht genießbar. »Es muss ja nicht unbedingt sein, dass Sie es selbst geschlachtet haben, es kann ja auch sein, dass es ein anderer getan hat, womöglich Ihre Gefährten, aber …« Vollmann pflegte seine Befragungsmethode à la Multiple Choice, er begann umständliche Ausführungen, woher das Fleisch stammen, wer es geschlachtet haben könne und zu welchem Zweck es in das verunglückte Auto verbracht worden sei. Möglicherweise habe man das Fleisch ganz in der Nachbarschaft von einem der Bauernhöfe – »wahrscheinlich irgendwo hinten im Moor, nicht wahr« – besorgt, womöglich die Tiere noch selbst zu Tode gebracht, womit er der Wahrheit gefährlich nahe kam, oder man habe es von einem Schlachter gekauft, der sich was nebenbei habe verdienen wollen, oder, was auch nicht auszuschließen sei, das Fleisch könne gar gestohlen worden sein, aus einem Schlachthaus, von einem Schlachter, hier in der Gegend gebe es doch Schlachter, die noch selbst schlachteten, oder oder und ganz am Ende seiner Litanei verstieg sich der Richter zu der Frage: »Sie wollen doch wohl nicht behaupten, dass Sie das Fleisch auf der Autobahnraststätte in Stuckenborstel übernommen haben?«

»Genau so war es, Herr Vorsitzender«, packte Schlüter zu. »Dort wurde das Fleisch den Mitfahrern meines Mandanten angeboten. Über die Herkunft weiß mein Mandant nichts. Und er selbst war unbeteiligt an dem Geschäft, er hat nur sein Fahrzeug zur Verfügung gestellt.«

»Ist das Ihr Ernst?«

»Vollkommen.«

»Aber das ist doch äußerst unwahrscheinlich!«

»Schon, Herr Vorsitzender, aber nicht gänzlich außerhalb der Lebenserfahrung, sonst wären Sie sicher nicht darauf gekommen!«

Und dabei blieb es. Kaczek bekräftigte Schlüters Version, sie sperrten den Richter in seinem Gedankengebäude ein, er hatte sich mit seiner Geschwätzigkeit um ein schönes Urteil gebracht und das Verfahren endete, ohne dass Vollmann

Gelegenheit bekommen hatte, *ungemütlich* zu werden, mit einem Freispruch.

Erleichtert verließen Schlüter und Kaczek den Gerichtssaal. Vor der Tür trafen sie erneut auf Kuhn, der mit dem geleerten Aktenwägelchen unterwegs war, um neue Ordner herbeizuschaffen.

»Na?«

»Freispruch.«

»Ich sag's ja! Dieser Vollmann! Zu weich, er hätte …«

Schlüter lachte und schob Kaczek zur Treppe.

»Wie war's denn wirklich?«, fragte er, als sie später in der Fußgängerzone im Café saßen.

»Rathjens«, erklärte Kaczek kurz. »Kennen Sie bestimmt.«

»Sie hatten das Fleisch von Rathjens?«, fragte Schlüter und erinnerte sich an Schlichtmanns Litanei über die Boshaftigkeiten seines Nachbarn.

Rathjens habe dringend Geld gebraucht, erklärte Kaczek, und das Fleisch einem der Kollegen angeboten, dem Włodzimierz, und dann seien sie hingefahren, der Grzegosz habe drei von den Hängebauchschweinen geschlachtet, der kenne sich mit so etwas aus, man habe fleißig Wodka getrunken bei der Arbeit, denn die Därme mussten noch an Ort und Stelle gereinigt werden, sonst sei die Schweinerei zu groß. Und dann, als es ans Verladen gegangen sei, habe man gemerkt, dass man das Fleisch nicht im Kofferraum unterbringen könne, es sei zu viel gewesen, also habe man sich eine Wanne ausgeliehen, die er, Kaczek, gemeinsam mit Władisław, gefüllt mit Därmen und Innereien auf der Rückbank auf den Schoß genommen hätte, aber leider habe der Grzegorz, obwohl er extra wenig getrunken habe, doch nicht mehr so gut fahren können.

»No ja, und Rest kennen Sie. Aber nun alles ist gut.«

»Und wo wollten Sie mit dem Fleisch hin?«

»No ja«, lächelte Sigismund. »Zu Landsleute, bei Ihnen in Hollenfleth, die polnische Wurst machen manchmal, sähr, sähr lecker. Wie Heimat ist. Ist morgen Abend auch wieder Aktion. Kommen Sie mit! Bringen Sie Frau mit! Wir essen und trinken und machen schönen Abend!«

Kaczek strahlte Schlüter an, seine Zähne blitzten und seine Locken schaukelten unternehmungslustig um seine Schläfen. Manchmal ist das Leben leicht. Man muss es nur kapieren und die Gelegenheiten beim Schopf ergreifen, anstatt Trübsal zu blasen. Ein bunter Abend bei fremden Leuten würde den Frühling lustig machen.

»Aber ich bin doch nicht eingeladen, Sie können doch nicht einfach ...« Und wer weiß, vielleicht hatte Christa gar keine Zeit; die Schulferien waren gerade vorbei, und außerdem, der Garten ...

»Macht nix«, wehrte Sigismund ab. »Polnische Leute alles, freundliche Leute, nicht so kalt wie deutsche Leute, freuen sich bestimmt!«

22. Kapitel

In dem Horst Kurbjuweit den letzten Schritt in die Einsamkeit geht

Wieder schurrt und schiebt es in der Wohnung über ihm, es murmelt und brummt, keine Ruhe tags und nachts. Kurbjuweit hat sich an die Geräusche fast gewöhnt. Manchmal überhört er sie sogar. Wie einer, der an der Straße wohnt und die Autos nicht mehr hört.

Er zieht den Lottoschein vom Stapel und studiert die Zahlen, die er eingetragen hat. Diese Woche hat er zwei Scheine ausgefüllt. Kevin bringt sie weg. Die Ziehung der Lottozahlen kann Kurbjuweit im Fernsehen nicht mehr verfolgen. Das ist vorbei. Er ruft jetzt immer an. Die Red Nine liegt vor ihm.

Er faltet ein leeres Blatt über der Tischkante und reißt es durch. Und schreibt:

Es ist gefährlich, was ich hier mache! Du kannst da nicht eingreifen! Das ist zu schlimm! Sei aber auf der Hut! Achte auf die Zeichen!! Sie sind da und sie werden kommen! Wie aber soll ich mich dann verhalten?? Weg mit den Ausbeutern! Weg mit den Mächtigen! Weg mit den Sklaventreibern! Das wollen Christen sein? Das sind Sau- und Schweineköppe! Die nächste Sintflut ist vorprogrammiert! Sie kann jeden Tag kommen! Es wird auch Zeit! Rache, Rache, Rache schreit mein Herz!! Dieses verfluchte Pack muss ausgerottet werden! Mit Stumpf und Stiel! Mit

Kindern und Kindeskindern! Die kennen nur die Honigseiten des Lebens! Aber ich will keinen umbringen, nein, die sollen vor Missgunst krepieren! 2 x 6 Richtige, das wär das Richtige!! Ha, ha, wäre das schön, denn dann könnte ich diese Arschlöcher so richtig auslachen! Nicht nur die, sondern auch die Nachbarn! Zorro muss wieder reiten! Und sein Colt muss wieder rauchen! Und seine Peitsche muss wieder knallen! Die Zeit der Vergeltung ist angebrochen! Nieder mit diesen teuflischen Kreaturen! Weg mit ihnen! Nicht verzagen, nicht aufgeben! Cuxhaven ist in Sicht und der Seemann prüft sein Sackgewicht! Noch grunzen sie rum wie satte Schweine, die sich in der Suhle wälzen, aber nicht wissen, dass der Schlächter schon sein Messer wetzt!! 2, 19, 21, 45, 26, 29/7!

Erschöpft lässt er den Kugelschreiber sinken. Er wird aufstehen müssen, um bei der Lottostelle anzurufen.

Kurbjuweit zuckt zusammen. Warum klingelt das Telefon genau in diesem Augenblick, als er gerade selbst telefonieren will? Er hat lange nicht mehr an das Telefon gedacht. Weil Magda lange nicht mehr angerufen hat, denkt es in ihm. Mindestens vier Wochen lang nicht.

Als es das zweite Mal klingelt, steht er auf von seinem Küchentisch. Ihm wird schwindlig, mit gebeugtem Kopf bleibt er stehen, atmet schwer, wartet. Die Red Nine nimmt er mit, er macht keinen Schritt mehr ohne seine Red Nine, höchstens wenn Kevin da ist, denn Kevin darf die Waffe nicht sehen.

Es klingelt zum dritten Mal, als er im Flur angekommen ist. Kurbjuweit bewegt sich langsam. Heute ist doch nicht Sonntag? Nein, das letzte Wochenblatt ist vorgestern gekommen, heute muss Montag sein. Oder Freitag? Aber nicht Sonntag. Und Magda ruft immer sonntags an.

Nach dem vierten Klingeln nimmt Kurbjuweit ab.

»Ja?«, haucht er in die Muschel.

»Stachowiak hier. Sie wissen schon.«

Es ist die knarrende Stimme des schwarzen Bergmannes, des Polen von oben. Kurbjuweit packt die Red Nine fester.

»Was wollen Sie?«, hört er sich sagen. Seine Stimme klingt fremd, aber sie ist fest. *Achte auf die Zeichen!!*

»Ich könnte ja auch zu Ihnen runterkommen …, aber meine Füße sind müde heute. Deshalb rufe ich an.«

»Was wollen Sie?!«

»Einladen wollen wir Sie, lieber Herr Nachbar. Meine Frau, sie macht morgen Wurst, morgen Abend. Die Schweinchen sind geschlachtet heute. Und da wollten wir Sie einladen, zum Essen und Probieren, wissen Sie …«

Kurbjuweit hält den Hörer noch in der Hand. *Dass der Schlächter schon sein Messer wetzt …*

»Hören Sie?«

Kurbjuweit sagt nichts.

»Morgen Abend um acht, hören Sie, um acht, der Bauer kommt und die andern, und wir würden uns freuen, wenn Sie …«

Kurbjuweit legt auf, ganz sachte, ganz geräuschlos.

Wie ist das möglich? Woher wissen sie, was er tut? Kurbjuweit starrt den Apparat an. Eine Wanze, die ihn abhört! Er zieht den Stecker aus der Dose und schafft das Telefon in sein altes Schlafzimmer, wo Radio und Fernseher liegen. Er weiß, dass jede Verbindung zur Welt zerschnitten und er ganz allein auf sich gestellt ist. Schon fängt es wieder an, das Schurren und Scharren über ihm, lauter als je zuvor, es ist, als zerre ein keuchender Riese tonnenschwere Lasten über den Boden.

Morgen Abend!

Kurbjuweit denkt nach. Er geht sogar ins Wohnzimmer, fast bis zur Balkontür und starrt hinaus auf das Brachland und die Felder. Dann schlurft er zurück in den Flur und in die Küche, setzt sich wieder an den Küchentisch, nimmt den Stift und schreibt:

Diese Höllenbrut muss ausgerottet werden!! Es muss sein!! Hoffentlich klappt es, denn die wollen mich kaputtmachen!

Er steckt den Stift zwischen die Lippen, sucht nach Worten, an denen er sich festhalten kann. Umsonst, er steht müde auf, macht die paar Schritte in sein neues Schlafzimmer, die Red Nine in der Hand; er schlüpft durch die Lücke zwischen den Kartons, durch den schmalen Durchlass ins Dämmerlicht der Höhle und legt sich auf das Bett. Die Geborgenheit beruhigt ihn, obwohl es über ihm schurrt und rumort, wie von schweren Möbeln, die geschoben werden über raue Dielen. Doch weiß er, dass es keine Hoffnung mehr gibt.

23. Kapitel

In dem es auf ein fröhliches Abendmahl geht, das unfröhlich endet, wie sich der Leser denken kann

»Bist du fertig?«, rief Schlüter nach oben. Es war schon fast acht.

Er bekam keine Antwort. Christa rauschte mit Wasser im Badezimmer und hörte nichts. Er selbst war bereit und ging im Flur auf und ab. Das Sakko würde er sich überwerfen, sobald es losging. Was hätte ich in meinem Leben erreicht, dachte er amüsiert, hätte ich nie auf meine Frau warten müssen?

Als sie die Treppe herabkam, lächelnd, schwarz gewandet, mit einem grün glitzernden Schal um die Schultern, der apart mit den grau gewordenen Haaren kontrastierte, trat er an den Absatz und küsste sie.

»Wunderbar siehst du aus!«

»Meinst du? Bin ich nicht zu schwarz angezogen?«

»Keine Spur, Madame, ich liebe Sie!«

»Und du – wieder grau in grau?«

Schlüter zuckte die Schultern. Er machte keine großen Unterschiede bei der Bekleidung. Irgendwann hatte er sich einen Satz graue Hosen, graue Hemden, graue Pullover und graue Sakkos gekauft, und seither hatte er es, wenn Altes zerschlissen war, durch Neues ersetzt, das dazu passte, und so war er stets in Grau gekleidet. Man gewöhnte sich schwer an Neues.

Christa lachte. »Wir sehen aus, als gingen wir zu unserer eigenen Beerdigung!«

»Na, ganz noch nicht.«

Tja, das Leben ist kurz, dachte Schlüter, und wenn man auf die sechzig zugeht, ist nicht mehr viel davon übrig. Das merkt man spätestens, wenn man Mitte fünfzig ist, alle Entscheidungen getroffen sind und sich das Gleis, auf dem man fährt, schnurgeradeaus im Nebel verliert. Ich werde pathetisch …

Die fünf Kilometer nach Hollenfleth hatten sie schnell zurückgelegt. Zur Feldstraße musste man sich durch die gewundenen Straßen eines Wohngebietes durchfummeln. Sie parkten vor einem der Wohnblöcke und suchten nach der richtigen Hausnummer, als sie Sigismund Kaczek vom Laubengang des Hauses gegenüber im zweiten Stock winken sahen.

»Kommen Sie!«, rief der Pole.

An der Wohnungstür wurden sie von einer alten, schwarz gekleideten Frau empfangen.

»Cherzlich willkommen«, sagte die Alte und streckte eine kühle Hand aus. Sie hatte ein kleines Gesicht mit Runzeln und Augen so blau wie ein Bergsee. Hinter ihr tauchte Sigismund Kaczek auf, und als die Alte Platz gemacht hatte, ergriff er Christas Hand und führte sie zu einem Handkuss an seine Lippen.

»Oh«, kicherte sie und wurde rot.

Die Wohnung bestand, wie man schnell übersah, aus drei Zimmern, Küche und Bad. Eines der Zimmer lag rechts nach vorn heraus zum Laubengang und wurde offenbar als Schlafraum genutzt, denn die Tür blieb verschlossen, links, ebenfalls zum Laubengang, befand sich die Küche, während die alte Frau sie in den rückwärtigen Teil der Wohnung führte, in ein Wohnzimmer, in dem gedeckt war. Ein schwerer Fleisch- und Blutgeruch, den man in Würfel schneiden und stapeln konnte, erfüllte die Wohnung. Eine Filiale des Schlachthauses, das war klar.

Im Wohnzimmer erhoben sich drei Herren, setzten ihre Wassergläser auf dem Tisch ab und lachten die Neuankömmlinge aus runden Gesichtern freundlich an. Die Herren wurden von Sigismund Kaczek als seine Unfallkumpane vorgestellt: Grzegorz Szczepański, Włodzimierz Wojciechowski und Władisław Przybyszewski. Sie formierten sich in Reihe, um die Dame ebenfalls mit ritterlichem Handkuss zu begrüßen. Christa verstand ihre Namen ebenso wenig wie Schlüter, der sie ja immerhin schon einmal gehört hatte. Das Ehepaar bat um merk- und aussprachefähige Alternativen: Gregor, Wlodi und Wladi hießen die drei Polen von da ab.

Die Frau des Hauses erschien in der Tür, eine dampfende Schüssel in den Händen, die sie auf den gedeckten Tisch stellte.

»To jest bigos! Smacznego!«, rief sie stolz.

Schlüters wurden genötigt, auf dem Zweisitzer Platz zu nehmen, während sich die drei Herren mit den unaussprechlichen Namen auf das Sofa setzten. Zuletzt erschien ein ebenfalls schwarz gekleideter Alter, der bislang wohl in der Küche gewirtschaftet hatte, mit einen Küchenstuhl, den er an den Wohnzimmertisch schob. Er begrüßte die Neuankömmlinge mit einem gemütlichen Brummeln und brachte auch den Einsitzer heran; die Füße des Sitzmöbels schleiften und scharrten über den Boden.

»Nicht so laut, Karol«, mahnte die Gastgeberin. »Weißt doch!«

»Ach, der Kurbjuweit!«, knarrte der Alte nur und ließ sich auf den Einsitzer sinken.

»Kurbjuweit?«, fragte Schlüter.

Der Alte schüttelte den Kopf und griff nach der Schüssel. »Jetzt wir essen! Bisschen unbequem, aber mehr Platz als in der Küche.«

Sie durften sich nicht selbst nehmen; die Alte, die den Küchenstuhl für sich bestimmt hatte – offenbar, damit sie besser hantieren und Nachschub holen konnte –, füllte ihnen die Teller, so viel sie fassten.

»Kiełbasy spóżniej!«, sagte die Hausherrin. Ihre Augen glänzten wie das Fett auf dem Eintopf.

»Würste später«, übersetzte Sigismund.

Man musste also einen zweiten Gang einplanen, wollte man den Magen nicht überfordern.

»Riecht lecker«, lobte Christa. »Was ist das?«

»Na Bigos! Sie nicht kennen polnisches Nationalgericht?«, fragte Sigismund. »Das Lücke in Bildung!«

»Wer ist Kurbjuweit?«, fragte Schlüter.

»Nachbar«, antwortete der Alte. »Hier bitte, die Kartoffeln. Ziemniaki, proszę«, nickte er seinen polnischen Gästen zu.

»Und was ist mit dem?«

»Ach, nichts. Bitte nehmen Sie doch.«

Aber bevor Schlüter sich selbst bedienen konnte, hatte ihm die Alte drei große Exemplare oben auf den Eintopf gelegt.

»Smacznego! Guten Appetit!«

Sie begannen zu essen.

»Wunderbar«, sagte Christa. »Und wie kocht man das?«

»Na zdrowie! Prost!«, rief Sigismund, hob sein Wasserglas

und sah die andern erwartungsvoll an. »Auf die Freundschaft!«

»Bitte!«

Schlüters wunderten sich, doch hoben sie ihre Wassergläser wie die anderen und ließen sie in der Mitte über dem Tisch zusammenklirren.

Und dann tranken sie.

Und dann stockte ihnen der Atem.

Und dann begannen sie zu husten.

»Aber ...«

Christa klopfte sich an die Brust und schnappte nach Luft.

»Wódka czysta«, lächelten Gregor, Wlodi und Wladi verständnisvoll.

»Wódka naturalna«, fügte Sigismund hinzu und schüttelte seine dunklen Locken. »Gehört so.«

Die Gastgeberin nahm die Flasche vom Wohnzimmerschrank und schenkte nach. »Trinken!«, befahl sie. »Gute woda życzia! Macht lange Läben!«

»Gutes Lebenswasser«, ergänzte Sigismund und hob sein Glas.

»Erst das Rezept«, wehrte sich Christa.

Aus Sauerkraut, Weißkohl, Speck oder Schmalz, Zwiebeln, Rind- oder Schweinefleisch oder beidem, aus Serdelki, einer polnischen Wurst, Pilzen, Paprika, Tomatenmark und Gewürzen bestand der Eintopf. Man musste eigentlich nur alles klein schneiden – das Fleisch in Würfel, die Wurst in dicke Scheiben, den Weißkohl fein und die Pilze blättrig –, den Speck ausbraten oder wahlweise das Schmalz auflösen, die Zwiebeln anrösten, alles mit Paprika, Tomatenmark und dem Sauerkraut in einen Topf geben, so viel heißes Wasser dazugießen, bis alles knapp bedeckt war und mit Salz,

Kümmel und Majoran würzen, im gut verschlossenen Topf im vorgeheizten Ofen bei 160 °C oder auf dem Herd auf kleiner Flamme mindestens drei Tage lang jeden Tag eine Stunde, besser länger garen lassen, und schon war der Bigos fertig; nach Belieben mit gekochten Kartoffeln oder mit Brot anrichten.

»Meine Frau nimmt noch Pflaumen hinein«, ergänzte der Alte, »und etwas Rotwein. Und umrühren muss man viel, sonst brennt es an.«

»Ja umrühren, das kann er!«, spottete seine Frau.

Schlüter machte sich an die Arbeit und leerte seinen Teller. Bevor er wusste, wie ihm geschah, füllte die Alte die zweite Portion auf, die der ersten nicht nachstand.

»Bitte«, suchte Schlüter sie zu unterbrechen. »Das ist …«

»Schmeckt nicht?«

»Doch, gut, sehr gut sogar, aber das ist …«

Zu spät. Der Teller war voll wie zuvor.

Er trank das Glas leer, denn der Mensch glaubt, Völlerei helfe gegen Völlerei, dem Glas aber ging es nicht besser als dem Teller, es wurde gefüllt, denn es herrschte Gerechtigkeit und Gastfreundschaft in dieser Wohnung im zweiten Stock von Manhattan.

»Na zdrowie!«

»Prost!«

»Auf ein langes Leben!«

»Auf die Kinder. Haben Sie Enkelkinder?«

»Ich muss noch fahren«, wich Schlüter aus.

»Jesteśmy samochodem też!«, parierte Wladi. Gregor und Wlodi sekundierten mit breitem Lächeln und Sigismund übersetzte, sie seien auch mit dem Auto da. »Gibt Taxi auch«, wiegelte er ab.

Schlüters wechselten einen Blick. In einer alten Ehe brauchte es keine Worte. Christa packte ihr Glas, hob es ihm entgegen und nahm einen Schluck, vorsichtiger als beim ersten Mal, Schlüter tat es ihr nach. Und so ging es weiter, sie schmausten und tranken. Schlüter wurde warm, dann heiß, Schweiß stand auf seiner Stirn, er vergaß den Namen Kurbjuweit, nach dem er hatte fragen wollen, das Leben war ein Federkissen, lustige Reden flatterten in der Luft, und Christa, die rote Backen bekommen hatte, kicherte mehr als nötig.

»Und jetzt die Würste!«, befahl Karol Stachowiak, wischte sich den Mund und erhob sich.

Seine Frau sammelte die Teller ein.

»Können wir singen!«, rief Sigismund und hob an, eine fremde Weise zu singen, in die seine drei Kumpane sofort einstimmten, mit mächtiger Bruststimme und ernsten Gesichtern.

»Wir bringen euch bei!«, rief er nach der zweiten Strophe. »In Polen immer wird gesungen!«

»Was ist das für ein Lied?«, fragte Christa.

»Von Polen, das noch nicht verloren ist!«

Es klingelte an der Wohnungstür.

Die Alten verschwanden und wenig später hörte Schlüter eine bekannte Stimme. Als der Mann, dem die Stimme gehörte, eintrat, wurde Schlüter nüchtern. Rathjens. Hans-Herrmann Rathjens, der Streithammel aus dem Engelsmoor, der Mann, gegen den er mehr Prozesse geführt hatte als gegen jeden andern. Der Letzte, mit dem er einen Abend verbringen wollte. Hätte er doch nur gefragt!

»Ssü, de Avkoot is ok dor!«[23], wurde er höhnisch begrüßt.

---

[23] So, der Advokat ist auch da!

»Guten Abend, Herr Rathjens«, wahrte Schlüter seine Würde, aber die Hand behielt er bei sich. Alles hatte seine Grenze.

»Sie kennen sich schon, wie schön«, freute sich Stachowiak und schob einen zweiten Stuhl neben den seiner Frau, die sogleich eine Bigos-Reserve aus der Küche brachte.

»Prost«, sagte Christa und hob ihr Glas. »Auf bessere Nachbarschaft.« Wie wahr.

»Prost«, sagte Rathjens, ergriff das Glas, das Stachowiak ihm hinhielt, und leerte es. »Will doch endlich mal schmecken, was aus meinen Schweinchen geworden ist.«

In der Tat, es war eine peinliche Strafe, dem Mann beim Essen zusehen zu müssen. Schlichtmann hatte nicht übertrieben. Rathjens schnaufte, als wolle er seine toten Schweine übertreffen, deren sterbliche Reste er fraß; breitbeinig, den Bauch zwischen den Knien, hing er über seinem Teller, den linken Ellbogen auf dem Schenkel, mit dem rechten verscheuchte er die Gastgeberin, er schaufelte sich durch das köstliche polnische Nationalgericht, würgte und schluckte. Er führte einen Blitzkrieg am Tisch.

Schlüter suchte Christas Blick, aber sie konnte, halb angewidert, halb fasziniert, die Augen nicht von dem fressenden Menschen wenden. Schließlich hielt er sein Glas ergeben Sigismund entgegen, der mit einer neuen Flasche in der Hand erschien, um das entsetzte Schweigen zu bekämpfen, das den Raum erdrückte. Schlüter trank. Aus dem Gesangsunterricht wurde nichts, Polen war verloren.

Nach weniger als fünf Minuten hatte Rathjens den Vorsprung der anderen aufgeholt. Er strich sich über seinen prallen Bauch, über dem sich ein Gürtel spannte wie der Äquator um die Welt.

»Kann'n eten«[24], grunzte er zufrieden, rülpste und soff sein Glas leer, hielt es Sigismund hin zur Neubetankung, leerte es erneut, während er mit der freien Hand nach der Wodkaflasche griff und vor sich auf dem Tisch deponierte. »Das mien!«[25], sagte Rathjens und grinste fies.

»Gut«, antwortete Sigismund nur. Diesmal ohne zu lächeln.

»Was heißt eigentlich ›ratunku‹?«, fragte Christa plötzlich.

Sigismund sah erstaunt auf. »Hilfe«, antwortete er. »Sagt man, wenn Not ist.« Er warf einen Blick auf Rathjens, der sich nachschenkte. »Große Not! Ratunku, ratunku!«

»Und idsch do diabwa?«, fragte Schlüter. »Ist das auch polnisch vielleicht?«

»Idź do diabła? Fahr zur Hölle! Fahr zum Teufel!«

»Mhh«, machte Schlüter. »Ist das ein Zauberspruch?«

Er bekam keine Antwort. Die alte Stachowiak verschwand in der Küche und brachte eine neue Flasche.

Wodka ist ein mächtiger Freund, er besiegt alle Feinde der Konversation, das niedergeschlagene Gespräch erhob sich angezählt bei neun, und nachdem Rathjens seine Privatflasche geleert hatte, begann die alte Stachowiak endlich, wie angekündigt, ihre Produktion auf den Tisch zu schaffen, ein Dutzend Teller und Schüsseln mit Würsten: schmale dunkle, bleiche dicke, gekettete, braune fette, grün und braun gesprenkelte, fingerkurze, ellbogenlange, trockenharte, fettigweiche, in Scheiben geschnittene, rohe und geräucherte. In einem Korb grobes Brot.

»Smacznego«, rief die Gastgeberin mit heller Greisenstimme.

---

24 Kann man essen.

25 Das ist meins.

Rahtjens griff zu, schob sich eine bleiche Wurst in den Rachen, goss Wodka darauf und würgte alles hinunter. Schlüter nahm sich eine kleine Kabanossi und knabberte. Und trank auch einen Schluck. Was blieb einem übrig. Es wäre Zeit zum Aufbruch gewesen, aber schließlich konnte man die Leute nicht mit diesem Ungeheuer allein lassen. Christa stieß ihrem Mann in die Hüfte, versuchte ein aufmunterndes Lächeln und trank ihm zu. Weitermachen, als wäre nichts gewesen.

»Wo is Horschi denn?«, lallte Rathjens plötzlich.

»Wo er immer ist«, antwortete Stachowiak. Er schien bei nüchterner Konstitution.

»Hebbt ji em nich inbööd?«

»Wie bitte?«

»Habt ihr ihn nicht eingeladen?!?«

»Ween?«, fragte Schlüter.

»Horschi, wen denn sonst!«, grölte Rathjens und erhob sich schwerfällig. »Horschi Kurbjuweit! Denn hol ick em eben!« Er blieb stehen und schwankte. »He schall mit uus fieern!«, verlangte er.

Sie hörten sein alkoholisches Pusten.

»Miin ole Fründ Horschi ...«, griente Rathjens und war fort.

Schlüter sog die Luft tief ein und konzentrierte sich. »Wo wohnt dieser Kurb-, Kurbjuweit?«, fragte er.

»Unter uns, direkt unter uns, das ist es ja«, antwortete die alte Stachowiak.

Oben aus der Polenwohnung kommt Tag und Nacht Lärm ... Schlüter zerrte seinen linken Ärmel hoch. Aber er sah vier Zeiger und konnte nicht schlau daraus werden. »Wie ..., o Mann, o Mann, wie – schschpäät isses?«

»Zehn«, sagte Stachowiak mit einem Blick auf die Uhr.

»Zeehn. Soo, soo. Zeehn.«

Die Wohnungstür krachte ins Schloss.

»Zehn? Um zehn! Um Gottes willen!« Schlüter stemmte sich aus dem Zweier. Christa hielt ihn fest, aber er schüttelte sie trotz seines Schwindels mit erstaunlicher Präzision ab, genau an der Scheide zwischen zart und hart. »Ich muss mal ... eben ...«

Schreie auf dem Laubengang. Zwei Männerstimmen.

»Liebster, pass auf!«, hörte Schlüter hinter sich. Das war das Letzte, an das er sich später erinnern konnte.

Im Wohnzimmer hörten sie wieder Schreie, drei Männerstimmen, eine davon Schlüters, und plötzlich das gewaltige Dröhnen eines Schusses. Tumult brach aus. Die vier Polen sprangen gleichzeitig auf, die Gläser fielen vom Tisch, die Würste hüpften von den Tellern, aber der alte Stachowiak war trotz seiner Gebrechlichkeit der Schnellste und schon im Flur, während seine Frau wohl noch in der Küche war, vermutlich um Nachschub zu holen.

»Nicht!«, schrie Sigismund, umklammerte Christa ohne jede Höflichkeit und riss sie von der Wohnzimmertür fort. Gleichzeitig redete er auf Polnisch auf seine Gefährten ein, bis er Christa plötzlich fahren ließ und dem Alten nachstürzte.

»Lass mich!«, schrie Christa. Sie hatte den Flur erreicht, aber Gregor oder Wlodi oder Wladi hielt sie fest.

Wieder ein Schuss und noch einer, ein Schrei und noch ein Schuss.

»Zgasią wszyskie światła«, brüllte Sigismund. »Macht alle Lichter aus!«

Plötzlich war es stockfinster und totenstill. Der Geruch

von Schießpulver strömte in die Wohnung. Sigismund zischte eindringliche polnische Worte. Ein Mensch stöhnte. Christa kämpfte gegen Arme, die sie fest umklammert hielten. »Warten müssen«, zischte Gregor oder Wlodi oder Wladi ihr ins Ohr. »Muss so sein!«

Ein weiterer Schuss dröhnte.

»Psa krew!«[26], fluchte Sigismund. »Cholera jasna!«[27]

Wlodi oder Gregor oder Wladi zerrte Christa zurück ins Wohnzimmer, sie stürzten rückwärts über einen der Sessel, sie lag auf dem Teppich, die Hand des Mannes auf ihrem Mund.

Draußen setzte ein regelrechtes Trommelfeuer ein, Ächzen, Gestöhne und Flüche im Flur, Schreie aus den Waben des Wohnblocks, von oben, von unten, von nebenan.

Die Wohnungstür krachte ins Schloss.

»Weg!«, brüllte Sigismund. »Precz!«

Licht flutete den Raum, Wlodis Hand löste sich von Christas Gesicht, sie stieß einen Schrei des Entsetzens aus, denn die drei anderen Männer schleiften Schlüter ins Wohnzimmer. Aus seiner linken Leiste pulste das Blut, Schwall um Schwall.

---

[26] Wörtlich: Hundeblut!

[27] Wörtlich: Heller (d. h. gelber) Durchfall!

24. Kapitel

In dem wir ein Geständnis hören

Als Christa Schlüter vier Tage später, am Samstagabend nach neun, von der Intensivstation des Hemmstedter Krankenhauses ins Engelsmoor zurückgekehrt und aus dem Auto gestiegen war, trat hinter der Garage eine lange glatzköpfige Gestalt aus der Dämmerung der Büsche hervor und kam hinkend auf sie zu.

»Was machst du denn hier, Diedrich?«, rief sie erschrocken. Bisher hatte sie Bauer Schlichtmann nie geduzt, aber die Situation eignete sich nicht für Distanz und Höflichkeit.

»Ich wollte mal fragen, wie es Ihrem, ähh, wie es Peter geht.« Schlichtmann wischte sich verlegen über die Glatze, die Mütze in der Hand.

»Er ist über den Berg, sagen die Ärzte.«

»Wird er wieder gesund?«, flüsterte Schlichtmann.

»Weiß ich nicht«, antwortete Christa erschöpft. »Noch nicht. Jedenfalls ist er nicht mehr in Lebensgefahr.«

Schlichtmanns Gesicht zuckte, und plötzlich sank er nieder, der lange dünne Mann klappte zusammen wie ein Zollstock, saß auf dem Pflaster der Auffahrt vor dem Haus und weinte, beide Hände vor dem Gesicht. Kater Gustav erschien, wandte sich aber misstrauisch ab.

»Schon gut, Diedrich. Danke dir. Nimmt dich das so mit?« Christa berührte seine Schulter.

Schlichtmann nickte stumm und schluchzte. »Ich bin schuld!«, brach es aus ihm heraus. »Ich!«

»Das musst du mir erklären, Diedrich. Komm. Steh auf. Komm rein.«

Wenig später saßen sie in der Küche am Tisch, Christa hatte Kaffee gekocht, stellte die Becher auf den Tisch.

»Na?«

Schlichtmanns hagerer Kopf war gesenkt, seine Kranzhaare klebten ihm feucht am Schädel, er hielt die Tasse in der zitternden Hand, ohne zu trinken. Mit tonloser Stimme begann er zu erzählen. Am Nachmittag des 19. April, am letzten Montag, habe Henry, »du weißt schon, der Sohn«, an der Straße, an Rathjens Auffahrt, einen Polen getroffen und von ihm erfahren, dass man tags zuvor einige von Rathjens wilden Hängebauchschweinen geschlachtet habe. Man werde sich abends in der Feldstraße zum Schmaus treffen, auch Rathjens werde erwartet; schließlich esse man seine Schweine, da müsse er an dem Gelage teilnehmen. »Die haben den ja noch nie beim Essen erlebt«, Henry habe den Fehler begangen, »das muss ich zugeben«, davon seinem Vater zu berichten. »Und da hat mich die Wut gepackt, ich hab rotgesehen«, denn tags zuvor habe Rathjens seine Tiere ausgetrieben, viel zu früh eigentlich, aber das sei ja typisch, und wegen der maroden Zäune seien die sogleich auf Schlichtmanns Weiden ausgebrochen wie alle Jahre zuvor. »Und dann habe ich ihm aufgelauert, als er los ist.«

Christa ließ den Kaffee kalt werden und wartete.

»Und dann ist er ja nach Manhattan gefahren. Und ich hinterher.«

Schlichtmann habe gesehen, in welches Haus Rathjens gegangen sei, dass er auf dem Laubengang im zweiten Stock aufgetaucht und in welche Wohnung er gegangen sei. Und dann sei er hinterher und habe sich hinter dem Bügelbrett und dem Campingtisch am Ende des Laubengangs versteckt und gewartet.

»Und dann?«

Dann habe er dort gesessen, lange, mindestens bis zehn.

»Und dann?«

»Dann kam Rathjens endlich raus und ich bin auf ihn los. Habe ihm eine gedonnert, dass er umgefallen ist.«

»Nicht geschossen?«

»Nein, nein, ich hatte die Pistole – aber woher weißt du …«

»Egal«, sagte Christa. »Weiter!«

»Irgendwie konnte ich nicht, ich dachte, oder vielleicht habe ich auch gar nichts gedacht, jedenfalls habe ich ihm nur eine aufs Maul gegeben und er ist gleich umgefallen und hat gequiekt wie seine Schweine. Doch dann hat er mich an der Hose zu packen gekriegt und ich wäre fast …, aber ich habe auf ihm gesessen, und dann hat er die Pistole in meiner Hand gesehen und dann haben wir gekämpft, und mit der einen Hand hatte ich ihn am Hals und in der anderen die Pistole. Und die wollte er mir natürlich …«

»Und dann kam Peter raus.«

»Ja.«

»Und dann wollte Peter dir die Pistole wegnehmen.«

Schlichtmann nickte und schluckte trocken.

Christa wartete.

Schlichtmanns Kopf sackte immer tiefer, er schüttelte sich, sah endlich auf und gestand mit klarer Stimme: »Ein Schuss hat sich gelöst, und der hat …«

»Der hat?«

»... deinen Mann getroffen, wohin weiß ich nicht genau, aber das Blut ...«

»Und dann bist du abgehauen.«

»Ja«, flüsterte Schlichtmann.

»Fahrerflucht sozusagen.«

»Ja.«

»Und wie?«

»Über das Geländer. Nach unten. Und dann hat es auch schon angefangen mit den anderen Schüssen.«

»Peter hast du liegen lassen.«

»Ja.«

»Er wäre fast verblutet.«

»Ja.«

»Drei Transfusionen hat er gekriegt.«

»Ja.«

»Ein paar Minuten länger und er wäre tot gewesen.«

»Ja.«

»Und wieso?«

»Ich ...«

»Du warst feige.«

»Ja.«

»Und deine Pistole?«

Schlichtmann schwieg.

»Sag bloß, du hast sie zu Hause in den Schrank gelegt!«

»Das nicht ...«

»Oder im Stall versteckt.«

Schlichtmann zögerte.

»Also im Stall. Und du meinst, wenn die Polizei dich besucht, finden sie die nicht, wie?«

»Also ...«

Christa stand auf und ging auf und ab. Der Kauz ließ sein

Piepen hören, ein Ästling saß seit Tagen im Birnbaum. Sie setzte sich wieder, nahm einen Schluck des kalten Kaffees und steckte sich eine Filterlose an, als säße sie im Lesesessel und läse Oppermanns *Hundert Jahre* oder den *Ivanhoe* von Scott.

Schlichtmann bewegte sich nicht. Als atmete er nicht.

Christa drückte die zweite Zigarette aus. Sie sagte: »War die Polizei noch nicht da?«

»Nein.«

»Was sagst du, wenn sie dich fragt?«

Schlichtmann zuckte die Schultern. »Ich geh morgen hin. Morgen früh.«

»Tust du nicht.«

»Was?«

»Du machst nichts, Diedrich. Du wartest.«

»Und wozu soll das gut sein?«

»Hast du Lust, in den Knast zu gehen?«

»Habe ich eine Wahl?«

»Vielleicht.«

»Aber …«

»Peter wird es dir nicht übel nehmen, Diedrich. Und wenn er es nicht tut, tu ich es auch nicht. Und Rathjens … warten wir ab. Jedenfalls: Wenn die Polizei dich fragt, verweigerst du die Aussage. Klar?«

»Aber …«

»Frag nicht. Geh nach Hause. Warte ab. Und tu mir einen Gefallen: Geh morgen zum Landvolk. Sie sollen die Hofübergabe vorbereiten. Übertrag deinem Sohn den Hof, so bald wie möglich, und beschwer dich nicht, dass er schwul ist! Er ist ein guter Kerl.«

Schlichtmann war rot geworden. »Aber …«

»Aber, aber, aber. Geh nach Hause und mach, was ich gesagt habe. Ich bitte dich darum. Ich muss schlafen.«

Schlichtmann erhob sich.

»Warte«, sagte Christa. »Eins noch. Untersteh dich, mir irgendwie dankbar zu sein. Okay?«

Es war dunkle Frühlingsnacht geworden und Christa sah dem Bauern nach, wie seine dürren Beine langsam aus dem Lichtkegel der Außenlampe staksten und im Dunkel verschwanden.

Dann griff sie zum Telefon, um Arthur Havelack anzurufen, Schlüters alten Freund, den Leiter der psychiatrischen Station des Krankenhauses Hemmstedt.

Epilog

In dem sich der Kreis schließt, wie sich das gehört für eine runde Geschichte

Sie hatten einen Spaziergang auf dem Oberdeck hinter sich. Das Meer ruhte sich aus von den Stürmen des Winters, blau und müde, rundherum verschwamm es mit dem Horizont, den die Isländer *Ring-der-die-Sicht-teilt* nennen. Die Gischt spritzte vom Bug fort und hinter dem Heck warf die Abendsonne ihr Gold in den Schaum der Fahrspur; ein paar Möwen segelten nahebei wie einsame Wanderer, die Gesellschaft suchten.

Das leise Vibrieren der Schiffsmotoren ließ das Weinglas am Teller klirren. Schlüters Krücke, die er an den freien Stuhl gelehnt hatte, schepperte zu Boden.

»Prost«, sagte Christa.

»Na zdrowie«, erwiderte Schlüter und hob die Krücke auf. »Skål!«

Sie hatten sich etwas geleistet und eine Außenkabine mit französischem Bett genommen. Er wolle nicht nach Helgoland, hatte Schlüter großmächtig verkündet, als Christa ihn aus dem Krankenhaus abholte, mit einer so mickrigen Seereise zu einer so mickrigen Insel sei er nicht zufrieden. Wo er so lange nicht im Büro gewesen sei, komme es auf ein paar Tage mehr auch nicht an. Ein junger Kollege, der es als Schreibknecht im Hinterzimmer bei Dr. Spindelhirn & Collegen nicht mehr ausgehalten hatte, war als Feuerwehr in

Schlüters verwaistem Büro eingesprungen. Die Kosten bestritt Schlüter einigermaßen vom Krankentagegeld. Allem Anschein nach kam der Mann mit Angela gut zurecht und hatte sich mit einer Energie, die nur die wiedergewonnene Freiheit verleiht, den liegen gebliebenen Akten gewidmet. Und das würde er auch noch eine Woche länger schaffen. So einfach war das.

Also fuhren sie nicht nach Helgoland, sondern nach Oslo, auf der Fähre von Kiel. Sie speisten am skandinavischen Büfett und sprachen wieder einmal die dramatischen Ereignisse durch. Arthur Havelack hatte Schlüter ermutigt und Christa eingeschärft, über das Geschehen, wenn irgend möglich, zu sprechen, damit er den Schock überwinde.

Schlüter selbst konnte zur Aufklärung des Geschehens nicht viel beitragen, und das war wahrscheinlich gut. Seine Erinnerung riss ab vor der Wohnungstür der Stachowiaks, als er sie gerade öffnen wollte, und sie setzte wieder ein, als er drei Tage später auf der Intensivstation des Hemmstedter Krankenhauses erwacht war, Christa neben sich. Wenig später war ein Mann vom Kriminalkommissariat Hemmstedt erschienen, er hatte von den Ärzten die Erlaubnis erhalten, Schlüter zu befragen, was aber wenig ergiebig war, denn über Kurbjuweit durfte Schlüter keine Auskünfte geben, bis das Siegel der Verschwiegenheitspflicht gelöst war.

So viel wusste Schlüter: Als Rathjens gesagt hatte, er wolle Horschi Kurbjuweit holen, hatte Schlüter trotz des vielen Wodkas kapiert, dass sein Mandant Horst Kurbjuweit und Kevin Thielpapes Horschi ein- und dieselbe Person waren. Ihm war Kurbjuweits Brief wieder eingefallen, mit dem er sich über die Polen über ihm beschwert hatte, und Kevin Thielpapes merkwürdiger Bericht, der Nachbar Horschi mache jeden Abend um zehn seinen Rundgang im Haus, bewaffnet mit einer scharfen Pistole. Kein Kindergefasel.

Was dann geschehen war, ließ sich nicht genau rekonstruieren. Als Sigismund in den Flur stürmte, lagen die beiden alten Stachowiaks, mit Kopfschüssen hingerichtet, vor der Wohnungstür. Der Pole wollte sie packen, aber Kurbjuweit jagte ihm eine Kugel in den Arm. Sigismund konnte sich in den Flur zurückwerfen und sorgte geistesgegenwärtig für Dunkelheit. Unter Kurbjuweits Sperrfeuer zerrten die Polen die Toten vom besinnungslosen Schlüter herunter, dann diesen selbst in den Flur und zuletzt Rathjens, der aus zwei Bauchwunden blutete und nach Luft schnappte. Beide hatten wohl nur deshalb überlebt, weil Kurbjuweit das Schießen auf dem Laubengang einstellte, entweder um zu laden, oder weil er sich schon siegreich wähnte, eher aber, weil im Treppenhaus ein kosovarischer Kriegsflüchtling auftauchte, aus seiner Wohnung im dritten Stock, den Kurbjuweit mit einem Herzschuss erledigte; der Mann hatte es noch bis unten vor die Tür geschafft und war dort unter den Augen der eintreffenden Polizei zusammengebrochen. Seine Ehefrau, die ihm nachgeeilt war, lag schwer verletzt im Treppenhaus. Kurbjuweit hatte sich in seiner Wohnung verschanzt und schoss durch die Tür, als man sie öffnen wollte. Nur einer der Polizisten, dem Vernehmen nach ein gewisser POM Schäfer von der Polizeistation in Großenborstel, der als Erster vor Ort war, weil er in Hörweite wohnte, war durch einen Streifschuss verletzt worden. Kurbjuweit ging die Munition aus und man fand ihn dann im hintersten Raum seiner Wohnung, in einer Art Höhle, die nur aus Kartons bestand, eingerollt wie ein Embryo lag er auf dem Bett und wimmerte, die Red Nine mit beiden Händen fest umklammert.

Drei Tote: ein Herzschuss, zwei Kopfschüsse. Drei Schwerverletzte und ein vorübergehend dienstunfähiger Polizist. Sigismund ging nicht in die Statistik ein, weil er als Leichtverletzter mit Armbinde umherspazierte. Rathjens Gedärm war von zwei Kugeln perforiert worden, eine dritte hatte Schlüters Unterbauch durchquert und die Aorta in seinem linken Bein zerfetzt, bevor sie den Oberschenkelknochen durchschlagen hatte. Christa hatte ihm mit ihrem Schal das Bein abgebunden, bis der Notarzt gekommen war. In der Klinik war er ins künstliche Koma versetzt worden.

So weit, so klar, so furchtbar.

Christa ließ sich einen zweiten Aquavit bringen. »Ich hol mir noch etwas Lachs«, sagte sie.

Es war dunkel geworden. Backbords zogen die Lichter der Insel Fyn vorüber. Am Nebentisch unterhielten sich zwei Norweger und Schlüter spitzte die Ohren.

Christa kehrte zurück, setzte den Teller ab, schenkte sich Weißwein nach und leerte das Glas, als sei es Wasser.

»Meinst du, du kannst das vertragen?«, fragte Schlüter.

»Ich trinke mir Mut an!«

»Wofür?«

»Für ein Geständnis!«

»Was, bist du fremdgegangen, hast du etwas mit dem Postboten angefangen?«

»Nein, lieber Mann, nie. Aber du weißt noch nicht alles. Schlichtmann – er war auch da. Auf dem Laubengang.«

»Waas?«

Christa erzählte.

»Das Leben ist ungerecht«, sagte Schlüter leise.

Rathjens würde wahrscheinlich gesund werden und bald wieder der alte Widerling sein, bestimmt hatte er ein

Zwerchfell wie Silofolie und Gedärm wie PE-Rohr. Schlüter hatte auf dem Laubengang neben Rathjens gelegen, nur die eine Kugel aus Schlichtmanns Pistole hatte ihn getroffen, wenn auch eine fürchterliche. Er hatte sein Leben dem Zufall zu verdanken, vielleicht gar dem Kugelschutz von Rathjens dickem Bauch, in den Kurbjuweits Kugeln gefahren waren statt in Schlüters Herz. Christa hatte ihr Leben der Geistesgegenwart des Sigismund Kaczek zu verdanken, und für beide hatten sich die alten Stachowiaks geopfert.

»Wo hatte denn der Schlichtmann die Pistole her?«

»Schützenverein, schätze ich«, antwortete Christa. »Hat jeder anständige Engelsmoorer im Haus. Für den Notfall. Falls man Streit mit dem Nachbarn hat.«

»Ich frag mich nur, warum der Kurbjuweit das gemacht hat.«

»Vergiss es«, antwortete Christa und ließ sich noch einen Aquavit kommen. »Das wird nie einer begreifen.«

Dann bezahlten sie und machten eine letzte Runde auf dem Oberdeck, und noch viel später, als auf den Bildschirmen zu sehen war, dass man die Insel Læsø passierte und sie in der Captains Lounge einen Espresso getrunken hatten, machten sie sich auf zur Kabine. Schlüter dachte an den nächsten Tag. Als Erstes würde er zum Antiquariat gehen, am Karl Johann. Er hatte eigens einen zweiten Rollkoffer mitgenommen, in dem nichts als Zeitungspapier war und eine Liste mit Namen. Aber wo würde er die Bücher unterbringen?

Mehr von Wilfried Eggers

Die Tote, der Bauer, sein Anwalt und andere

ISBN 978-3-89425-233-5

»Ohne je an Fahrt zu verlieren, gewürzt mit bissigen Schilderungen aus dem Innenleben der Justiz, lockt der Roman mit prallen Bildern in die Tiefe von Landschaft, Geschichte und Schicksal. ... Was als klobige Dorfgeschichte begonnen hatte, entpuppt sich als tiefgründiges Drama um Schuld und Sühne.«
Robert Hültner, Münchener Abendzeitung

»Vom Recht, vom Moor und von den Bauern hat Eggers also eine Ahnung – und darüber schreibt er zum Glück auch. Und wie! ... Stilsicher wechselt der Schriftsteller zwischen den Milieus, die er treffsicher und amüsant beschreibt.« Westdeutsche Zeitung

Ziegelbrand

ISBN 978-3-89425-277-9

»In Eggers' Roman überzeugen die dichte Atmosphäre und die sorgfältige Charakteristik der Protagonisten, selbst der Nebenfiguren. Der Anwalt Schlüter repräsentiert glaubhaft den Zweifler an Justiz und Gerechtigkeit, Döpner den klassischen Mitläufer im Nationalsozialismus – denjenigen, der nie gefragt und aus Angst nie Nein gesagt hat.« The Associated Press

Paragraf 301

ISBN 978-3-89425-373-8

Ein Kontrolleur vom Arbeitsamt stirbt auf einer Baustelle im norddeutschen Moor und Rechtsanwalt Peter Schlüter wird mit den Auswirkungen eines Völkermordes konfrontiert.

»Zwei Fälle sind die Fixpunkte in diesem ungewöhnlichen Anwaltskrimi, der angenehm breit und bunt erzählt ist, ohne große Gerichtssaalduelle, dafür mit viel norddeutscher und türkischer Atmosphäre, in die immer wieder kleine, beeindruckende Charakterstudien eingewebt sind, die diesen Krimi abseits seiner aufklärerischen Anlage auch zu einem großen Menschenbuch machen.« Reinhard Jahn, WDR

grafit